世華文學

純粹一書寫

在紐約的角落

趙淑敏──◎著

臺灣商務印書館

期待世華文學開花結果

「世華文學」是臺灣商務印書館新開設的叢書系列，適合發表全世界以華文創作的美好文學作品。我們希望透過各地華文作家的努力，共同為華文文學開創一個光華燦爛的明天。

以白話文創作的華文文學，自一九一九年「五四運動」以來，歷經百年，其文學成就，早已遍地開花，全球皆然，甚至已有兩位華文作家獲得諾貝爾文學獎。

然而，這些甘願一輩子走上文學不歸路的作家，並不是一開始就獲得成功，讀者也不是完全接受文學創作的成果。在台灣、在大陸、在世界各地，閱讀文學創作的熱潮起起伏伏，許多已經成名的老作家，一樣面臨市場經濟的考驗。

近年來臺灣商務以「知識、經典、文學、生活」為四大出版方向。文學作品仍然是全世界讀者重視的閱讀領域，我們的讀者在閱讀翻譯外國文學作品之餘，是否也曾關注華文創作的文學作品呢？

好的文學作品應該是沒有地域之分的，使用華文創作的文學作品應該也是可以讓全世界的讀者分享的。讀者除了親近本地的作家之外，也可以閱讀海內外以華文創作的文學著作，來擴大經驗與情感的交流，來體認真善美的文學理想。

基於這個理念，我們已經推出一些世界華文作家的創作，包括邀請世界華文作家協會會長林婷婷主編的《漂鳥：加拿大華文女作家選集》、《歸雁：東南亞華文女作家選集》（與劉慧琴共同主編）、《芳草萋萋：世界華文女作家選集》，都獲得各地讀者的好評與重視。

於是，我們再度擴大耕耘，正式設立《世華文學》叢書，邀請世界華文女作家協會前任會長石麗東、名作家趙淑敏，共同主編《采玉華章：北美華文作家選集》、北美華文作家協會會長趙俊邁等主編《北美華文作家選集》，都將是「世華文學」系列陸續推出的文學創作選集，讀者將會發現裡面有許多停筆多年、或是久未出現的老作家，都發表他們的創作了。

「世華文學」不但介紹海外華文作家的文學作品，也容納台灣的文學創作。曾獲中國文藝獎章的陳祖彥，最近將她的多篇小說結集，以《漫步：

我、他、虛構間的流連》為題，獲選列入「世華文學」。

靜宜大學中文系老師楊寒，在《幸福的盡頭》一書中，寫出父子家庭之間的動人感情。現在，趙淑敏的力作《在紐約的角落》也是閃亮的北斗七星了。

後續還有許多海內外的華文作品，將一一出版。

「立足本地、放眼天下」是我們的目標，「出版好書、嘉惠讀者」是我們的使命，「閱讀文學、認識世界」需要我們一起來努力，期待海內外的華文作家都能創作出好的作品，讓我們的讀者分享華文創作的喜悅與成就。讓我們一起努力，華文文學創作的明天，必定是光輝燦爛的。

臺灣商務印書館總編輯方鵬程謹序，2013. 10. 24

推薦序

趙淑俠*

大妹淑敏出新書，拿來些資料給我看。書名《在紐約的角落》，五十六篇文章分做四輯。讀其內容，多是敘述她移居紐約後的生活點滴、心態、思想、回憶，和對主流社會的觀照，突顯出一個新移民在萬花筒般的大紐約，寄身在一個小小角落裡的生存方式。

美國是個移民國家，紐約更是移民最常選擇作為安身之所的第一大城市。淑敏和我住的法拉盛，在紐約是個縮小了的移民世界，族群繁複，華裔的比例數最大。正港的美國白人在這兒反而是少數民族。到了別人的國土，安身則可立命難為，不同人種百類職業，各有各的得失和感懷。淑敏的這本集子裡的文章，多是讀書品人的心得和靜觀社會百態的心跡評斷。給這個此時此地的立足點做詮釋，寫故事也寫自身的得失感懷。

其實紐約是我們自己選擇的新鄉。我與淑敏都是十餘年前移居美國，但兩人心境很是相異。我年紀輕輕出國，做了三十餘年歐洲人，在歲月的磨蝕中彷彿已不知鄉關何處，只是找個沾點中華文化的地方安置晚年，給自己選擇一個願意立足的定點。住在綽號「紐約小台北」的紐約一角的法拉盛，心底早無波瀾。而淑敏從真正的台北來，方寸中自有一把尺，回望故園，感慨也多，難免另有一番滋味在心頭。

《在紐約的角落》中的多篇文章，如〈落戶紐約〉、〈來來去去，台灣的新信息〉、〈燈火〉、〈起點〉、〈留在二三〇七的憶念〉、〈小河的滄桑〉等，都能嗅出隱約的鄉愁味。但淑敏寫的雖是她個人的身邊事態和生活感悟，卻頗能代表一部分初到異國安家立戶的華人知識分子的心情。

一般移民不遠萬里而來，為的是追求色彩繽紛的美國夢。淑敏卻是為了依親，辭掉正在教著的教職，多少帶些被動的把自己「移植」。對新鄉的期待較高，不知不覺中與舊鄉相比，亦是極自然之事。

淑敏喜寫散文，《在紐約的角落》是一本典型的散文集：我的人間風景、回望故園、放眼世界、角落靜靜想，以寫實和藝術象徵來烘托內容，雖在思想卻不議論，多在娓娓敘述，或描寫，或抒情，有「曲筆」，有直白，頗具「小品文」的情趣，亦富引人深思之美。

遍觀當今文壇，寫散文者眾，說不定百位作者有百個不同寫法。淑敏的散文特點是多採真實，貼近生活的題材，行文筆法，不論是客觀描寫，還是主觀抒情，均不落俗套。篇幅長短無格式限制，經多年磨練，語文運用已達從容洗練，收放自如境界。

總聽說姐妹或兄弟最好不要從事同一事業，因「同行相忌」，會影響手足之情。這項理論似乎不適用於我和淑敏。我們是妹妹出書，姐姐給寫序推薦，姐姐出版小說，妹妹給主持新書發布會。二〇〇九年還出了姐妹書，同時各出散文集一本，她的叫《蕭邦旅社》，我的叫《忽成歐洲過客》，也曾被目為文壇佳話。當然更是我們共同走過文學路的一個旅程碑。

人生是旅途，漫漫行走，百般現象盡入眼底，化為思維，成了讀書人花木叢生的寫作原料。有形的景物，無形的感覺記憶，用文字抒發出人生的美麗與哀愁。

《在紐約的角落》是可讀性高、啟人幽思，令人心智豁然開朗的一本好書，讀之會從欣賞中獲得極大的審美享受，特此推薦給親愛的讀者們。

＊趙淑俠生於北平，一九四九年到台灣，一九六一年赴歐，美術學院畢業。曾任美術設計師。一九七〇年開始專業寫作，以《我們的歌》一書成名。其他長短篇小說有《淒情納蘭》、《塞納

河畔》、《西窗一夜雨》、《湖畔夢痕》。散文集《忽成歐洲過客》、《雪峰雲影》、《文學女人的情關》等。德語譯作《夢痕》、《翡翠戒指》、《我們的歌》，出版後，獲德語國家文學界認同。一九九一年創立「歐洲華文作家協會」，是為歐洲有華僑史九十年以來，第一個全歐性的文學團體。趙淑俠被選為首任會長，至今是永久榮譽會長。二〇〇二年到二〇〇六年，為「海外華文女作家協會」副會長、會長。趙淑俠旅居歐洲三十餘年後移民美國。

一九八〇年獲台灣中國文藝協會小說創作獎，一九九一年獲中山文藝小說創作獎。二〇〇八年獲世界華文作家協會「終身成就獎」。

自序

原以為寫小說才會掉入情景或思慮的陷阱裡爬不出來，不料閱讀散文也會如此，因為讀的是自己的東西。將《在紐約的角落》集稿完畢，感覺非常疲倦，比營造新作似乎更累；聽起來好像很荒唐，但真是如此。既然是選稿，便一定要重新細讀，在審閱的過程中，讀著讀著，人就陷了進去，而且會由甲事聯想到乙事，然後可能有丙、丁、戊……在心裡擴散發酵。之後，思緒的線團越抽越長，一發不可收拾。

主因這集散文的推出，是定位於異鄉生活的範疇，生活牽涉到生命、生性、生涯、生機與人生緣。單純如我，在我的人生緣分中卻也跌宕起伏常有許多意外，比如說在我的生涯規劃內，原不包括遷株異土，淪為遊魂。移居紐約，最初從心理到行為，說得好，似依戀舊巢的候鳥；說得悽慘一點，真像找不到方向的蜉蝣，什麼也抓不住，像什麼都沒有了，心無所寄。這種非關生計表面看不出的悽惶，便是找不到生機的困頓，彷彿人猶未老已開始枯萎。也曾自我檢討，我缺的是什麼？我要的是什麼？茫茫然，惶惶然！世俗那一套虛榮繁華我完全不羡慕，可是為什麼別人心寬意順無甚不足，為什麼我活得如此沒有生氣？在大紐約當然僅是滄海之一粟，但我這一「粟」希望還是我，能過「我」的日子。

謝謝老天！那樣從晨到昏純殺光陰度日子的階段終於過去了。我很不怕經歷了這樣的苦惱被人發現，也相信諸多感觸非我獨有，不說不寫不等於沒有。這個「過去了」必須是自生自發自主地跳出自設的桎梏，誰也幫不了忙。自省是重要的功課，削去了那點在骨子裡殘餘的自負的自我封閉，不復在乎遭到隔離、排斥、輕忽、拒絕甚至有意的踐踏，發揮一貫的習性，把眼睛投向有笑意的人群，靜靜走向我應站的位置，加入！你敬我一尺，何妨我還報以一丈。於是我又回到了有人的社會，儘管某時還會興嘆人群中的孤寂最寂寞，還是決定不再唱高調「大隱隱於市」，來掩飾自身的孤傲退縮不接地氣。於是我又可以想，可以寫，再度能靜觀周遭，凝望故里，環顧世界，活了過來。活轉過來又耳聰目明心敞意銳，能不浮躁地感悟體會，能理性地思考觀察了；然而寫下來的只是微少點滴。

的確各人一個活法，即使將人分類，在所謂的同類裡每個人給自己設計的道路也不會一樣；方向雖同，走法有異，心隨意轉。舉個例子，姐姐淑俠和我儘管出自同一家庭情感親密；儘管我前她後都步上了創作之途；儘管靠近我們摯愛的幼妹是定居紐約的共同原因之一；儘管在此間回望台灣都有著眷戀，表現得卻很不同。姐姐恨鐵不成鋼時她直言不諱，針砭抨擊不留餘地；我捍衛「故土」有時卻免不了會護短強辯、心傷氣餒。就像吾姐淑俠一語道破的，兩人的感覺不可能一樣，因為她離開台灣已有五十載，曾安家歐洲近四十年；我是留守的女兒，長居台灣的年程總計則超過五十春秋，真正移根花旗國剛過十年不久，所以兩人對「台灣」的情懷確實兩樣，她發現我眼眸掃向那處家園時，好像有很多類似鄉愁的情緒，而她雖也常常懷念卻已無愁。

我原擬保持的心態，是如昔年《自立晚報》副刊問卷調查作家「省籍」時，所填寫的真話，做「五湖四海人」，卻讓姐姐看穿了，不易做到，也沒做到。曾宣稱，我留下記憶斑跡的相思地，包括父母的原鄉老根在內（雖然僅比地理名詞略熟悉），都有著牽掛；而牽掛之最呀……還是台北。因此即或已植根於紐約的一角，飛機降落JFK，我說的都是「到家了！」對那處埋葬個人青春年華與雙親廬墓所在的並不完美的地方，馬上就有「何時再能回去啊？」眷眷然的喟嘆。三年前在此間《僑報周刊》的「紐約客閒話」版我曾闢過一個專欄《人間潮汐》。是啊！人家已把我歸類為 New Yorker 的一分子，我豈能忘了這重「身分」。實際上自己也有那樣的心理、認同、期望與努力，切切念念要使我們華族的歷史與文化在主流中成為顯耀的一支，這是一個新的生活鵠的。應不矛盾吧！

也並非全是癡人說夢，至少在紐約市皇后區華人文化中心亦是重心的法拉盛，目標已達成。新鄉、故里的思維，此類心情雖互相碰撞卻不複雜，哪裡我們都放不下，也無須放下；可以盡力奉獻時，都做了我們該做的。但是《在紐約的角落》縱然記錄了很多一己在紐約安身立命的經驗，為華人文化效力的心境與熱情，卻不敢變成回憶錄的型態，寧願筆觸更多一點生命力的韻動，能見到文字載錄以外的意境。況且很多人已把「回憶錄」看作是吹牛比賽的產物。

也有人聽說我等卜居紐約，便以為我們大概與賊窩為鄰，錯！真沒那個感覺！要強調一點，紐約固然有著所有大都市皆有的毛病，但是在這天大地也大的所在，人的心胸也會豁闊許多，不會只將心思投注在某市、某縣、某鎮、某鄉、某村的一角土地和那小視野的天空下的一己小利益上，妄自尊大瑣瑣碎碎鬥小心眼。即或僅縮在都市的一個旮旯，卻習於放眼大世界，行走人世江湖。因此這本書包括了四個單元：「我的人間風景」；「回望故園，放眼世界」；「華人文化圈」；「角落靜靜想」。選擇是件苦事，寫得多選得少，想輯入的算算字數還是撤下了。近年來我也還算不很懶惰，除了散文雜文、短篇小說外，也用傳統的散文體裁寫了很多討論華族文化與華文文學為主題的文篇，等等，等等。容納不下了，只好留待下一回。有生之年會實現吧?!

很多事真是難以逆料，說來就突然來了！這事確然是一個從未有過的新麻煩，但是碰上了就該面對。不過自認心態很好，那怕是「強作鎮定」的當兒，也不曾怨天尤人，問：為什麼偏是我？反而想：幸虧是我，若換做仍有仰事俯畜責任的人，輪到這樣的狀況壓頂，煩憂苦慮的沉重，將是一種什麼樣的打擊?!不過坦然中還是有著一點點忐忑，但焦慮的不是結果而是過程，最怕打亂了我既定的計畫。不算煎熬，卻也不安，如解謎似的，過了一關又一關……卒確定是改不了的事實。

終能壓迫自己定下心來，一切如常進行，先寫完這篇序。再整理好心緒，飛台北轉馬來西亞參加世界華文作家代表大會；那裡還有活兒等著我做呢，那也是須全神貫注的，然後是親人的團聚；忽然覺得時間在追著我跑。生命歷程的書寫，東張西望，左思右想，已接觸到值得筆之於書的，還有一個主題欠缺。假如上天這次饒過我，讓我在料理好預訂的事，鎮靜迎戰之後得身殘心健地再站在人前，還有機會出書，我一定要寫一寫在紐約的「醫緣」。原來有這麼多好醫生，也在紐約的角落，守候著像我一樣徬徨的人。有他們令我安心不少，其中一位將為我的手術主刀的竟然是熱忱的昔日我作品的「鑑賞者」，緊張之餘，竟萌生一種他鄉遇故知的快樂與安心……謎底還沒完全揭曉，還待最後的判決，我已深深感念在心。

這本書的得以付梓，都該謝誰呢？當然首先要謝謝僅有過一面之雅的方鵬程先生，真正文質彬彬謙謙君子的內行把關人。四十年前我的第一本書由商務印書館當時的總編兼總經理周道濟博士安排出版，初出茅廬的我人情世故差了一些，卻有讀書人避嫌的執拗，不曾正式表示過謝忱，回想起來，於禮有虧，心中歉然。如今連前帶後所有的感謝，願都一併致奉方總編，他的理解、尊重與耐心，不但讓人心服也讓人心暖；還有他麾下的那些為編此書付出辛勞的工作夥伴。再要謝謝從伊三歲時就認識我的姐姐趙淑俠，這兩年來她自稱年事已高又罹不可多思累腦之疾因而封筆，但於為多人寫了數不清的序文之後，她終於肯內舉不避親，再坐到電腦前，初次為我寫一點敦勉鼓勵的話，彌足珍貴。

趙淑敏序於紐約蝸居二〇一三年深秋

目次

D 角落靜靜想 273

A
我的人間風景

初次的紐約印象

那一次的經驗，對我後來定居紐約，有相當的影響。固然我看到了很多不喜歡的東西，諸如華人的一些不必要的猥瑣，那些不自重不長進，站在邊緣卻缺少那份無欲則剛的淡然。但是也有我極其羡慕的東西，便是心態全然的自由，要怎麼過就怎麼過，那些不規範的規範，去他的！只要不殺人越貨，不干犯律法，誰能管？況且就生活的大環境而言，客觀地說，只有在這樣的廣大人種展覽場中，才會少一些異類的感覺。

那年，懷著十分複雜的心情，跑了一趟紐約，距前次到紐約城遊歷已相隔十年。不過第一次到紐約，只像是無意飄過的葉子，談不到印象；再來，紐約似乎沒什麼改變，但多了些發現。還有感覺「少數民族」更多了，生活空間更擠了，大世界的小螞蟻的感受更為強烈。

不曾訪巡風景線的亮點；不曾參觀大學和博物館；不曾找尋藝術的性靈之美。都沒有，僅是生活，非常主婦地買菜做飯充任特別護士。可是本諸一個敏感知識分子的觀察，並非毫無所得。帶著病人平安地到紐約又平安地回家，已是上天仁慈保佑，再能有所感所應，雖然沒玩沒吃，還是得說收穫不菲。

一月中旬，忙忙地結束了學校的課，帶著病重的他，忐忑不安地登程了，醫生破例恩准，華航的學生們費心為老師做周全的安排，寒素的教書人竟奢侈地訂購了「商務艙」的機位，這一切都是為那個想念兒子的父親，要去留學地看望他的兒子。原應是識途老馬，廢了武功的病夫就說不上舊地重遊了；一個冒險探親的人，實際哪裡也不能遊。雖然對哥倫比亞大學，對那破破爛爛的西一一三街十分想去探探，在那天寒地凍陰沉肅殺的季節，還是不敢出門。

事後才有比較，那時紐約機場為行動不便的旅客推輪椅的，不是男工友，而是嬌美的女職員。上上下下，穿廊過道，拐彎抹角，進出的電梯，往往要現去尋人開鎖，受了不少累，可是堅持不肯接受 Tip。誰說紐約客全見錢眼開呢？早就聽說紐約是個壞地方，到底怎麼「壞」，實在不容易描述，但是見到從那去國方二載，一個不知人間疾苦的男孩子，竟滿面風霜這一點，就可知紐約城是一處什麼樣的煉人高爐了。

後來得到一冊殷志鵬博士所撰的《紐約筆記》，在封底有一段文字形容這個地方：「紐約是今日世界的一個大競賽場。因此，紐約的生活節拍，就比其他大都市要快。同時，紐約也是一個世界文化的交匯點。不同的人物，帶來不同的文化，在這裡衝刺、拚搏、融合和創新。因此，紐約的神經末梢，也似乎比其他大都市更為敏感。」是的，正是如此，生活其間，或長或短，倘非麻木，都會感受到它的氣氛。很多人不喜歡這個城，卻又離不開它，尤其對於異國人更如此。固然在廣大陌然的人海裡，飽嘗人群中的寂寞，但是也會被這雜燴的人眾所容納，較少異類隔離的震撼。

早就發現，紐約實在是處人種展覽場，不同言語不同服飾的人來來往往，一些兒也不覺特別。我曾開玩笑地說了一句話，在紐約不管長了什麼怪色的頭髮眼睛，著了什麼奇裝異服，都不可能吸引到人注意，除非是脫光了衣服在大街上跑。朋友回答得很妙，他說就是脫了衣服在街上裸奔，也不會有人注意。這個說法可能過分了，假如有個人不分男女，數九寒天，在街道上裸裎呼嘯奔過，還是會博得注視。但極可能是疑問的一瞥，僅僅一瞥，然後仍各行其是，依然匆匆忙忙，往往來來。這就是紐約的可愛之處。

紐約人的忙，紐約人的雜，誰都可以見到，但怎樣忙，怎樣雜，卻很難有人一語廓清。尤其過客，每每僅能見及一面或少面。既是純為探親上路，又為著可以自己料理飲食，便不管多麼擾人，也只好擠進親人的小家庭。因為他們家就住在中國城的附近，買菜購物方便。恐怕人在台北也不可能那麼便利，缺一把蔥，少兩罐牛奶，臨時可以支使少年郎跑一趟。曾有學生說所有的唐人街都是大菜市，是買菜的地方。也許在一名ＡＢＣ的立場是如此，因為她已是老華僑們所說的「竹生」。然而據我的觀察，唐人「街」，不管有幾條，對於很多人已是另一片母土，尤其是廣東人。他們落地生根，生老病死，都在這個圈圈裡活動，至少紐約中國城是如此，從飯館到殯儀館，樣樣俱全，處處可聞鄉音；不管是自哪個地方去的，原屬哪個語系，在那處土地上，粵語比英語更流行。一個技術非常不高明的女理髮師，來自台北永和，她說的也是廣府話。閒聊之餘，她還說中國城的房子極爛極髒，最多的是蟑螂。由於工作需要，她便不能不住在那裡。那裡叫中國城，或許也沒錯，從經常活動於斯的人眾來看，似乎比台北人更具傳統面貌。那裡除了飯館多，銀行也多，銀行中進進出出也都是黃面孔。別看那些銀行門面小小，存款卻多多。是啊！正是如此。存得多提得少，別小看了那些土土的阿公阿婆，說不定是百萬鉅富，有的乾脆把鈔票存入保險箱。

其實我自己才土，後來才知道華人說的新興的中國城原來指的是法拉盛（Flushing）。去過兩趟，覺得那裡竟然沒有「唐人街」的形貌。按說那是華人的第二基地，卻未想到全然不同。大概因為台灣去的移民多，很多的公司招用新人的時候，不但要求會說英、粵語，還要求會說台語。人真是頑固的動物，明明已有共同的公語言國語，且是各省投票決定的，卻堅持在公眾的場合說一鄉一地的方言，造成同胞相互之間的隔閡與猜忌。有時不免要興「真正天下為公，先知先覺的人何其少也」之嘆。

法拉盛的華族怎樣地掙扎出頭站穩腳步，我沒仔細看，還來不及推敲。對以孔子大廈為中心，堅尼路、東百老匯街、包厘街縱橫匯集起來的「中國城」，則做了近三週的旁觀。

對！我是過客，只是旁觀！

在那兒的禁忌之一，是別問人「身分」，那裡有很多人是沒有「身分」的，據知在餐館中工作的最多。那裡幾乎沒有住戶，都是一間一間的店面集合排列，而絕大多數都是小店；工作的人員，容光煥發的有，然而普遍都是滿臉倦容的中年男女。有一天，到「錦江」買肉，看見一個穿著白工作服的中年男子，用兩隻凍得快爛的手，在搬貨切肉，實有要掉眼淚的感覺。那幾日正為廚房工作做得太勤，手無端紅腫起來，皮膚痛癢欲破，滋味頗不好受。家人個個緊張，想盡方法保養維護，叫我將息節勞。我是可以，他能嗎？事實上他是幸運的，比起來，較堅尼路上那些冒酷寒凜風，守在街頭，擺個雜貨攤或菜攤的移民，要少辛苦得多。說來，我又蠢了，有資本有能力擺攤子的人該多麼lucky，還有多少非法移民，想在冰天雪地中弄個小攤子苟活而不可得。

我的落腳居處，正面對著數街相匯的交叉口，每天可見一隊隊的旅行團跑來這片華人聚落，煞有介事的東走西逛，拿著相機瞎拍。不過到了週末，唐人街真就變成了大菜市場，各地的人，不只華人，都來購物買菜了，其熱鬧的程度不能僅用熙熙攘攘來表示。堅尼路上，幾乎萬頭攢動，難怪這裡的銀行要一個禮拜開七天。所有的遊客顧客都離去後，留下的是一片髒亂。唯一不同的是入鄉隨俗了。有人在店門口和街道旁忙著掃垃圾。當然，也有人十分傳統地任骯髒留在「三不管」的地帶。

平心而論，從生活品質上著眼，中國城不是頂適合居住的區域。因此很多華人寧願住在城郊的住宅區，然後到城裡謀生。甚至可住到紐澤西或康乃狄克州去，尤其一些高級知識分子的取向是如此。唐人街只是吃飯購物、兒女學中文的所在。他們的想法、看法、生活模式，殷志鵬的書裡，敘述得很多，不再是改變身分、謀職之類的事，而是養生、課子、經營園宅、買車換車，以及萬一撞了車怎樣索賠之類等等的問題。有機會與這些華族碩彥聚在一起，席間聽見一些大男人除了談文化活動，竟然也談兒女的學業和生活瑣事，倒令人暗吃一驚。這正是台北男文人，常鄙薄女性作家的一點。為何有這差異，值得好好做番研究，寫篇論文。

經過許多奮鬥，啜飲過許多辛酸，困苦的留學生變成有一片天的學者，像他們說的「做了美國人的父母」。但是在他們的心底，依我的觀察，他們固然落地生根，卻未扎實地著根，所以恰似殷志鵬形容的，每唱「蘇武牧羊北海邊，雪地又冰天，羈留十九年……」總會心頭酸酸。於是他們常會與有中國人與中國文化的母土掛鈎。他們的鄉愁與那些猶在生存線上苦苦掙扎的華人不同，但仍有著鄉愁。另外我始終不敢問，當他們心中的中國觀念和子女的純美國思想衝突的時候將如何調適。《紐約筆記》裡〈中文〉一篇，提到教在美國出生的子女學中文，有如打一場「文化戰」，明知「敵」（美國社會與學校）「我」（華人家庭）雙方實力懸殊，亦不甘不戰而降。總希望兒女有一天能從心裡覺悟，決心與父母「並肩作戰」，其實學中文只是文化戰的戰況之一吧！

因為又去了一次紐約，又主要周旋在華人群中，對華人在美國生活，便有了更深一層的認識；但在我的意念中沒有到美國參與競食的考量。儘管父親形容我讀書把自己讀迂了，在台灣我仍並非百無一用的類屬，上庠中的教授還算榮譽職，到了美國無法從頭做起，便什麼用處也無，連到肉店去切肉都不夠資格。

有一點不太明白，為什麼很多從台灣去的華人也往唐人街擠，在大外國的小外國中拚搏搶食。跟兒子去過兩趟法拉盛，我倒認為更適合「台灣郎」安家，除了沒有語言、感覺的二重隔絕，空氣也較清新，人口沒有那麼密集，大環境好很多。而且假如說工作機會少一些，為何不盡一分力，使之繁榮起來？繁榮起來大家才有機會，為什麼總想享現成的，況且從居住環境著眼，同等的房舍，法拉盛便宜很多。殷志鵬說「大多數的華人父母，都願意為子女的光明前途而犧牲，為他（她）們未來的幸福而盡力」，又忍不住要淚下了。正是那樣的！不只是他們這一型，那些苟延殘喘於十成異國的屬類，也大多是如此啊！還有，原鄉就比不上此刻處身的現狀嗎？因何要忍受呢？每人的生活境界不同，選擇的原則也不同。那麼多人決定定居於斯，一定有他們的道理。至少在我個人看到了公共交通方便，與大紐約大得便於隱身的優點。

落戶紐約

多次小停觀察，認真聆聽經驗，再想了又想，掂量過自己，決定少數服從多數，到這個大都會來做滄海之一粟。

來了，卻覺活著像沒活，哪裡都不對，不是痛苦而是苦悶。我走失了，迷失了方向，我該把自己放在哪裡？之後，之後尋尋覓覓，覓覓尋尋，尋找一個放心的所在。就是那樣蹉跎著，該做的事都做，就是沒心。摸索著，春去秋來，紐約的日子，終於有了我能適應的內容，才是真正的落戶。現在出了JFK，我終於肯說「我回來了」。

並不矯情，也不彆扭，當初，得到通知要來，在親人團聚的大題目下，我還是從善如流，來美國「報到」了；甚至還下了決心，放棄了很多讀書人嚮往的大學教職，特別申請提前退休。只是此後數年仍然是一隻候鳥，在台北紐約之間飛來飛去。來此之前，心理已有準備，抽去了原有的生活依託，須過天天星期天的淡白日子，一定會感到失去的落寞。但是要得，便必須要捨，人生不可能面面俱全。

有人勸我：「千萬要調整好心態，不能因為妳在台灣是 somebody，到美國成了 nobody 就受不了。」說什麼呢，在台灣也不算啥個人物啊！還有人勸我，別那麼惶恐，美國的日子不會難過，所選擇落戶的地區，不開車也不會被困住；想吃什麼出門就有；看電視租帶子可隨心所欲；維護健康，附近華醫診所林立，樓下就有眾多名醫開業；趕快學打麻將，麻將搭子可以閉著眼睛一抓一大把。聽到這些「好話」，我只能苦笑，即使勉強自己趕流行學會方城遊戲，還是會感到人群中的寂寞吧？

年曆扔了一個又一個，不斷告訴自己的是：不要心存成見慢慢把自己融進去。到底融進去了沒有？不論身心似乎一直飄浮著，僅能試著慢慢調整自己去尋掘生活之美。不過最初看到的都是醜，唐人街堅尼路人行道上不堪下腳的髒與臭；走在法拉盛銀行匯集的地帶，走著走著忽然一名壯年中國漢子一口濃痰吐在面前，噁心得人一天都吃不下飯；去移民局、監理所以及其他公家機關辦事，老天那效率……難怪惡名昭彰，從台灣那既高效率又方便的地方來的，很覺受罪。除了寫一點小文章安慰自己，整天沒正經事做，心裡真是鬱悶委屈萬分。直到有一天我們下了決心，拿著街道地圖與地鐵圖摸到古根漢博物館（Guggenheim Museum）去，除了展覽的古代文物藝術的饗宴，那種走在真正紐約人的大街上的感覺，喚醒了我，我該去發現！於是我撇下「鬱卒」試探著出去接觸。

鄰近的皇后區圖書館終於蓋好了，是第一處我知道我有權享受的公共場所，最大的欣慰是它取代了我昔日的書庫，此後再想起我捐出的藏書，只會懷念而不再感傷。有那麼一天，一通電話竟然是圖書館打來的，從未見過的主事者邀我去參加書友會，以書會友，於是我又有了另一處發揮所長投放心思的所在，後來又牽出來一串各型讀書會。而圖書館對全民的多功能作用，更讓我大開眼界，真有意外的驚喜。試著去發現，便也免不了被發現，於是不再只是當無法融入的群眾，討論、演講、主持、講評，心智終於覓得習慣的落足處，也能貢獻於人發揮一點我習慣的做人的價值。但是無用如我，也只能參與頭腦體操，還有許多可愛的，眾樂樂的體能活動沒有能力享受。

另一個大發現讓我吃驚。哇！這裡各類的會、社怎麼那麼多！按比例，較台灣多多了！有人形容這是無法進入主流社會「雞口效應」的現象。這話或許有幾分真實，但同根而來的人組合起來相濡以沫，就似失群的雁又回到了雁群，彼此扶持撫慰有什麼不好?!從作家團體、專業組織到校友會、同鄉會、宗親會都是人以類聚的地方，假如願意多湊熱鬧，一年到頭有開不完的大會小會。評估自己的情況，畢竟一個人的精力有限，還是量力而行，有所取捨，節制一點好。

當心情安頓下來，就可以冷靜地看事想事了，終於能看到我置身的這片土地的長處。儘管依然是白族優越的國度，包容性卻是豁然大度的。舉個例，在華洋的超級市場與醫生診所，最容易學會分辨誰在享受福利。按觀察所得，華人的比例遠超過「老外」，相信他們不是每個人都對這個國家曾有過貢獻。但只要有「身分」有「資格」，美國政府就不追根究柢，一樣「養活」。而且身心充分自由，個人的生活只要不妨礙公共利益，不觸犯法律，愛怎麼過就怎麼過，沒人來刺探隱私，傳閒話，說三道四。不管是誰，若非美得驚人引人注意，走在大街上，怎麼打扮都沒人管沒人看，沒人大驚小怪，除非是光著身體；也許光著身體在大街上跳舞，也只能多被注意一會兒。

美國社會毛病很多，但是有一個許多國家比不了的優點，就是大海容納百川，接受各移民國家的民族特性，慢慢形成種族多元的國家。尊重各該族裔的文化，讓大家都覺得自己重要，大家儘管膚色不同，都是其中之一。然後才能由行動的歸屬，到心的歸依。就像在一次地方文化的研討會中，華裔的與會者向那個白人市議員開砲，雖然有些護短，還能說出個理來，宣示不僅是要華人必須融進英語系統接受他們的風俗習慣，他們也該學著瞭解接納華人的文化，我們也是主流中的一支。這個見解真對，至少在這多元化的法拉盛（Flushing），我們是真正的主流。這個感覺真好!!在台灣我什麼都沒有了，在親人團聚互相取暖的大題目下，選擇紐約落戶過自己的小日子，應該是不壞的選擇。

愛挑逗族群矛盾的政治渣滓不是沒有，大到國會選舉，小到社區問題，總有那麼幾個人出來搧風點火，往往引來一片噓聲，不但成不了氣候，反成了人人厭惡的社會之污鼠。不管美國這個地方有多少缺點可以讓人挑剔，這方面是成熟的，在這裡度我的恬淡歲月，安心不少。

簡單的快樂——英格蘭的鄉村生活

從未想過要去英國的國家公園。自認與任何的國家公園無緣，那都是走死人不償命的地方，尤其歐洲人愛走善走，動輒以小時計，幾歲的兒童一次走上三四個鐘頭是常事。自幼運動最差，除了頭腦體操尚佳，體能活動都不及格，動了髖關節更換手術之後，縱然再也不瘸不痛，最大的腳程也僅是平坦大道半小時。

探親就探親，儘管是名列英國十五處公園最先開闢的，全世界觀光客第二愛去的地方，每年有兩千萬人光顧，可不可以把我從 20 million 中剔除？我無能，國家公園就免了吧！只想親人團聚，體驗一下英國的鄉民生活。

無奈人家主意已定，只得忐忑上路！

沒想到大西洋的上空氣流如此的震盪，飛機常客很像無助的小螞蟻被放在篩子上，丟到波浪起伏的大水池裡猛篩。忙不迭地從前座椅背摸出了嘔吐袋套在嘴巴上，準備那隨時要來的一刻。機上的空中老爺，看到這樣造孽的狼狽相，是善意的還是調侃的？給了一個大號的塑膠提袋，說這個更好用。我就那樣捂著兩層袋子，睡睡醒醒撐到了終站，到底沒吐。

曼徹斯特的機場實在很小，比起來別說紐約的甘迺迪，就是跟拉瓜地亞相比也差很多，相對的也少了許多雜亂，因為是清晨嗎？這樣的觀察判斷，可能不一定準確。倒是移民官員文雅許多，儘管有所疑惑，問的問題同樣一針見血，態度卻很親切。她問我既是探親為什麼掐頭去尾只停留一週，我說他們只請了一星期的假，Tideswell, Derbyshire 是鄉村，無法自己出遊，我宜乎在人家回去上班以前返回美國。「達比夏」！她輕聲地複述。Derbyshire!!是的！到了英國學到的第一個「英」文字，就是Derbyshire，意思就是Derby郡。

曾經有幾次遺失行李的經驗（行李後到），為了避免這種情形再發生，寫行李吊牌時，一定是寫明兩個地址：原住何處，乘坐班機的飛行號碼及落地後的詳址。出關較晚，取行李處，管運送履帶的工作人員，已把行李都先搬到了地上。終於看到了我的箱子，他還要核對一遍，我除了指出特點之外，也讀出女兒的住址讓他確認。他拖過行李箱，同時朗聲地糾正發音「達比夏，達比！」原來嘴巴要大大張開，那個R不發音，倘若發音也不可舌頭打彎。這是此次到英國所上的第一課。一向聽說歐洲人諷刺美國只有文明沒有文化，現在見識到了，一名基層工作人員也展現了文化的優越感，強調英國人「英」文發音的主體性。

出了機場，哦！跟紐約相比，氣溫差了一季，看看他們可都穿著 T-shirt，英國人真抗凍，華裔也入鄉隨俗了。他們滿帶喜悅地讚美我帶去了好天氣，前兩天還是細雨綿綿，雖來到五月中旬仍僅是攝氏二三度。

取了車回家，漸漸將都市拋在車後。英國的馬路，大概真只是為了給馬走的，都窄窄的來去兩車道，三十多年前歐洲遨遊時就如此，沒想到三十幾年過去，仍無什麼改變。

車漸漸駛入郊野。

不是說回家嗎？怎麼鑽進了山區？

「現在我們已進入了 Peak District 國家公園！」

華人旅行業者，把「Peak District National Park」翻譯成「山峰國家公園」。說是山實在也夠不上，僅是低海拔的丘陵，山丘確實成區，都不是獨立的，一個個此起彼伏覆蓋著綠草的山包，儘管綠成一片，卻參差有致，很不單調。真個是天蒼蒼野茫茫，但不是風吹草低見牛羊，每個山包都像剃了平頭，根本全是短草，草不必低，也低不下去，而隨處可見到牛羊。不！主要是綿羊，牛數不多，還偶見驢馬雜混其間。最讓人吃驚的是牠們的活動範圍並不區隔，常常同在一個區域，彼此卻相安無事。各散各的步，各吃各的草，跟習見牧場中柵欄內的牛羊互相角牴，互相撞擠的情況很不一樣。

現在知道了，為什麼強調「山峰」，放眼望去原是錯落上上下下看不見邊的丘陵，但忽然就有一座色調絕不相同的赭紅橙褐交雜的山巒冒上來，像立屏似的擋在天與丘之之間。

「怎麼不直接回家呢？」再問一次。

「這就是回家的路！我們家就在國家公園的中心點上。」

笨哪！被女兒堵住了嘴，不再問了。

駕車駛過這條山路，技術真須好得不得了，只見剛爬上一個坡，一語未了又衝了下去，高起高落，接著再來，再來……又忽然來個大轉彎，根本沒有直行平地的機會，僅有陡坡與緩坡、急彎與大弧之差。路是如此之狹窄，倘若地形不熟又技術欠佳，很可能弄不好就飛下了山。

初見這一四三八平方公里（五五五英哩）的英國第一處國家公園，立刻就認同了它的地位。春草如此的綠，綠得如此均勻，是別處少見的，黃石公園與紐約上州，都有好路樹好風景，卻免除不了車輛太多廢氣污染的缺點。這裡不用冷氣，打開一點車窗，沁涼純淨帶著朝露味道的空氣最適深呼吸，真是久違久違了。人類在這兒是稀有動物，路上除了背著大背包的健行者，或是全副武裝的自行車騎士，如此天寬地闊的丘陵群中，幾乎再沒遇見他人，許久許久有車對面而來，好個難得，趕快做個喜相逢招呼的手勢。特別的景觀，特別的感覺，確然不必去看什麼景點，我們已在景畫之中。

這趟五十多分鐘的車遊，對於這一地帶，已有了好多發現：

主要是由石南科的植物滿佈的高崖與短草覆蓋的山丘所構成；說得更準確一點，這是一個石峰與丘陵互相襯托的地帶；後來發現，一些綠色植被掩蓋下也是石頭底盤。

綠色的原野所有權的劃分，都是用石塊壘積起來約四五呎高的矮牆所分隔，不用籬笆，不用木料，不用水泥；也有新牽起的木柱鐵絲作為界限，卻又重複地再壘上一道石牆。飆風吹倒了的，再重新堆壘，連家庭後院也不例外。現在的人大概為了省工省事，某些最後完工時稍稍敷一些水泥固定。所以達比夏的原野，是用石牆石欄，在草原上畫成大格子的拼圖。只有公路畫出的線不用石頭。

是草原不是農田，活動的生靈牛羊遠多於人類；城鎮村落都用山間公路連結起來。城與村常常就被山包圍在山窩裡。村與村之間大多相距很遠，隔著山，隔著路，這村到那村，開車二三十分鐘是近的。

民宅都是石頭屋，屋頂是一般的平瓦，外牆則用石塊砌成。原來這不但是就地取材的習慣、傳統，也成了當地政府的規定，老屋改建也要尊重國家公園定下的保持特色的慣例。有一天又驅車出遊，竟發現了被刷過彩漆的房舍，立刻表示原來英國人也不那麼守法。得到的回答卻是已出了達比夏的公園區，是約克夏的地界了。Peak District 在達比夏，但並非所有達比夏郡都屬國家公園的範圍。

最特別的是門牌沒有號碼，每處房舍都有一個獨特的名字，某某house，某某 Cottage，而常以最想紀念的人姓氏或別號命名，倒不一定是屋主的 last name，比如我的居停的人家名叫「Lawson House」，雖然是Shaw家的物業。

因為地質的條件，不能耕種只能放牧，牛羊不用飼料只吃牧草，逐草場而居。除了嚴冬，家畜都住在草地上吃鮮草，不管何時想吃就吃，難怪那黑臉的綿羊總穿著非常厚的羊毛大氅（也有全白色的），只有在盛夏才脫毛換季；這種羊毛不能利用，不像澳洲飼養綿羊每年有剪羊毛的工作和收入。

行行復行行，這個只有兩千居民的 Tideswell 村終於到了，按習見的概念，這村子實在像一個小鎮。就像後來看見的資料上說的：「說是村莊它似乎像個鎮，說是個鎮又小得像個村」，可是當地人只承認是 village，如同達比夏的很多村子一樣謙虛。Shaw 家的 Lawson House，外觀與其他的民宅相同，都是十分純樸原色的石頭房舍，更新的僅是內部裝潢設備與時代文明同步。又忍不住發問了，假如偏喜歡新奇，愛標新立異，就不遵守規定怎麼辦？那麼就要擔負那付不起的稅，沒有誰那麼傻，自找麻煩還會成為社區的公敵。地方管轄單位不是不許改變，改建不是不行，至少留一面石牆是最大的寬限。

有常出現在觀光圖冊上當地的兩大地標，都在左近。隔五七個門有一處特別的房子，就不曾砌石為牆，而是白牆黑柱。為什麼可以例外？因為那是一座古屋。到底有多古？沒人說得上！非常非常古，是達比夏郡象徵的少數古屋之一。看得出很得保護，修來修去，維護到今日。細看是有一點歪，大體仍保持它的原貌，變成了本區的古蹟之一。從外觀上看，大概「拉皮」很勤，至少拍出的照片便不顯老。離開之前發現又搭起了架子，看來又要動工了。

過了街，經過村子的真正中心點，到另一條街上，有一處被稱為Peak區主教座堂的「聖施洗者約翰堂」，從一三四六年就是這個面貌，距今已有六百多年。元順帝同時代的建築，當然是古蹟了，教堂內的木雕據說出於名家之手，平時大門緊閉，想看也進不去。離去的前一天是週末，有婚禮舉行而開放，婚禮完成後，趁機會進去走了一轉。對這所教堂沒有特殊的感覺，因為去過許多有特色村鎮，幾乎都有一座或數處教堂，在我看來長得都差不多一樣，庭院內也都有許多墓碑。聖約翰堂墓地較新的一區，看來並不太舊，卻是一八〇一年下葬的。在後面階台上的，看得出古老許多。不過教堂在民間扮演的角色已減少了重要性，一般除了婚禮，新生兒受洗，民眾已沒有經常去教堂的習慣，禮拜天寧願去爬山長跑。女兒說比起來，美國人對宗教虔誠得多。

住在Lawson House，我要求的是除了四處走走，要完全按他們平常的起居作息生活，他們都為我請了假，當然是假日生活。到達的當天是星期六，但始終有暈機的感覺，很希望休息一日，第二天再外出活動。唯一的節目，只是晚上隨他們到「俱樂部」去湊趣。

這是村民休閒式的例行聚集，喝酒，聊天，聽歌，跳舞，摸彩，「Great

Rock Club」純樸單純到極點，從台北紐約的眼光來看，設備似乎很陽春。平日工作的人，累了一星期了，到那裡不要求別的，就是放鬆，沒有西裝革履，珠寶華服，很多人穿了牛仔褲就去了。那個地方中老年人多，年輕人較少，大概因為不夠狂熱之故；為了將就那些資深會員，便野不起來。

他們喝啤酒，我喝可樂，顯得有點格格不入。我的老天，竟有兩首祖母級的歌開場，有一首是我讀中學時學來的「Tennessee Waltz」，隨著音樂和歌星唱詞的導引，我還能唱個頭尾俱全，「I was dancing with my darling to the Tennessee Waltz...」回憶讓人無限感慨！這兩曲一過，hot music 一起，大家才紛紛下池，有的噸位可觀，有的年事已高，反正各跳各的，同樣跳個痛快。很多人真的談不上舞姿，就是隨著音樂節拍亂搖亂扭。就是那樣！只要我喜歡，沒什麼不可以的那種！而且不一定是年輕的才舞得出色。我不想動，多年沒跳舞了，是一個原因，另一個原因，這種「群魔亂舞」的方式，我真不會。寧願冷眼觀察，欣賞。想跟鄰座聊兩句，不行！恐怕須用五百人聆聽的音量才可以聽得見。不過真是見識到鄉村中人夜生活的方式。Bingo 摸彩完了之後打道回府，山間是沒有路燈的，靠著車的大燈七轉八彎回到家。人家習以為常沒當回事，我緊張半天。日子就是這樣過的，村民雖不是農民，各有其業，便也日出而起日入而息，修沐日有一點樸素的娛樂。女兒就是這樣，走過半個地球，尋找簡單的快樂，台北紐約都留不住她，安心蟄居在英格蘭的小村中。

此後的日子，便是按他們排的日程四處出遊，走很多山路，越過數不清的丘陵，巡經過連綿不斷的一片的綠，去過數處有特色的村鎮。直到去過北邊園區最高的水壩之後，才分得清黑峰區的與白石區有多大分別，原來公園的峰嶺石崖都在北區，除了 moors，山間也有濃密樹林，不像中部以南普遍都是一個一個交互串聯的綠色大麵包，石頭都藏在草底下。

天天往山跑，相信山路一定非常耗油，有兩天一個下午有加兩三次油的紀錄。可不是，北到水庫最高壩，西到 Buxton，南到 Matlock，東到 Chatsworth，重要地區都去過了。在特別陡又長的坡道，洋女婿 Terry 拿出了祕密武器輪椅，堅持推我一段，為了免我難堪，他故意說：「妳走得太慢呀！上來吧」，幾天之中讓我體會，鄉村中的英國佬，不似我們以為的那樣冷漠，而且非常注重家庭與親情。他們的活動，確實都想參加，但運動量太大，參與不了。已經在外面跑了大半天了，還嫌沒走夠，晚飯後還要出去走上一個多小時（不是散步），或是去打兩小時的球。

真的入鄉隨俗，不論外出或在家，幾乎全吃洋飯，頂中國的餐是煮一鍋飯，炒一鍋菜，合起來也許再加一點cheese放入烤盤送進烤箱，然後切一盤新鮮到百分之百的生菜without dressing，就是大家期待的美味，不來「做一桌子菜」那種虛誇的事。說到生菜，令我大吃一驚，買回來剝去外包的保鮮膜，不用洗，切了就吃，紅色的彩椒最好吃。華人之食，他們只喜歡伴手禮鳳梨酥，是下午茶很好的點心；不喝茶的時候也悄悄地一個一個地抓來吃。

店鋪的規模都很小，菜店裡的人和菜，還看得出點鄉村味，肉店儘管也是小門小店，那架式跟整潔到一塵不染的程度，則頗有都市大店的派頭。雖說是鄉村，教育水準卻不低，編得挺不錯的Tideswell村的news letter，主編是一位黑手。

也看過一處所謂的豪宅，我可很不欣賞。牆高宅深，孤冷陰森。一日經過那裡，大門倒是大敞四開，可以一眼看到底，無花多樹滿院的落葉，傳統石塊的院牆比別家高上一倍不止，看來很像監獄，僅是沒關鐵門。達比夏的村落，習慣是住家沿街蓋房，院子多在後面，這樣世代相傳不改式樣的石屋，街坊鄰居可互相親切守望相助，而不至像牢實的監舍。

英國不但是有歷史也是有歷史故事的國家，既然這次我強調的是要體驗常民社會的生活，那麼便也包括去探訪常民愛去的名勝。「黑死病之鄉」易姆（Eyam）是我指定的。到 Chatsworth 的公爵府是他們選擇的。確實不虛此行，到易姆是心的感受感應，到公爵府等於是上了一課，不只是吃到最好的冰淇淋，而是看到一位有智慧的女人，在她的手上把燙手的熱蕃薯變成金雞母的成績。那是一個長長、長長的故事，希望有一天能講給人聽。從達比夏公爵府的存活，我不再鄙視古蹟與企業掛鉤。這也是鄉民不忌妒而引以為傲的。

禁書與精神藥物

誤打誤撞，安家斯地。原選的是交通方便與郵局超市近在咫尺，覺得運氣不錯。待定下來才發現公共圖書館距蝸居僅一個街口，大喜過望。

與台灣大不同的是按規定一個人最多可以借二十五本書。我沒那麼貪多，但是累積加上續借，最高紀錄，也曾滿額過；尤其須寫論文的時候，自己已滿限額，還要請人代借。習慣是借時分批，還時便拖著手車一次歸還；也曾忘了辦續借手續罰過很多錢，這是自己的錯不能怨人。總之，我是很會利用這項「權利」的人，當然對本區圖書館的「瀏覽率」在美國與世界都名列前茅，我得算是有著貢獻的。最近外務多了，讀書的時間就少了；也原諒自己，須節省目力，並須看電腦。

從小便被歸入書蠹一族，有書讀，可以不吃飯、不睡覺、不遊戲。同族都有共同的語言，因此很早便服膺一句話：「擁被讀禁書，人間一樂也。」所以在台灣已開始實行戒嚴，把一九三〇年代文藝視為毒蛇猛獸的年代，我還讀過巴金的《家》、《春》、《秋》、老舍的《駱駝祥子》等等。

不過那是少年不知「懼」滋味，讀就讀了，沒有特別的快感。待二十餘年過去，禁令森嚴，那蓄意討好我的人，於參加國際會議返台，通關還要開箱檢查行李的年月（據知是為查稅品），竟敢自恃桃李滿天下的身分，用手提的文件箱偷渡一兩本一九三〇年代作家的作品給我。那時獲得禁書而讀之，才感到如偷情得逞般的趣味。如今台灣已是大開放的時代，早在一九八〇之初，小「發財車」書攤在各大學校園巡迴駐停，要買什麼都有，那管事的眼睜眼閉，書禁早就不開自開。現在更不用說，連教自殺謀命的秘笈都可以買得到，百無禁忌到無法無天，要找禁書還真難了，生活中似乎少了一點逸趣。

決定動一項大手術，之前做各種準備，除了瞭解手術的內容以外，還包括術前的身心預備、術後的復健歷程在內。由於知道手術後禁忌很多，又須有很長行動不自由的閉關之期，這段自苦苦人的時間如何捱過（周邊的親人都會受到影響），需要好好設計。《禮記・中庸》：「凡事豫則立，不豫則廢。」我很相信這句話，所以在上手術台的前一天還在跑圖書館。分批借回大堆的書籍，充作術後的精神藥物。這樣做確然十分重要，助我度過了最難捱的時光；因為有書可讀，在復健醫院中，鄰室病友的長時哀號壓力，與自身病痛的難耐與不便，才可以暫時忘卻。

「精神藥物」包括自己原有與借來的古典小說（不甚喜歡的《西遊記》也在內），都打算再溫習一遍，還有一些小說、散文、傳記及文友的作品等二三十冊。其中，還借到不久前被大陸當局列為八種禁書中的《滄桑》、《伶人往事》和《如焉》；要不是得到朋友的幫助，有的書能排上隊獲得一讀還不容易呢！顯然是越禁越禁不了，反鼓勵愛書人要一探究竟。其實我不太喜歡湊熱鬧，只是我除了「解悶」、「忘痛」的需求，願意激盪思緒的意願遠大於好奇。從八歲開始，文學作品之於我就不是「閒書」，作家的背景、風格、筆觸縱或有異，卻都是激蕩心潭的重石。

不過我看書也有青白眼，有些僅翻一翻；有些速讀；有些速讀後再二讀，某些還會三讀。有的寫得並不出色，因為內容，我也肯耐著性子再「炒」一遍，《滄桑》就是如此；最紅的《伶人往事》我看了兩遍，作者的筆調與敘述的故事都頗吸引人；《如焉》已經迅閱與細讀兩遍，或許還會重點式再反芻一次。這些除了文學欣賞的感應，還有瞭解一個社會的變遷與思潮影響的作用。閱讀的過程，像跟自己開討論會一般，有猜謎、有印證、有批判、有解密、有啟示，也有感動，病苦之中樂得不得了。苦中作樂，是斯言也。

惑，怎麼走過去

來到一處怪異的殿堂，混沌混黃的重厚水瀑晃晃蕩蕩，無聲無嗅地飄擋在面前。這裡是什麼所在？不似人間，沒有天堂的清朗喜樂，也不像地獄的陰森恐怖，更不可能是那處泛眾嚮往的極樂西方。

有了燈光，但隔著一片的濁黃不明，好像有好多人，影影綽綽，不知都在忙些什麼，就是不出聲音寂靜地穿梭遊走，走得人心煩意亂。這裡是哪裡呀？反正跟常在的生活天地大不一樣。是了，那氣氛，那調子應屬地府陰曹的，從身至心感到的是全然自由卻又擠壓窒息，大概我已旅行到另一個地界了吧！抬頭看時，有些詫異。怪了，在這個地區，一樣有虛夸的繁榮浮華，天花板上也懸著大得誇張的水晶吊燈，只是那燈卻僅像塵封已久的影子，也是昏昏黃黃黯然無光的。

不行！我必須要弄清楚究竟身在何處。據說離開人世的魂魄，都要回到原籍，怎麼算呢？到底該是哪裡？北京、重慶、台中、台北那些曾經埋根的地方，還是那完全搓不上邊的松花江畔的小縣城？這一路我都經過了些什麼地方？此刻又回到了什麼地方？得弄弄清楚。

「這裡是什麼地方？」我集全身之能量奮力出聲了。

「我們賓館的大堂啊！」身旁竟然有人答話，還撫背托肘，感覺得到溫度與人氣。

不對！賓館，大堂，跟我有什麼關係！低頭看時，身上還一件奇裝異服。

「我穿了誰的衣服？」

「妳自己的呀！下午我們遊世博園妳買的呀！」聲音雖然很遠很遠，聽得出是瑞瑤，新結識的文友。

隨著雜沓的腳步走著，漸漸回魂，雖然還看不清東西，已知很多人簇擁著，上電梯、走甬道、開房門，進入房間，臥倒床榻……經過醫護三人組的出診急救，我又活了過來，後來把記憶也一點一點雜亂地拼回。醫生的診斷是高原反應腦缺血之後的昏迷；作家團中並非我一人有反應，但我比較嚴重。人都說我運氣好救得快，否則後果難料。

他們都說我陷入了昏迷，我卻認為是死過一回。從在車上開始感到不對時，瞄了一下手錶，暗估還有十五分鐘車程，亟盼趕快到「家」，還沒想完便進入了無所知的空白。到在榻上聽見幾人討論醫療事務，說到那一刻的時間，我知道我正正式式「死」去應該有二十幾分鐘。

那年在昆明的經歷，個人的感受，不只是昏過去而已，應當就是死了，儘管死得不徹底。因為後來手術麻醉過後的甦醒，血壓降低休克後的恢復，都曾經驗過，不是那樣的；都不曾有把生命掏空，進入那種混沌幽冥的壓夾、飄浮、孤獨、心慌的感覺。不過假如人真是那麼就走入另一個世界，我可以接受，因為縱然不舒服，卻不恐怖；不能微笑承受，但不會煎熬哭泣。

只是無論怎麼尋思，也想不起怎麼過去的，使用的是什麼交通工具；那條路有多長；經過些什麼地境。之前，從未想過那每人必然的結局，就像有一年那硬要給我看手相的前輩所言，做事，做事，做到最後一刻，才能脫身遠去。當時別人憐這樣的我命苦，我想：多好啊，我願意相信長者這樣勵志的判斷！離得偌遠的大事交給天，不必庸人自擾去思考。

但是昆明的那一次的經歷，我開始有了疑慮和恐懼，不怕結果，但怕過程。有人說死了就死了，毫無感覺，一了百了，還有什麼過程。我的體驗不是那樣的，實際上有出發點，有目的地，而旅途不明。怎麼苦思也記不起來，是走過去的，游過去的，飛過去的，划船過去的，還是搭上一列特別的地鐵？不知，就是一片寂滅的空白，那隱藏在空白覆蓋之下的內容很令人不安、慌亂甚至畏悚。把這種心情跟人討論，得到回答是：「開什麼玩笑？別發神經！」或「少嚇唬人，那條路上一定有各式各樣的鬼，我怕！」是！我不開玩笑，不發神經，不嚇唬人，再不跟人說這些。我卻還是常常思索這問題。

其實鬼並不可怕，我真不怕鬼（假如有的話），從小就不怕，只怕蛇、狗和某些人。那次，我到 Flushing Cemetery 掃墓，陰沉冬日關園之前的下午，無復春暖花開季節大花園與雪後美奪神工的好景風貌。杳無人蹤，空枝搖曳，不落葉的雙人合抱大樹颯颯作響。在這樣的墓園裡，的確陰森壓抑沉重，可是我並不害怕，我並未驚倒在地或狂奔出園，仍是從容走出，搭Q65公車回家的。以後都不曾於那樣的天氣那樣的時間去探視。那感覺很不好，太過淒涼。會不會那條通道的景況也這般悽悽然慘慘然，也許還多著一些意想不到的坎坷醜惡？希望不要。

美麗天家、極樂世界是宗教提供給世人的禮物；東西宗教也都有地獄的懲罰規劃，而中國的一些廟宇內地獄更塑造出十八層的形象，很人性化地冀望產生震懾的作用。我原來都不接受，年齒增長後，我信因果，否則世間還有什麼公平正義；我願有輪迴，因能安慰某些失意的人給他們以希望。然而自在昆明的那次飛天或墮地之後，心中卻產生了新的問題，體會到人的軀殼可以且必須就地安置，魂魄卻會行得很遠很遠，不管你願不願意都得走過去。真的很困惑，要怎麼走過去，無慮、無懼、無痛、無掙扎地走過去？誰能回答？

小婦人的家

那個夏天，為了與好友衍秀會面，也為了到著名的哈佛燕京圖書館找資料，便一個人背個包包，從紐約上了去波士頓的灰狗車，這趟旅程原不在計畫之內，出國前，抵美後，家人都一再告誡，不許「亂」跑。赴波士頓固然有長途直達車可坐，但是越過半個紐約城到中央車站，卻很麻煩，假如沒有人送，乘地下鐵，人生地不熟不知道會摸到什麼糟糕地方去，而上班的人也不便因為我的「蒞臨」頻頻請假。可是不去這一趟就是心不甘，在好友的堅邀下，於是決定選一個禮拜天登程。如此有人開車送我上車站，又能接連有工作日，方便上圖書館；回程下車後沒有人接也不要緊，紐約的計程車司機裡還沒有太多壞蛋。就這樣去了波士頓；幸虧去了，要不然美國社會文化的另一型就失之交臂了。

衍秀家在距波士頓半小時車程的拉遜頓（Lexington），那一帶及附近地區，不僅在美國開國史上佔重要的一頁，更有很多在文化史佔一角地位的

「古蹟」；以我們有五千多年歷史的華人來看，那些古蹟實在不值那般珍視，旅行歐洲時與歐洲人談起，都有那樣的看法。但是那無論如何也是一個國家文化的源頭，不管是哪國人，也理當賦予尊敬。這些被美國國民引以為傲的文化遺產內，《小婦人》的家便是其中之一。

《小婦人》作者露意莎・艾珂特（Louisa May Alcott, 1822—1888）的果園莊（Orchard House），就座落在康柯德（Concord）戰役路（Battle Road）的道旁。臨回紐約的當日，由衍秀開車陪著我由拉遜頓順著這條美國開國英雄打向自由的路，先憑弔過附近的「古」戰場，然後就到《小婦人》故事部分背景的果園莊去。自從到了波士頓與衍秀碰頭之後，就把自己完全交給了她，一切節目由她安排。雖然後來她治藝術史，我做經濟史，昔日的窗友在志業上已分道揚鑣，對「史」的感覺仍是相同的。因此很有默契地隨她一處一處地跑，樸利茅斯、五月花號、哈佛東方藝術館、哈佛燕京圖書館等。除了要求去圖書館，我幾乎不曾問過要去哪裡。到艾珂特女士的果園莊這場壓軸戲即是意外的驚喜。因為儘管似《小婦人》一系列的書並不是最有文學深度的作品，能踏入她的房子，呼吸她的感受，仍是令人感動的事。

康柯德的果園莊已經成為美國的國寶，不再是私人的物業，自一九一一年開始成為紀念館，供人憑弔觀訪。根據資料，整個的果園莊，包括一八五七年由老艾珂特夫婦買下的十二英畝的果園和兩所舊房子。第一年艾珂特一家，除了剛去世不久的貝絲，都搬進了果園莊。露意莎和她的姐姐安娜（Anna）、妹妹梅（May）就開始了果園莊甜中帶苦的歲月。那年露意莎已經二十六歲，並不是她書中所形容的喬那樣十多歲的小女孩。

兩座老舊的木屋仍完好地站在林蔭裡，左邊是被稱做「山邊教堂」的夏季哲學學校的校址，右邊的小樓就是露意莎一家的居處。沒有機會也沒有興趣去研究那十二英畝果園的範圍和變化，只顧趕時間去參觀那孕育愛的故事的木樓。從所有的記載中瞭解，在露意莎的作品大受歡迎以前，她家的經濟環境非常拮据。她的先驗派哲學家的爸爸，是很好的老師學者，卻拙劣於經營。所以儘管以來自講究「克難」的台灣，住慣了小房舍的我來看，覺得她的家有令人羡慕的寬敞，但跟那一地區所有的新舊住宅相較，確然是比較差的一類。不過外表雖保留了老舊甚至搖搖欲墜的形象，實際上卻保養得非常好——有踩起來吱吱嘎嘎不平的樓板、框架逐漸走形的門窗，卻禁得起每日成百上千的遊客踐踏。

也許是為了管理方便，也許是其他原因，按標示，卻是讓訪客從左側的一個邊門走進去。那原來不知做什麼用途過道似的小屋擺了一張檯子，有位中年女子在賣票，壁上也掛了一點東西，想看看，卻被賣票的女士催著進屋去，因為導遊正在為一批新到的遊客講解，要我們趕快去參加那一群。這一參加便慘了，就被牢牢套住。從美國到歐洲，依我的經驗，發現了世界有一種最討厭的動物就是導遊。而感到導遊太令人厭煩，便是自露意莎•艾珂特家開始的。那名身著著綠色衣裙，滿臉都是尖峰銳角的中年女人，一定要每一個遊客牢牢地跟著她，聽她拿捏著聲調故作「文藝」地敘述。她完全不能體會一個運用思想者的感覺。似我，多麼希望讓我安靜地站在屋角細細地看，默默地想，可是當她發現我將視線定在某一樣物件上，或穿過樓窗投視向花叢時，就很不悅很無禮地喚回我，恭聽她宣講。我並未干擾她，她卻打擾找。其實不只她，許多導遊都愛這樣煞風景。

《小婦人》一書並不是什麼了不起的文學巨著，某些書籍歸納美國文學時根本不列入其內，但流行於全世界卻是事實。愛默生（Ralph W. Emerson）的家就近在咫尺，卻不見有什麼訪客，露意莎•艾珂特的家則門庭若市。此書的內容事實是以她們姐妹的少女生活為藍本，不過老大由安娜變成美格，喬是她自己，貝絲就叫貝絲，梅變成了愛美。因為是描述她們少女時代的經驗，所以果園莊並不是那部小說的真正舞台。可是仍然可以在書中看到果園莊的影子；或者在果園的木樓裡看得到《小婦人》故事的畫景；抑或因為那時代紐英格蘭式的家庭生活就是那樣的。古老的鋼琴是全家同唱讚美詩的所在；壁爐前有舒服的安樂椅，那是家人消閒團聚的地方。古舊的餐桌、老式的客堂家具，廳房的一角還豎著一個古樸的櫥櫃，但那櫥櫃不如樓上露意莎的書櫥能引起人的注意，因樓上書櫃中現今置放的是《小婦人》系列的作品的各種語言的譯本；掃了那麼一眼，竟沒有中文譯本。不過也好，前幾日經過書肆，從架上抽下中英對照的翻譯本，無論印刷、譯筆都不夠水準，不放在那書櫥中供人「瞻仰」，也是藏拙的辦法。

儘管歐洲人拚命取笑美國人蓋房子，「隨便」用木材釘釘就搭起來了，不像歐洲大陸，造房子一定要一塊磚一塊磚地壘將起來。美國人的住宅還是令人羨慕的，各有各的外型設計，廳堂寬敞，庭園廣闊，連某些小公寓的洗手間內也要全鋪上地毯。但是在百餘年前的老屋，室內的裝潢可不如現在。果園莊的木樓年月可能更久一些，因為露意莎的爸爸買來就已是老房子了。那牆壁，那門窗都保持了原來的色調形式，以今日的水準來看，真是低劣工匠的技術。然而當地保護這片莊園的責任者，並沒像台北市修古城門樓子一樣，都為它們穿上時髦改良的外衣。鮮豔則鮮豔，體面則體面，卻失去了原有的風味。那樣古式的房子，就應配上所陳設的古拙的家具，沉沉的、笨笨的，好像再用個三十年也不會壞。書上都形容艾珂特家多麼窮，但是如不歪曲事實，依我們的標準，從那一棟木樓的內外看來，雖很樸素，無論如何也歸納不出一個窮字。不過根據所見露意莎的事略瞭解，自從她出版了《小婦人》以後，家庭經濟完全改觀，那麼她們家應該是生活改善之後的情形。

隨著導遊、人群轉彎抹角地走，走過客廳、起居室、飯廳連在一起的一串屋子，實在沒弄清楚方位。想多停下來瞧瞧，那女人不許，非要大家緊緊地追隨。腳步慢一點不行，快一些也不許。為了要趕快結束參觀，好吃了飯搭回紐約的車，稍微走前幾步，她就連比帶叫讓我們回來，於是只好耐著性子聽她慢慢說，聽那些人細細問。後來我明白了，她大概是怕有人順手牽羊拿屋子裡的小飾物，所以必須都在她監視之下。有些人真叫人急，明明導遊已經交代過了，還要追問：為什麼屋子裡有搖籃，是誰的？為什麼牆的顏色漆成那樣的顏色？為什麼電燈開關裝成那種樣子？為什麼……又耽誤好些時間。

走上窄窄的樓梯，就步入了安娜的房間。由安娜的房間稍走幾步又轉入了梅的房間。梅的房間真小，像一個小夾道，牆上掛了一些梅畫的素描，房間另一角放了一個古式搖籃，那是梅的孩子用的，因為後來梅的一系承襲了這產業。然後是艾珂特夫婦的臥室，雖然簡簡單單幾件笨笨大大的家具，卻十分寬敞舒適，尤其那張大床。如果有幾個女孩子，圍聚在媽媽的床邊談笑嬉戲，應該是一幅十分溫馨的畫面。最後停步的所在是露意莎的臥室。可能因為露意莎終生未嫁，從二十六歲一直住到她去世，所以她的屋子比姐姐妹妹的都要開闊。屋角小書櫥裡擺著她作品的各種譯本，臨窗的小桌放著她的日記手稿。從窗戶望出去，恰可看到寧謐的花園，難怪露意莎在投身寫作之後，會寫出那麼多對人、對人間社會充滿了愛的作品。在那樣一處被叢綠鮮花、恬靜安適包圍的莊園，即或心中有若干憾欠，也描述不出仇恨。露意莎的心血成績算不得偉大著作，但是流傳下來的愛讓人長記。多麼想坐下來仔仔細細讀她的日記，感應一下她當年的心境，導遊又呼喚著下樓，「導遊」就是這樣的人，需要他時，不見了踪影；不需要時，他就站在你的身邊喋喋不休。

被導遊逐下了樓梯，看過很多東西又似沒看過。事後回想起來，只有擺在她們姐妹床上件件穿過的女裝，與露意莎的手跡最為真實。直到最近，孩子們提起他們看《小婦人》的影片，其中給他們印象深刻，覺得最可愛的，是排列在閣樓上四個女孩的箱子，箱子上還嵌著名字。回溯一下，似乎有那樣一間窄窄穿堂式的小屋，放了幾個弧形頂蓋的舊鐵箱，有沒有名字沒能注意。

又順戰役路段駛向拉遜頓。距露意莎家不遠處就是愛默生的白房子，看起來新得多也像樣得多。梭羅也曾在那裡住過，直至後來寄居到瓦爾頓池畔（Walden Pond）的小屋，按他的理想去體驗生活為止。後來梭羅也就跟愛默生一樣終老於康柯德，他們都是露意莎爸爸的摯友，艾珂特家的女兒都受過愛默生與梭羅的薰陶。愛默生的啟迪對露意莎有更大的影響，而果園莊奇花異卉的植種卻主要是梅在梭羅教導下的成績。

汽車飛馳過樹林蔭蔽的道路，康柯德雖然日日被遊客的步履擾踏，車輪印轍，則仍保持了許多都市早失去的安謐寧適，使人覺得那樣的地方，不該駕車駛過，應當是驅馬車慢慢巡行。但是世間事，不會真正逆軌而行，逝去的就不會再來。小婦人的故事會留下來，露意莎的一家子絕不會再出現於那條路上。她只比父親晚去世兩天，為什麼會如此，沒有去查，她在世一共是五十八年，為道道地地的老小姐。看過她一張照片，正如她自己形容喬的，除了一頭濃密髮，並無其他象徵女性美的特點。她未走女子適人生兒育女的老路，究竟是為了要終生獻身於寫作事業，還是始終未等到如《小婦人》系列中所描述的屬於喬的教授呢？也許她並不遺憾，至少在她的筆下，給了世人「溫暖人間」的希望。

安迪的世界

不知道他姓什麼，只知道他叫安迪，一個五歲多的墨西哥男孩。應當還不是美國人，因為他一家人的英語還不是很靈光，至少安迪的母語仍說的是西班牙語。鬈鬈的黑髮，一雙墨西哥人得天獨厚比桂圓還大的亮眼睛，但是按他橄欖色的皮膚，就不能不把他歸入有色人種之列。

猶他州是美國窮州，從居民的住宅就可以觀察而得結論，住沒有格局的拖車型房屋在各州的比例恐怕是最高的。安迪一家所住的當然也是拖車屋，而且在那處猶他偏遠小鎮上，恐怕也是頂破舊的一幢，真的很像汽車墳場裡報廢多年的舊車。可是他跟他年輕的父母和妹妹，樂呵呵地住在那看起來快垮了的破房子裡。所幸美國的外州地廣人稀，不管多破的房子，不難找一片土地安置。那破拖車屋位在那塊未經整理的地上，配置雜亂，前無草坪，後無庭院，但從都市居民的眼光看來，倒會羨慕他們有不小的活動空間。

比起很多的墨西哥人，安迪這家子是相當幸運的了，因為他的雙親都有正式的職業，美國講的是有卡斯有職，顯然他們一家已非被移民局追得狼奔鼠竄的一類；於經濟低迷，安迪父親工作的工廠頻頻裁員之際，安迪阿爸因工作勤奮而職業穩固。另外安迪的妹妹已兩歲多，安迪的媽媽也在加油站的廚房裡覓得了一份「頭路」，生活穩定許多。可是父母上班的時候，家裡就留下兩個加起來不到八歲的孩子；這若是在城市絕對不可以，是犯法的。但是在安迪家，是不得不的安排。安迪自己適應得很好，快快樂樂心裡也沒有不平衡，他很盡責地照顧妹妹，陪她玩，牽進牽出，甚至抱妹妹過水溝上樓梯。

縱然安迪的父母都有 job，仍是低工資的勞工，他們不但住不起正式的房子，也無能力置家具買玩具，所以安迪的玩具，都是外面撿回來由父親修理後的舊貨，可是安迪玩得很珍惜。當鄰居來了個三歲半的「中國娃娃」，他不但慷慨地讓鄰家女娃餵他家那頭黑羊，還很大方地出借玩具。腳踏的「吉普車」已失去行動能力，安迪就找根粗繩拖著破車招待遠來的小朋友，了無一絲自慚形穢的自卑。

爸媽上班的時間並不一樣，尤其媽媽有時上午班、有時下午班，反正工作時間內，安迪的爸媽常不在家，不過因為有安迪在父母很放心。媽媽上下午班的時候會抽空開車到三十哩外的城鎮去洗衣服，安迪和妹妹像中了獎似的歡歡喜喜隨媽媽去「旅行」。而不管媽媽在不在家，中午十二點爸爸一定開車回家吃午飯。爸爸上班早下班也早，下了班帶上兩個孩子，到加油站去，穿著圍裙的媽媽會拿一大杯可樂到停車場，一家大小分享。去看過媽媽了，爸爸帶心滿意足的孩子回家，媽媽也心踏意實地回廚房工作。

五歲的安迪，生活在雖然破破爛爛，卻沒有什麼污染的環境。從世俗的眼光看來，他似乎什麼都缺，但由他無邪的眼神，看到的是他好像什麼都不缺。以前妹妹太小，安迪也很小，媽媽不能外出工作，生計應該非常艱困。可是媽媽會領著孩子，常常於午餐時分，來到工廠門口，就在路旁草地上，全家一起共進午飯，經過的人都忍不住要多看上幾眼。連公司的總裁遇上了，也會走去話話家常，分享他們的歡樂。

安迪的媽媽說，小男孩已經滿了五歲，過兩個月暑假後就要進幼稚園了。幼稚園原是兒童的純潔天地，但必不可免地也會反映出成人社會的現象。上了幼稚園後的安迪，會不會意識到自家的窮、自身的黑——雖然只是淡淡的灰黑，會覺察到在平等自由之中仍有歧視？與做人的不自由?!甜蜜家庭的保護傘能不能讓他免於挫折與傷害？可是不管怎麼樣，安迪必須要走入一個新的世界，他亮晶晶善解人意的大眼睛裡，會不會仍保有快樂和滿足？

免洗筷子

回到台北第二天，淑倬就給了我一雙不鏽鋼筷子，她說：「重視環保和保健的人，都不再用免洗筷子。」

因為我誇口每次出行帶的東西可齊全了，從筷子到針線樣樣具備。在旅館裡，如果沒有節目或是累了不想出去，要吃個滷菜泡麵什麼的一點問題都沒有。

雖然我帶的筷子有模有樣，不是那種兩根類似柴枝的細棍，也事先處理過了，她認為終究還是先天的「一次性」東西。

但若說環保，樹已經砍了，假如把一雙好好的筷子用一次就扔，那不是更不環保，暴殄天物？

回台北的目的，除了與弟妹團聚，主要的還是參加世界華文作家協會代表大會和中華民國筆會年會。筆會的性質，乃學術、文學、出版界的純文人聚會，與會者不免有些孤芳自賞自重的氣質，但是依然有作家的激情與熱情。久沒見的朱炎，行動比上次見到時俐落了很多，卻仍不很方便，可是見了我堅持要碰杯。其實以往跟他並無任何私人的接近，只是都有傷時憂國的心懷，在感覺上便好像是「一國」的故人重逢。從他的表情，沒把我當作沒用該扔的免洗筷子，真的很感謝。回程的計程車上，文質彬彬的司機先生彷彿觀察到乘客的情緒，說：「很久沒回來了吧？感慨很多！」「是呀！是呀!!」

確然！晚幾日到劍潭青年活動中心，向世界華文作協代表大會報到以後，才真正有強烈的感覺。有兩句歌詞從心裡湧現——時光一去永不回，往事只能回味……正是那樣的，我輩努力過獻身過的文學活動如此的蕭條。從在位主大政者到傳播媒體，竟得不到他們起碼的關注，以往的支持沒有了，以往例行到場的「最高領導」也不屑蒞臨；雖然情歸的人，來自全球七大洲。看來他們真把這夥作家當成了再無存在價值的用物了。

飛行了千萬里的會員，多人感情受傷義憤形之於色。我卻始終懷疑，全民託付重任的人會說那樣的話。認海外作家在台灣沒有戶籍又不能返國投票，意即可以不必重視！我真的不信！就是故園同胞多已罹患「選舉症候群」，那主導文化政策的人不至這麼目光短淺缺乏識見。假如真那麼表示過，就「太超過」了。何況很多作家也曾放下一切，回去用選票表達了支持。

當然，有一點可以體會，間關萬里赴會的「作家」群，不都是敲一下會響噹噹的人物；甚至某些剛剛起步，有待磨練。但是在世界的一些偏遠角落，這些人乃是難得的承接傳播故國文化文學的火種，應該特別青眼相看的拓荒者；他們正想也需要這樣的機會打磨砂銼，加工上光。住得簡單吃得普通，只要不賞以嗟來食，就很滿意，只是他們需要鼓勵，受不得功利的輕賤蔑視。縮水的會，夯不啷噹三天，跟切磋創作，討論議題，真正以文會友有關的日程不多，看見那些人的落寞，我覺得有些心疼。

對我而言，那美好的仗已經打過了，雲淡風輕，一切都無所謂了。不過我還守住了我的「道」，面對我所鍾情的，未改初衷。大半生曾行過遍野繁花，陽光普照的世界，好風景都早已見識過，這型的聚會不過是生活的小插曲，認真不得。

會後去參加朱文輝的新書發表會，夜晚走在松江路上，倒是情緒有些激動。以往，是那樣熟悉的地方。下了車，沿路曾有中華日報，走進副刊的「筆陣」，一入方陣就是十幾年，昔時陣友除了「王純」有誰還在？過了中華日報和六福客棧，是救國團與榮工處，那都是以前常去的所在。去那裡做過嚴府的客人；承乏為「值年常務理事」的我更曾為我們的婦女作協文藝下鄉、進工廠的計畫，和總幹事邱七七大姐到救國團商討事情。化緣不易，心中有事，竟失神掉在門外的路洞中，事談成左腳踝已痛腫不能行動，次日清境農場的逍遙遊也未能參加。還有，還有……這些點點滴滴，在心裡並沒fade out，有時還會在心裡動一動。也就因此，當朱文輝高談推理小說之際，我卻常常走神，飄回了過去。

於學校任專職期，也不能忘情，會偷偷地在心底為「非正業」留一小角芳草地。依親國外成為無業遊民，名正言順地撲回我的情之所鍾，我全心「玩」文學啦！啊！卻發現真個是「時光一去永不回」，已錯過許多重要車站，生態已變。不過並沒有氣餒，讀書、寫作、講演、教學、評審仍是經常功課。

真的，我堅決不讓自己變成用過就丟棄的廢料！自認餘光餘熱仍能發揮點小作用，有益於此間的華人社會。二月「文薈教室」開學又輪到我上課了，這次不講「大河小說」，教寫作，希望能導引一些新文友成為創作的同道。

又見紅葉滿山

又到了紅葉滿山的季節，說自己已無所動心也不確然，看見樓前街邊的小楓樹由黃變紅，就想起往上州去那彩楓滿山遍野的盛況。前幾年還在台北工作，每天書房、課堂、研究室忙得不亦樂乎，那人在美國不得不自己尋趣，便參加旅行團出遊，一次選擇的是到華盛頓去賞楓，結果竟開心得一塌糊塗，拍了無數的照片還向我 show off，完全違背了有福同享的原則；他蠢就蠢在這些地方，竟不知道我肅顏無語不看那些照片是為的什麼，還氣急敗壞地追問原因，待明白了源由（其實我已悄悄看過那些楓紅燦爛的相片），才恍然大悟，賭咒發誓的要為兩個人安排一次更好的賞楓之旅。

終於有這機會了，但不是他安排的，而是我接受邀約，帶著「隨從」，參加東吳大學美東校友會的秋遊大會。十月十二日禮拜一為美國的「哥倫布日」，十月十日乃長週末之始，美東校友會就訂這天出發，到紐約上州，做兩天一夜的賞楓歡聚。雖因不願每年必須留在台北九個月，辦了提前退休，我心理上還是東吳人；一樣賞楓，當然要跟東吳去。所以早早報了名，寄出支票。

遠離故土羈留異域，似乎人在哪國就該融入哪國社會，不應將自己隔離在當地大環境的圈圈外，但感情之樹並不容易立即落地扎根，內心的感覺還是需要找一些熟悉的定點倚依。那麼除了回歸寫作人的聚落，走向多年投入奉獻的「單位」，成為其中的一分子，應當是順理成章的。各校校友會的活動，已成美國各地華人社區的特色之一，至少可豐富異地生活的趣味。跟東吳校友會會長李先生連繫，他還記得我，一九九二年來紐約演講，校友會曾宴請過同時到紐約的黃石城先生和我。李先生熱情、負責、有活力、好記性，是會長的好人才。對於這些年齡彷彿的資深校友，我的自處之道就是隨和隨緣，千萬別端出「學校師長」的架式，那樣大家就遠了。

據知，美東校友會共有三百多會員，散居各地，平時各忙其忙，如果在紐約召開大會常能有半數參加，出去玩的事便須機與緣都要配合。這次的賞楓之遊，連當天來回的有六十人左右；其中有些屬「知音」俱樂部的成員。「知音」為一同趣的休閒團體，東吳校友在這團體裡扮演了重要的角色，因此每次東吳有大事「知音」都全力支援贊助，大家一起出去玩，這個團體使此次的活動生色不少。

賞楓，其實不是定點式的觀賞活動，因為並非看那一棵樹，那一片林，而是穿越過楓林妝點的原野，欣賞大自然的造化，從紐約奔向上州，沿途就是供大家欣賞的畫廊。校友會安排的去處，是位在紐約上州的華苑渡假村，兩日的日程是頭一天午後二時報到，之後先自由活動，四至六時做趣味比賽，晚飯後卡拉OK和舞會，十一點大廳關了門後再來一個營火會。第二天早飯罷的節目為採蘋果、訪莊嚴寺、遊西點軍校，然後賦歸。

這一天確實是個好日子，天氣晴朗，涼而不寒，適於秋遊。這趟旅行，會方並未預備巴士，採自行開車前往的方式。如此，似乎像我這樣在台灣有駕照卻不敢駕車的人，就沒法子去了，所幸會長很體貼的借了一部休旅車，載了一位校友的一組四員和我們二人上路。

一路上見到原來群綠包裝的山頭已變了顏色；說是看「紅葉」，並不正確，還有深黃、淺黃、橙黃、金黃、棕黃與綠黃；即使是紅葉，也有不同層次的淡紅、粉紅、黃紅、橘紅、桃紅、陽紅、赭紅和大紅；不過因為季節還不到，還沒出現那火燒一般的亮紅和極紅之後的紫紅暗紅。每回於美國的公路上「遊車河」，心中都會興起一種感覺，覺得上天待美國人何其太厚，給他們如此廣闊的美麗原野。當然人家也很爭氣，少做人為的糟蹋，讓那來自被水泥盒子擠得喘不出氣之地的人，好個羨慕。落腳的華苑渡假村，絕不像廣告裡那麼豪華，僅是一群坐落在豔染的楓林中白牆綠楹的木屋，倒很適於自助式的休憩，不慕俗世繁華者，會喜歡這樣的地方。

四點鐘，團體遊戲在大廳進行，比賽贏的有獎，輸了的哈哈大笑認輸。玩的全是以往在學校時的把戲，雖然時光不能倒流，彷彿又拾回不少歲月。晚餐簡單、家常而可口，甚至還預備了特製的辣椒佐餐，這皆是會長夫人的安排。重頭戲在晚上，大家紛紛換了裝。僅有我們跟少數人仍著便服，看著有點突兀。

從不曉得唱卡拉OK是要排隊的，且顯然知音俱樂部的朋友比我們東吳人在行，無論放音樂、排順序與演唱的嫻熟，東吳的都比不上。其實我在台北也參加了一個合唱團，遇到這種場合，竟也會心虛，好歹唱了一首〈綠島小夜曲〉算是沒唱錯。舞就更不行了，早已忘光，幸虧有會長不怕我踩腳，請我跳了兩次。而我比較「神」的是許多我小時候聽學來的歌，他們都不會。於是，他們跳舞的時候，我就伴唱。哈！從來沒有唱過這麼多這麼多的「卡拉OK」，真是放浪形骸之極，和平常課堂裡那個有點嚴肅的教授形象，差了十萬八千里。有趣的是最後大家建議播放 Disco，於是全體下場，連一向寧練兵操不肯跳舞的人，也加入運動一番。這一天節目的高潮是營火會，碰球的老遊戲喚起了多少人年輕的回憶，欲罷不能；往昔的兒歌，一首接一首，唱個不停。最後，大家牽著手圍著篝火又歌又舞……

這是賞楓之外的一章，為長長的這一天畫下溫馨美好的休止符。

向來不遲到的人，一夜好眠，成了最晚走入餐廳的一家，眾人早已圍著圓桌進餐歡敘。慚愧！心裡叫了一聲，端了盤子趕快拿菜找地方坐下。會長太太設計的早餐內容除了稀飯、包子、煎蛋，竟然還有小魚乾炒花生米和豆腐乳，怎不令人興故鄉之思！一位男士就在嚷著：「完全跟我當兵的時候一樣！」台灣的男生何其幸福，連當大頭兵還有家庭式的早飯可吃。

飯後的第一個節目是採蘋果，前兩週本已跟朋友去過蘋果園，弄回家一大堆「洋蕃薯」，為處理這些鮮果很傷了點兒腦筋，冰箱裡仍存著一大盒。不過採果的樂趣在於過程而不在結果，能到蘋果樹下吃蘋果，那情趣就是不一樣，但打定主意只看不採、只吃不帶。沒想到卻發現了一直在尋找的那種 Golden Delicious 的品種，所以說不帶還是帶回了一大袋。蘋果園很大，夥伴們在樹叢裡鑽來鑽去，但聞笑語不見人跡，忽然一聲歡呼，一定是誰摘到一個自以為最好的。一個多鐘頭過去了，拖車、提袋滿載而歸，是打道回程的時候了。午飯罷，去莊嚴寺與西點軍校的分道揚鑣。我們走莊嚴寺，這一路，看過台灣的寺院和大陸的古剎的人，不覺莊嚴寺有何突出，讓人感到不一樣的是這寺廟周圍出色的楓樹；但是更出色的乃是沿著哈德遜河回紐約的途中，那滿山遍野深淺多彩的楓林。再來好好欣賞一次天繪的彩畫，直到紐約。這趟「賞楓之旅」就告終了，玩得痛快的朋友嚷著：「明年再來！」今年剛剛結束，大家已經期待著明年的紅葉季。

梨園弟子仍在

不記得有多久沒進劇場了，距離為朋友登台票戲捧場至少也在十年以前。觀賞專業表演更已不記得是多久之前的事，那還是在台北的時候，中華路上有一處軍方經營的活動中心，經常有戲上演。

竟是最後的一檔了，以後便再無國劇演出，所以看「大戲」雖然因工作關係早已成奢侈的享受，這次不等人邀請，特別購票去憑弔個人的心情；忘了哪一天，什麼戲碼，只記得那時的感覺。

進場之後，意外地發現我竟應歸入較青壯的半數。當然不是完全沒有真正年輕的一代，但那極少數都是陪伴那些顫顫巍巍的老人家的孝順兒孫，上座兒半滿的場子，大多是白頭翁，老太太都不多，連喊「好」都少了點勁頭兒。這些景象，令人分心於台下的風景，台上賣力地演、唱，卻見捨命陪長輩的青年，泰半已在點著頭打盹了，心中真覺遺憾難過；還有，對那些紅氍毹上的表演者抱歉。沒落至此，歇業應不是暫時的了，整個京戲的發展恐怕也走向了末季。果然，沒多久，軍方支持的劇團紛紛打烊。再看電視上大陸的一些晚會的節目，名角兒只落得聊備一格大合唱、團體操式的亮相，更相信，這種藝術在冷待中確然已走向路的盡頭。

前些日子觀賞紐約「梨園社」的公演，並沒抱很高的希望，戲好不好非關緊要，主要是支持一位「文薈教室」的學員，為鼓勵他夫婦與一干真正的同志，對振興國粹藝術的虔誠付出到場，去坐兩小時幫個人場。沒想到見到的是這個光景!! 其實我是準時到達的，原以為同平常的各種文會一樣，按通知時間，瀟瀟灑灑散閒地進場，總會算最乖的先至者。這回錯了，依文輝的約定，兩點欠五分就到了法拉盛公共圖書館，進了禮堂，可立刻就想退出來。怎是這樣的?! 觀眾已如此滿坑滿谷！人常說一個蘿蔔一個坑，意思就是說沒有多餘的位置。正是那樣，每個坑裡都有了「蘿蔔」，容量數百人的小禮堂已座無虛席，我這個蘿蔔往哪裡栽植？但不死心，已經來了，不能空跑。說了是給「學生」打氣的，豈可失約！

正張望躊躇間，有人一把抓住，塞到第一排給老師的預留座位上（華人的傳統真好，被尊為老師就有這樣的禮遇）。旁座的女士悄悄叮囑，不要聲張，今天算是圖書館的週末活動，場子的秩序乃由他們管控，不許佔位子。

是！是！坐定，後台猶未準備就緒，正可先感受一下久違的劇場風情。覺得有點熱，不是身熱而是心熱眼熱，這樣全場都是期待的人頭的盛況，已太久沒見了，而且是在異國他鄉，華洋男女濟濟一堂。最可喜的是大多青壯，真令人開心，甚至有一種叫激情的東西從心底升起！

終於準備好了，致詞之後，沒有鑼鼓喧天熱場打「通」的序曲，就開場直接上戲。大幕拉開，哇！舞台太小了，比古早堂會的戲台還小。不全是純唱工戲，演員怎麼施展得開？而且……而且沒鋪地毯，穿著厚底粉靴的小生，會否滑倒？《小放牛》裡的牧童哥翻仆之間會否摔傷；沒有守舊（背景大幕）倒真不重要了。但是這純是一群守護母土傳統文化藝術遺產的義工個人的奉獻，不可強求；「有」已屬不易，怎能再求十全十美。戲碼是三齣折子戲，《小放牛》、《望江亭》、《紅梨記》之亭會，都不是大戲，在此時此地，這樣的精緻小酌，應該比大宴更合適，因為觀眾除了華人，還有很多髮膚各異的西洋東洋族類，淺嘗比較容易消化。

《小放牛》看過沒有二十次至少也有十幾次，情節唱詞唱腔不很陌生，就是一位女孩子向一名牧童問路的有趣對答，由花旦與小丑合作的歌舞。以往看這齣戲牧童大多由勾臉的小丑應工，所以年齡不是問題。滿好玩的，此次卻是中年男士俊扮，我又坐在第一排，只覺牧童真的非常巨大，也少了小男孩由內而外的可愛的天真調皮，更怕他一個筋斗栽下了戲台，飛到觀眾席上；幸虧終究是有經驗的資深演員，所怕的事情沒有發生。

第二齣《望江亭》是張派的經典作品，傳統才子佳人的曲折故事。限於時間也僅能截取片段，主要是聽扮演譚記兒的女主角王燕的唱腔。王燕一九八二年便正式走上舞台，基本功當然很厚實，表演中規中矩，穩且準經驗老到的資深演員了，愛聽唱工戲的朋友會很享受。

雖不想得罪誰，還是忍不住要說真話，多數人跟我一樣最喜歡第三齣《紅梨記》，是詩妓謝素秋假託太守之女，與才子趙汝舟夜會於花園亭中的一折。故事簡單，主要是欣賞男女主角的歌唱與身段。真如齊如山所說，無聲不歌，無動不舞，從扮相到歌舞可以稱得上絕美，即使演的是妓者流，也美得不輕佻俗氣。我便明白了，何以白先勇要來去海峽與大洋兩岸，將《牡丹亭》的演出，作為近十年來最重要的文學大事，尤其是青春版的推出。原來不懂崑曲的人也會被藝術之美所降服，那麼比皮黃還受冷待的崑曲，便會永生，不至因冷凍而凍僵凍死了。對了，扮謝素秋的錢熠前些年便在紐約的林肯中心表演過《牡丹亭》。比起其他的演員，她是青春許多。但是也正因如此她不似其他的主演者，大多是大陸的一級或二級演員。他們都被稱為「表演藝術家」。

梨園社的演出，恰在二〇一二年末日論崩盤之後不久。當那個傳說流傳坊間時，有些人嘴裡講不信邪說，但表現得似乎心中還有些忐忑，因有人曾問我有無深潛的恐懼。真是沒有！我的想法是假如真有那一天，我為何該例外倖免，有幾十億人和我同命，有何可懼？就是有一艘諾亞方舟許我上船，我也會婉謝，我的人生責任已了，不必留下苟活，甚至認為那艘船對絕大多數的人是一種殘酷。那天坐在法拉盛圖書館禮堂裡，忽然悟出了一個新解，我們都是方舟上的留存叫做愛好者的物種。與梨園社相似的京劇社，僅紐約就還有幾個，全美大城都有，海內外更數不清，都是備舟之人。不過幾乎都是自己玩票，一年兩年公演一次，只有梨園社自己玩以外，重點放在敦請專業演員一年數次給大眾看好戲，他們這條小船是真正要為傳統戲曲留種的有心人。那些在大舞台上曾叱咤風雲的大角兒們，也不嫌棄場地設備的因陋就簡，認真演出。往深裡思考，這項傳統藝術，現今這般沒落，從業者在舊的基礎上創新而外，對肯於出錢出力懷傳承之心扶持這精緻藝術的有心人，能回報的也只有不計較演出的現實條件了。

唐玄宗李隆基，很多人提起他每每貶多於褒，且不言開元以後的政績，在他的一生，如日誅三子，父佔子媳，安史之亂發生後又不能保護至愛的人，是為敗德。但是對藝術文化卻有他的獨特貢獻。他在宮苑內的梨園，訓練教坊樂工，稱梨園弟子，常親自擊鼓指揮，造詣之高，無人能濫竽充數。這位李三郎原是歌舞並重的法曲專家，從作曲到樂器都所專精，最擅長羯鼓與琵琶，然後訓練宮女配合舞蹈演出，也樹立了這一行他祖師爺的地位，打鼓佬領導文武場的行規。歷史的脈絡沿襲了一千餘年，到為慶乾隆八十大壽徽班進京，融合地方戲劇精華的「京戲」自此形成，成為一個經典的劇種。這個行當，也就是梨園行。梨園社選了這麼一個社名，也許最初憑的只是一種浪漫的感覺，開始可能並沒有這樣的使命感，但是玩出了心得，在京戲漂浮於時尚的海洋將要滅頂時，一種由衷的心願，將一個游於藝的團體變成一艘留下種子的方舟，也給很多人續命的激勵。所以京劇雖曲高和寡，應不會走到末日，因為梨園弟子仍在，即使老成凋謝，還有「青年團」呢！

不做惡訟師，是導盲犬爸爸

很少有坐敞篷車的機會，尤其後座還蹲著一隻大狗，熟人都知道我怕狗。月之初，我有了與狗共乘紅色跑車的經驗。

「Sit down! Mattie sit down!」

我沒回頭，我不知 Mr. Mattie 在做什麼，有什麼表情，我只聽見邱律師開著開著車，就跟我身後的那隻面容和善滿臉稚氣的大狗低聲地溝通；不是命令是親密地溝通。其實不該稱「Mr. Mattie」，因為牠也姓邱，是邱保康律師的「狗兒子」，從 baby 收養，到我見到牠那天是兩歲欠一個月，應該說還是個「青少年」。邱律師為牠付出很多，牠類屬導盲犬，是邱保康投入導盲犬訓練志工的第一步。每天清晨五點多起床後的頭一個節目，就是帶著 Mattie 出門滿山遍野的去運動。寒暑無間，風雨無阻，即使大雪沒脛也不例外，因為 Mattie 需要這樣的運動，導盲犬也需要這樣的鍛鍊；有時邱保康還特意戴上眼罩讓狗兒子帶著跑。

他是紐約傑出華人誌要列入的人物之一，一向不肯接受採訪，只有「二趟」他可以勉強接受。所以我這趟之一便接下了個活兒。

要「約談」邱律師可不容易，平常他的時間都給工作日程塞滿了，何況收工以後往往也都排上了公益或義工性的活動，硬要插進去即或是可能，設身處地想想也於心不忍。為了能從容說話，我只好打電話到他府上，能找到人總是在晚間九點四十以後。終於連繫上，只聽見電話裡咳聲連連，便知道他仍陷在花粉熱的苦惱中。我曉得他因此症候，曾有三天三夜不能倒臥床榻的紀錄。儘管如此，我仍硬著心腸打商量，把我們的約會訂在兩個多禮拜之後的六月初旬；那時他的花粉熱應當漸癒了。我跟他說在時間上我願配合他，只希望給一個完整的時段和安靜的環境，俾得從容地「談談」，好把李又寧教授委託的任務順利完成。因而選了一個星期六他來接我。他決定的安靜場所是他家，推掉一個應酬性的約會，在他與Mattie的晨運完畢以後，共同來接我去他們家，因而我有了與狗同車的新經驗。非常怕狗的我，身後有隻大狗的嘴巴正對準我的腦袋，而我處變不驚不曾失態，我對自己的表現滿意。

「談談」是從我知道的開始，做進一步的確定。比如說我知道他的尊翁早年是從事西書出版的先進，經營了一家有名的淡江書局，主要出翻版的大學教科書。在原出版商曉得台灣仍屬為低所得的發展中國家時，很不屑來追問版權的事，當時這個行業確曾造福我們這一輩買不起原版書的學生，不過待台灣經濟起飛後，便付版權費得到授權出東南亞版。這個說法應該很權威，因為邱律師的父親是西書出版同業公會的理事長。我不擬追問人家的隱私，但我可以推斷邱保康的家境很好，因為除了從他父親的事業經營的體會，還有他說他讀大學的時候就養了三條狗可以推斷。一九四九年他家遷台，他上了一學期的幼稚園，然後就小學、中學、大學一路上去。

如他所說的，「按部就班」。初中師大附中，高中成功中學，大學東吳法律系，完成了他一生最基本的養成教育。這三所學校各有校風，師大附中活潑開放；成功高中規範嚴格；東吳前門低後門高，對學生要求超越原有自己而著力挹打，這些歷程，無疑在他成長的過程中，會是他家庭環境以外影響的因素。念東吳法律系的人，至少要有一個性格，就是「擇善固執」。因為在台灣的大學學程，一般除了醫科都是四年，只有東吳法律系於中國習走的大陸法系道路之外，還兼具英美法的培養，所以要硬碰硬五年方得卒業。即或是聯考分配的結果，能堅持下去，也要多一分的努力。東吳大學是我人生最後的一份工作，也是我人生最重要的工作，對東吳大學自然非常瞭解。法律系是東吳這家百餘年「老店」的招牌系之一，這金字招牌之所以能亮上一百年，也在於東吳法律人的自我要求與鞭策，師生都有這樣的認知。邱保康就說他那一屆考進去是六十六人，畢業時二十二人，轉系的轉系；死當的死當；二一的二一（二分之一的學分不及格退學），還有的當過兵回來讀大六大七的，所以確實不好念。

邱保康為什麼會學法律？他說他在高中時就寫過一篇英文作文〈Someday I will be a lawyer.〉雖然那時曾羨慕過盛竹如、李文中那些電視新聞明星；是為東吳學長的名主持人劉震慰更為偶像；在軍中服役時，學電機工程的氣焰很高，文法出身的很不吃香，他卻始終沒為學法律後悔過。他自謙不敢說要以法律淑世，但那的確是他所選的道路。而這道路算是走得很順，他很喜歡用「按部就班」來形容他的求學歷程。東吳畢業去服兵役，服完兵役七月三日退役八月底便出國趕九月開學。當然，在這之前已通過托福與留學考試，一點都沒有時間的「浪費」。一九七一年，他在NYU的學程已完成，告別了校內學習的階段，以後就是在事業上拚搏的歲月。

最初的打算是「學成歸國」，台灣有一家很大的律師事務所也談好了，但是在NYU的布告欄上看見了 Wall Street 一處律師事務所徵才，去應徵得錄取，於是留了下來，展開了在工作中學習的自我訓練。工作頗不輕鬆，常常要跑法院，從華府的聯邦法院、高等法院跑到地方法院，跑得很勤，但不覺得累，因為不但是專業的歷練，也廣闊了眼界，那也是律師生涯的奠基，很好的起步，算算迄今已近四十年。

一九七八年通過了律師考試，走出來獨立作業，那些歷練與磨練都成了可貴的本錢。那時的律師可不好考，首先必須是美國公民，其次像他這樣沒在美國大學部受過教育的，亦須先通過美國大學與學院同等學歷的考試（American College and University Equivalency Text）這個關卡，在邱保康的感覺，可比律師考試還難，什麼什麼美國歷史、美國地理、美國政治之類的科目都包括在內，為通過這項考試一點都不敢鬆懈，有空就往圖書館跑。再來是通過高等法院的檢覈，才准考試，一關一關都過了，以後終於正式開業了。最先在唐人街設事務所，開展並不容易，那時的中國城是不說台山話就說廣府話的天下，因所接的業務，他在那裡跟寧波客戶學會了上海話；我聽過他講廣東話，原以為是在那個階段學會的，結果卻是一九八四年將事務所遷到法拉盛之後才學的。

最初他民事、移民等等的案子都接，與移民法專家鮑露曉合作。他們一九八一年在世界日報合闢專欄，主題為「新移民法的展望」從學術上探討，結果後來都一一通過，移民法真是如所料的越來越嚴苛。另外一九八二年還在法拉盛圖書館舉辦移民座談，服務社區。其實到今天仍是如此，每一場移民講座，不管誰主辦，都吸引了大批聽眾，顯然內心徬徨需要解惑的人，哪個年代都有。邱所處理的移民案子，常接的是替留學生辦「職業第三優先類」，辦得很好很順利，從申請、領得工卡，到取得綠卡，只七八個月就辦成了。有的人甚至完全沒見過面，一樣替他們辦妥，對於當事人的生活和工作有很大的助益，甚或解除他們的困難。所以有一位在愛阿華的先生，已事隔二十多年，每年仍會寄來聖誕卡。對於那實在手頭艱難的，付不出律師費，就只好讓他們分期付款，事情還是照辦，一點也沒輕慢。一九八三年把移民事務完全交給鮑露曉律師負責，鮑曾任移民律師公會的首席，也是移民法的專家。以後，邱保康便沒再接觸移民案件。

一九八四年把事務所搬到法拉盛，這當然跟法拉盛的快速發展有關。有趣的是邱律師在他所說的「中國街」為粵人天下的時代，還不會廣東話，到了多元的法拉盛反把粵語學會了。因而他的客戶也趨於多元化，因除了英語，國、台、滬、粵各種語言都通，對他和客戶的交通交流都方便。因之他沒做過一天廣告，在他初做律師的年月，還有律師不可以打廣告的規定，他維持了這習慣；縱然由於有規定，實際也是不需要。他一再強調：「不想跟別人競爭，我只跟自己競爭。」客戶中固然有巨富豪客，但是甚多是一傳兩，兩傳三，找上門來的小市民。這一點我不懷疑，我坐在他旁邊「遊車河」的那天，一路上他給我說著沿途各處房舍的典故，雖不怎麼細說，點到為止，我仍可領會，為這些討生活的「小市民」維護了法律上的權益，對他來說是一種欣慰。

不過處理業務也不是沒有壓力和困擾，猶太律師的勢力強大而牢固，他們很多已累積了三代的根基，華裔同儕常常受到擠壓，尤其在 CO-OP（合作公寓）案子方面他們幾乎近於壟斷，這是不得不承認的事實。再有就是有些同行，在學校裡的「法律道德」一科沒有修好，行事值得商榷，每每把律師公費盡量壓低惡性競爭，接案以後再加東加西變相添出許多額外名目。事後客戶負面的批評，常是針對整個這行業下斷語，讓人難過。他也說比較少接訴訟的案件，因為那需要團隊作業，不是小律師事務所能做得了的。但有的民事案件必要時也需出庭，不多。可是有一樁遺產案將他捲在其內纏訟五年，迎戰對方龐大的律師團，他在法庭據法據理力爭孤軍奮鬥，為護衛弱息和法律的尊嚴挑戰惡人，主審法官雖亦明察而力求主持公道，但對手律師與倒戈的同行在利的驅使下昧著良心，做下不實的證詞讓他氣結，也讓公平正義難以伸張。該案最終以和解結案。無奈！無奈！邱為這樣不公正的妥協遺憾，喟嘆終未能達到保護弱勢的目的。經過那一事，讓他看夠了人性的醜陋，和世人詬病的史書說部裡「惡訟師」的嘴臉。

與他結識已在十年以上，早知道他參與很多的公益事業，而且能一語道破，準確分析他投入這些活動的心態。他承認我說得很對，這些奉獻與服務，很能平衡他來自工作的壓力與挫折，以及和面對醜陋嘴臉的不快。不過聽他說一說，才知還有好些我不曉得的。

但是他並沒參加很多社團。一九八六年與一些朋友創立了法拉盛獅子會，從此結合了一些夥伴共同推動一些慈善活動，只要沒有公務的牽絆，從不缺席。近二十年來，離開的離開；隱退的隱退；過世的過世，邱保康卻始終如一，開會出席，活動贊助。一九九五年他又開始了一項新的社會服務。他說因受美華防癌協會會長楊王惠真女士的感動，加入做義工。這是一個純然的民間社團，想做事，也做了很多事，但就是經費困難。邱保康便想著要為美華防癌協會募一次款。二〇〇一年，計議籌劃了很久，決定來一次義演。每提起這事，邱律師都會多說上幾句，感覺太強烈，印象太深刻了！

在開始規劃的時候，就考慮到僑社的結構，以及以往社區活動的情況，決定請出息影已久的大明星凌波女士演唱黃梅調，同時邀請也曾患癌症的復康者影視紅星胡錦與凌波搭配，預定二〇〇一年九月二十三日於皇后學院的音樂廳 Colden Center 演出。可是就在義演之前，發生了震撼全世界的九一一世貿大樓遭受攻擊摧毀的事件。要舉辦義演，這個時機不是很好，在運作上更造成了很大的困難。發生了這麼大的事，參加的明星敢不敢搭乘飛機，能不能來；很多機場都關閉，怎麼來；九一一之後紐約人的心境與整個大環境受到很大的衝激，驚恐、沮喪、悲憤、不安、焦慮的情緒瀰漫於社會，大多數的人已無法安心坐下來看一場表演，許多展覽公演都停辦或延期，在這個當兒……但是這是一場為防癌協會舉辦的慈善義演，且準備工作都已就緒，進入倒數計時階段，門票也大多售出，如同箭已在弦上。所以，決定如期舉行。於是馬上發現有種種的困難需要克服，凌波與胡錦倒是沒被九一一的恐怖和憂傷打倒，決定前來參加演出，但是航空運輸與安全檢查系統，在恐怖攻擊事件後添出了很多辦事的障礙。排除萬難，才把演員接到，費了許多周折帶出機場，邱律師一連說了好幾個「不容易」。那場義演我曾躬逢其盛，在那樣的時期，這場演出更像紐約的華人同樂會，很多人在那樣的氣氛下心靈與精神上得到一些撫慰。該日的義演，加上當晚的餐會，扣除一些開銷，再加一些慈善機構的支持，有十八萬的善款捐給美華防癌協會。當然這是邱保康與他的一夥醫師朋友拚了全力才達成的。憶起那一事邱保康還為之動容。

強調人向前看，少做回顧，是時代的傾向。因此，不必諱言，從國家政策到大眾心理，對下一代的關心要比對上一代多一些。假如「老傢伙」再不識相，多做要求，便成了老厭物。在這個快節奏、謀生不易、工作壓力沉重的大環境，講究個人生活不受干擾的時代，一些老人被忽略了，或是自覺遭到忽視，難免沒有委屈。很多人們很難想像，在邱保康的奉獻理念的實踐中，有一項是關懷老人。很多年，每個星期天他和妻子汪之明都會接一位老人家出來，到長島的 Jone's Beach 去吃 branch，陪他們在木板走道上散步、活動筋骨、呼吸新鮮空氣，最重要的是傾聽他們談心訴苦，特別是不願或不宜給兒孫知曉的心事。因為個人的力量有限，只能按孟子所列的排序「親親，仁民……」從親戚的長輩做起，然後是朋友的親長。他夫婦排一個表，輪流邀請。這些老人家說粵、滬、台、國語的都有，只是近十年來機會越來越少，因為人到了時候會像植物一樣凋謝。這是對親友的長輩進的一份心，另外也在其他一些為老人服務的事情上伸一把手，如法拉盛華策會福壽老人中心會所的取得，在基金的籌措募集、購買的磋商談判，他都以他的專業盡力幫助，現在這個老人中心終於有了固定會所，不再流浪。

獅子會在一般人的瞭解，就是一票中產階級的企業界或專業人士，聚在一起吃吃喝喝放鬆自己的團體。事實上他們也做很多「為人」的事來求得「為己」的快樂，參與不少社會公益的事，每年的敬老活動是其中的一項。近兩三年更與一些眼科醫生結合，展開了愛盲助盲活動。他們與導盲犬協會合作，建立一種制度，就是大家申請做導盲犬的養父，訓練導盲犬。從puppy開始，養個一年，送去給盲人作伴。靈感是來自於見到導盲犬協會的人士，在法拉盛市立停車場的周圍的實施訓練課程，有人帶著導盲犬繞行周圍街道，訓練牠們導領盲人乘巴士搭地鐵。獅子會通過了這個議案，邱立刻投入這項工作，首先便是經由此地華僑文教中心，捐一筆款給台灣的導盲犬協會做訓練經費。

不過，有志願訓練導盲犬是一回事，能不能如願是另一回事，因必須經審查合格，才能取得這項「養父」資格。邱保康自年輕就喜歡狗，一直沒獲得邱太太的「批准」，邱汪之明不同意的原因是因狗同人一樣，有生老病死，面對親自照顧的老狗必須安樂死時的感情負擔不勝負荷，已痛過一次，實在不能再來一次。現在邱律師為學習訓練導盲犬，承諾絕對堅守親自照料原則，並擔負起一切飼養任務，不會再因公忙將責任轉移之後，終得獲准迎回 Mattie，從實習中學會訓練的方法。待獲得了需有的資格，才能成為正式的導盲犬養父，現在還只能做狗兒子 Mattie 的「監護人」。

前面所說的都是社區大事，卻與律師業務無關。有一件事他付出很多心血，雖也是工作之外的事，卻與業務有關。那就是亞裔美籍律師公會事務的參與。二三十年過去了，一些應考律師的限制和障礙都取消了，所以每年夏天律師考試一過，就出現許多新科律師，看姓名可以推斷為亞裔，而且相當優秀。目前亞裔美籍律師公會的會員已有一千多人，還不斷增加。一九八四年從唐人街遷移到法拉盛以後，便積極地把唐人街的老律師們與法拉盛的年輕一代由他做橋梁聯合起來，擴大亞美律師公會的陣容，壯大這一公會的聲勢。對於新會員給予鼓勵和幫助，尤其對從大陸出來的新律師，給予更多的關懷與協助，甚至於要以識途老馬的前輩姿態去輔導教導他們，讓他們少摔一點跤。並告訴他們，要想爭得合理的一席之地，唯一的方法便是與主流結合；固然永遠不可忘記自己的族裔，但應加入美國律師公會以及一切主流的同業組織，融入其間。邱律師感覺亞裔律師的處境和情況，越來越好了。「橋」的角色扮演得久了，在美國律師圈內，都知亞裔中有「Alen Chiu」這麼一個人，常常會請求諮詢相助。不久前有位洋人老律師代理一排十戶房子，其中七戶是亞裔，溝通困難請他去幫忙，結果真的台、滬、粵語都用上了，雖然也有的亞裔客戶通曉國語，但是用他們的方言交通，心情很不一樣，很快就一切「搞定」，大家高興。

見他成年累月地辛苦，作妻子的很是心疼，很希望邱保康能slow down，終於答應他養狗也跟這有關，要好好地照顧Mattie，就不會整天把心思全集中在工作上，人休息了腦子還沒停。而且Mattie需要大量運動，他就得跟著動。已經來到中年後季，需要slow down，也需要持續恆常的運動，雖然距退休的日子還很遠，邱保康為了健康放慢腳步，汪之明認為是必要的。

「除了例行的業務，除了前面所說的那些公益事業、慈善活動，未來你還有什麼新計畫，想做點兒什麼事？」我丟出最後一個球給他打。

「哦！將來我還想成立一個中國人的養老院。不是Nursing Home，是供老人安居的地方。」他沉吟片刻回答我。

我挺直了身子，幾乎跳了起來，怎麼會跟我預料猜想的一樣！稱讚他的卓見之餘，忍不住提供很多資訊，建議起來，只是沒講將來有一天願意去做村民。當然，一個人的力量不行的，要資金，要人力，要專業人士規劃、設計、管理，還有要請得執照，克服建地昂貴等等的問題，想實現這計畫還有好多好多困難要克服。我跟他說，僅有此念已是功德!!在訪談中他用了好幾次「挑戰」這個詞彙，表示喜歡接受挑戰，希望願跟自己競爭的他，接下這個挑戰，讓這個構想早日實現，必可造福很多家庭。

惜哉！美麗的文化風景逝了——側寫唐德剛教授

唐德剛教授過世的消息是從美洲《世界日報》上得來的。這樣一位華人知識分子眾所仰望的前輩，他的大去新聞紙當然要當作非常大事報導。想想，確實有三幾年沒通信息了，只聽說他中風了，而且傳來的消息是「嚴重」。不能不關心，但也只寄去我的關切與問候，不敢多做打擾，中風後的復元治療，最重要的是平靜的療養與有恆的復健。後來他們賢伉儷回過一封用電腦打字列印的粉紅色信箋，賀年兼報平安。我知道了，安啦！以後便只默默關注，不再去攪擾，我非常瞭解，不去打擾也是一種體恤。所以，僅偶然在公共圖書館遇見唐德純大姐（德剛兄的妹妹），問問情形，帶去問候。後來德純大姐搬了家，所以這次也連絡不上她，只好心中默默悼念。只可惜肯跟我談文論史的前輩又折了一位。

就在前幾日一個文學討論會上，題目是「《詩經》國風中的女性」，必不可免的會涉及到歷史。主講人說了一句驚人的話，她說：「唐德剛說的我信，司馬遷說的我不信。」見大家睜大了疑惑的眼睛望著她，她說出了理由，因為唐教授評述歷史的時候，會找到很多資料與證據支持那個結論，讓人歸納而後接受與信服，而司馬遷寫《史記》筆端有許多個人好惡的情緒，難免影響到史事的分析、記敘、論斷。這個評價我來不及也沒有機會轉述給德剛大哥了。

這位女教授對司馬遷的評論，部分我同意，《史記》一書是過去文史不分時代的產物，太史公以文學之筆著史，優美的敘事文字與文學技巧，是文學人必讀的經典之作，好就好在筆觸之間飽含感情，精筆敘事傳神，刻畫人物生動，且氣勢磅礴而不失細膩，但就今天的史學方法的角度而論，史筆蘸著感情著墨，則是一項障礙。可是縱使司馬遷在記事與臧否人物難祛潛在好惡的批判，所引用的史料還是絕對屬於歷史的，讀書人，學讀史書的人，會有能力分辨。這個想法也來不及與德剛大哥討論了。

不過最初唐教授從不跟我談這些，極可能因覺不足與言也；他沒說，我卻可以感受得到。近四十年的認識觀析，他確實常以巧筆趣筆撰文，以詼諧態度論事，以調侃的口吻述己，但可體會到，在各式的幽默諧趣表述之下，對歷史的嚴肅心態和使命感。結識之初，我只算是他中央大學的學弟家裡那學生輩的小媳婦兒。我無法確定哪一年初次見他，用排比的方法歸納記憶中的大小事，可以推斷應該是在一九七〇年左右，他到台灣去，光臨過木柵政大教授村的寒舍。那年頭身處上庠擔任教席的書生真是寒素之至，竭誠招待，也不過什麼「園」的一飯（大概不是峨嵋餐廳，就是復興園，或者長沙曲園）。還記得德剛大哥臨返美之前，大大地宴了一次賓客還席，有四五桌人，應該是在中國之友社，採取Buffet的方式。每家都打散了坐，我的座位就跟剛回國不幾年的葉公超大使相鄰，都談了些什麼我忘了。初次周旋於這種的餐會，跟一些長輩級的大老應對，我就是個學弟的眷屬，一名不足與言的小媳婦。我是嗎？我該用事實轉換他們的印象，我跟自己說。

一九七七年我以存了一年的創作所得，初次出國做環球之旅，第二站就是紐約。環境不熟，生活的習慣也不熟，曾經成為他府上的不速之客，尷尬之餘，我很不能原諒自己，心裡真是既窩囊又慚愧。那一日回到居處，終宵未眠，連夜寫信致謝道歉。每想起這回事，那種進退失據的不安與尷尬，仍是我記憶中的痛點。我怎麼這樣不解世故呢？這麼老實，竟真肯去打擾人家了？很不像我做的事。可是，我做了！幸而德剛大哥能懂我的心理，一再寬慰表示是他的堅持邀請，否則我們也去不了。

又過了兩年的一九七九年，受邀擔任副團長（榮譽團長林海音、團長司馬中原）率作家畫家聲勢浩大的文化訪問團巡訪東南亞未歸，文復會決定編纂的中華文化叢書，經濟門類的編輯委員會開會，確定方案與各書主稿人，眾家經濟學界碩彥做了一項缺席裁判，議定由我撰寫鑽研多年的課題《中國海關史》，回到家，才知道連合同那位「學弟」先生，都替我簽好了；很想逃避，還是接了下來。於是噩夢來了，《吳稚暉傳》猶未交稿，又加上了這緊箍咒。兼課、專欄、小說與散文的創作，已近乎常態的工作，每日忙得跟陀螺一樣，再加上這部書約……可是我不能不寫，已踽踽獨行在這條冷路上做了十多年的研究，有我的心得，有我的見解，有我的發現，有我的結論，怎可不寫，我豈能逃避？那種「歷史人」的責任感與使命感油然而生。寫！硬著頭皮寫吧！好長一段時間用在補充材料尋找有用文獻，上窮碧落下黃泉，直接間接，能託的人，能求的人，都拜託到了。柏克萊加州大學圖書館、普林斯頓大學圖書館、哈佛燕京圖書館的資料都弄到了。我想到了哥倫比亞大學圖書館，雖知在美國當教授比在台灣壓力更大，需要挑戰的更多，我還是涎著臉向德剛大哥開口了。於是我開始與德剛兄在看法上有了碰撞。

我最需要補充的是梅樂和（Frederick W. Maze, 1871—1959）總稅務司的資料。「海關總稅務司」在海峽兩岸如今都已是歷史名詞，許多商務、財稅界的人士都不知道。大陸上早已把關務總署的主管改為總關長，而台灣雖承認一脈相傳的關係，卻於一九九三年十二月一日公告將財政部「海關總稅務司署」改為「財政部關稅總局」，最高首長為總局長。但是「海關總稅務司」的名位，自清咸豐十年十二月（一八六一年元月）領受箚諭始，直到一九九三年十二月，儘管權限與扮演的角色，隨時代與國勢有所更易，一百三十餘年迄無改變。特別在財政關稅成為國稅主軸的階段，那可真是個重要人物。我知唐大哥與哥大圖書館的淵源，雖曉得他的工作極為忙碌，我仍未放過他，向他求援。隔了一段時間，唐教授回信來了，並附了一頁自百科全書列印下來的資料，他說哥大圖書館沒有，市圖書館也幾乎沒有什麼東西，因為梅樂和在歷史中很不重要。喔！這一點我不能同意了。

雖然委婉，我仍正面說出了我的意見，自這回起，我由單純的朋友家屬，成為一條道上的君子之交。我是這樣說的：F. W. Maze 是由中華民國財政部正式任命的海關總稅務司，代表著一個新主權歷史時代的到來。中國由於不平等條約的限制及庚款與內外債的擔保，從新制海關建立伊始便由洋員主導主持，「總稅務司」一職不得條約國與債權國同意是沒法更換的。草創制度的第一任，唐教授所說的「毛頭小子」二十郎當歲的李泰國（Horatio N. Lay）很囂張，最後跟曾國藩槓上而去職，協調之後由赫德（Robert Hart）接任，於是開啟了他「無役不從」的「赫德時代」。

恭親王暱稱為「我們的赫德」，從一八六三年一直做到一九一一年，還曾給予尚書、頭品頂帶、太子太保的榮銜。因薪資優厚，親故都到中國來吃海關飯，我沒去分析資料，海關內到底有多少人跟他沾親帶故，至少他的弟弟赫政、內弟裴士楷與外甥梅樂和都升到了稅務司，裴士楷當過副總稅務司，梅樂和更當了總稅務司。接替赫德的第三任是安格聯（Francis A. Aglen）於是「安格聯時代」來臨了。相當跋扈的一位洋大人，連一九四三年繼梅樂和之職位最後一任的洋總稅務司美國人李度（Lester K. Little），都說在安格聯的時代是列強干涉最甚的時期，安格聯完全忘了自己原是中國的客卿「僱員」；只有張作霖能硬把他趕下台，但是列強尤其是英國還不肯接受中國政府有權力免他職的事，據條約相爭協調後，算安格聯請假一年，之後退休離職。李度的被任用為總稅務司，說明長久以來在華最有影響力的英國干涉時代已過去，美國的力量抬頭。

接安格聯之任的便是梅樂和。但是在海關史上沒有「梅樂和時代」，民國成立以後，關稅自主權的爭取幾乎成了知識階層國民的全民運動。北伐成功以後，「關稅自主」運動得到了結論，自行宣布加上外交的運作，以逐一與各國改訂條約的方式收回關稅權，而梅樂和上任後於一九二九年一月十日以華語向財政部宣誓盡忠職守，這是主權的宣示也是主權的確定，所以儘管自一八九一年便入海關服務的梅樂和仍然可領高薪，卻已是是純粹的僱用人員。梅樂和會說華語並不特別，洋人入海關服務後都要學習華文華語，由「教讀」授課，這教讀地位極低，在《新關題名錄》上位階僅比轎班雜役高一點點。清政府於同治三年頒布了延用洋員幫辦稅務的章程，英人在海關中當老大，享有高薪與優厚福利，但也不得不分其他列強一杯羹，不過在李度以前，總稅務司乃是英國人的專利。梅樂和是最後一位英籍總稅務司，他可能不重要，他所代表的意義與新時代的開啟重要，他並曾以說帖向財政部說明了他的政策一、華洋職員平等待遇，華員中有相當資格及辦事能力者，得升為稅務司；二、服從政府命令，不受外力的干涉；三、絕對不干涉關餘[1]。這樣改變前非，影響後續大局的宣示內容重要。對於我的拙見雖然沒寫這麼多，卻是於致書就教於老大哥時直接說出的。

對這個課題我還曾有一次補充。一九九三年關於德剛大哥在《傳記文學》三七八期的〈長征有始有終，喪權沒完沒了〉一文，討論到「外人幫辦稅務」一事，我又不肯緘默了，做了一點小小的回應與補充，就稅則修訂、行政人事、關稅存放、關稅支配各項的自主權喪失的經過與層次一一簡約專業說明，寫了一封信寄給劉紹唐社長，後來劉兄給加了個題目〈「外人幫辦稅務」探源〉，刊載於《傳記文學》的第六十四卷第四期。可能這兩次的經過，讓德剛大哥瞭解我不是只能當一個混日子的小媳婦兒。後來我移居紐約後，有很多機會同時參與文人之會，他會以他向來的幽默口吻接別人的話碴說：「她呀！不只是文學家，她還是史學家！」當時我還在想，老大哥這麼取笑我是「記仇」生氣了嗎？看來又不像我因「梅樂和」那個老傢伙冒犯了他。記不清楚是哪一年，反正他的長篇小說《戰爭與愛情》上下兩冊出版後還特別寄給我一套；當然不是給他學弟的，那人是經濟學界的。

大概是不曾冒犯，一九八八年的一月，放了寒假，陪著肝病已入末期的病人到紐約完成一個心願，又和德剛大哥見了面，他特別到我幼妹家來看他的學弟和我，但極體恤地不讓病人赴宴，只陪他聊天，那說話的口氣，輕軟溫柔至極，讓人不禁泫然淚下。然後專為我邀請了一桌文化界的朋友，由於那是我隔了十一年再到紐約，誰也不識，一桌人除了錢歌川教授、殷志鵬教授、詩人畫家秦松與被他呼為「曹美人」的曹又方，我都不記得還有誰了。一年後的寒假我又到了紐約，心情悽愴的我，目的是與兒子在感情上互相取暖。在與舊歲同樣的一角方圓，這次德剛兄昭文嫂同時與我共餐，只我們三人。他們溫語安慰，但都未將重點集中在「傷逝」的題目上，所以我能自持而不失態。在我最無助、無奈，棲棲惶惶不知如何的時候，他們賜我以溫情，曾暗忖以後若有我能還報的機會，我一定要爭取。可惜大哥始終光環當頭，是紐約華人風景線上，一道最亮眼的景致，總被熱情朋友與粉絲所包圍，我全沒機會，反常受他的照顧。

早於德剛兄故世的劉紹唐大哥也是解人，後來德剛兄返台，我常被招去作陪客。待我移居美國，紐約的華人社區就是這些人，學術文藝界的也就是這些人，轉來轉去常有很多場合碰頭，算不清有多少次在一起談天說地樂作一團。印象深刻的一次是在二〇〇一年的八月五日，那天「海外華人筆會」在距聯合國不遠的湘渝餐廳舉行例會，因為有大陸的學者作家光臨，如董鼎山、唐德剛等大老都到了，飯罷德剛兄堅持要開車送我姐與我回家，我們表示不敢如此勞煩他，因我家遠在皇后區。他堅持要送，說請我們允許他服務，況且他妹妹就住在離我家不遠處，把我送回家還可以順便看妹妹（那口氣彷彿是在說「摸蜆兼洗褲」）。情不可卻，我們就上路了。

先送當時還住曼哈坦的趙淑俠，再穿街過橋地送我回法拉盛。一路上我們談得很多，心裡幾經掙扎，我還是說了一九九九年到四川的經驗。那回，遇見了一位我們共同朋友的少年時的同學，那位先生忿忿地洩漏了一個祕密，還挑戰地讓我回到台灣代為問候。回到台北我沒提那事也沒問候，吞下了那祕密。我不願揭人隱私，也不想引發「世界大戰」。喔！可真是憋得要爆炸。我問大哥我做得對否。他沉思久久，說我做得恰當，否則不但會失去這位朋友，還真會引起軒然大波，於是我們約定，永遠為朋友共守這個祕密。有人分擔內心的重壓真好，我把「垃圾」倒在大哥的垃圾桶內，立刻輕鬆了不少，不再老覺心中淤堵難受。也就是那天，唐兄訂下一個約會，八月十三日在他紐澤西的家裡有一次「文章之會」，請的都是大紐約附近的媒體界的風雲人物。為什麼會急著請客，他表示是因為昭文嫂到西岸去看兒女未歸，他可以趁此機會邀朋友到家來鬧鬧玩玩，言談之間，頗有「大人不在家，小淘氣造個反」的口氣。這就是真性情的唐德剛，我曾聽過他說過一句自我調侃的話，在家裡的排序，他的地位是在家犬之後。會嗎？二〇〇一年八月十三日那次到他家並沒看到狗呀！

之後，我家出了大事；之後，聽說他中風的信息；之後，又聽說他不好了，等等，等等。他已年高，走向人生最後的一站，也是每個人必然要走的路，他的大去我不悲痛卻極惋惜。不過我仍是純文人的想法，在另一世界，他又會見到先去辦雜誌的劉紹唐大哥，兩人繼續合作，推出讓世人驚豔的作品。記得以前德剛兄到了台北，有那麼兩次，大家酒足飯飽之後，他卻得把自己關進女青年會的旅館去挑燈夜戰，為劉兄寫稿。我們就笑他「交友不慎」。我這個小朋友重要性絕不如那個大朋友，但以前種種，相信他可能也曾為認識了我而嘆息過交友不慎的不幸吧？有人表示對他戲謔的幽默風趣不能適應，招架不住。我能欣賞，而且我見到記得的卻是他對朋友體貼溫柔的心，我何其幸也！

1　關餘是當時中國財政制度中的一個怪胎，中國的國稅之一的海關稅由於為庚款與外債擔保，關稅收入須先扣還庚款和外債，不能用以做國家財政支出，待商務貿易益盛，還款有餘的部分即為所謂的「關餘」。

來來去去，台灣的新信息

前言

二〇〇四年六月十九日，國立台灣師範大學為紀念校慶暨校友會成立三十週年，會中邀請兩位校友做專題演講，本文為對校友及僑界人士公開的演講的兩題內容之一，原來並無講稿，但會刊擬披露內容，應要求憶記寫出以饗大眾，歲月又飛逝數年，今之讀者可以為台灣的變貌做番比較，亦可為今之有「故園相思症」的人作為把脈的資證。因為存實，所以不多潤飾，保留純粹演講的形式。

來來去去，台灣的新信息！月前我剛從台灣回來，願意帶給各位一點台灣的新信息；師大校友，那怕是僑生同學，都在台灣至少度過四年最美好的青春歲月，對那片故土，必然關心思念。

首先我要說，今天是我們師大的校友聚會，自己人講家裡話，我會坦誠而言，但就像立法院內的言論對外不負責任，不希望任何人有過度的解讀，除了說明所見、所聞、所感，以饗我校友與僑胞沒有其他目的。我還要說，我是一個有世界觀、國際觀準備在美國落地扎根的新移民，可是我於少小之齡就隨父母到了台灣，成長、求學、安身立命於台灣；假如我此刻離開人世，我生命的五分之四是在台灣度過的，無論從實際或是心理上，我也仍屬於台灣。雖是以一名世界公民的理性去觀察台灣，同時我更是以在地人的眼睛去看、去體會台灣事；我放不下，因此我來來去去。面對今天這個題目，既不存蹲在井裡望天空的心態，也非持隔岸觀火的論調。

目前講這個題目似乎敏感了些。先要說明，請不要把我歸類，給我著色，如果一定要問我的顏色，我願說我是「太陽光譜」，紅、橙、黃、綠、藍、靛、紫，都包括其中，然後形成一種亮白。你們笑了……現在，大選之後的台灣人就是這樣的敏感，甚至出現在公共場所，連穿衣服都得留意，穿者無心，觀者有意，弄不好常常就成為被反對攻訐的對象，這就是在大選一個多月後極突出的反映與現象之一。

時間的限制，無法講得太多，我只想就兩方面來給大家說說。

從表象觀察可具體而言的，台灣還是很好，仍然繁榮如故，在建設方面不只有都市的發展，許多小村小鎮都發展出各自的特色風貌。大體上暴富的人不多，特別赤貧的也極少；人心依然良善，民眾流行到各種場所當義工，偶然有孩子失去雙親或某個家庭陷於困境，一經媒體報導，各方的善心人會立刻伸出援手紓困；有的小孩甚至一個星期就成了有八百萬的小富翁。

生活的享受更為豐富而多元化，大小餐館常常客滿，只要你想得出要吃的東西、要得到的物品，有錢都能容易享用；不同年齡層的男女，各有所「哈」，自由追逐；養生、減肥、塑身、美容還是仕女們生活中的重要課題。首善之區的台北，東區、西門照舊繁華熙攘，熱鬧到摩肩擦踵的程度；公共汽車網班次密接方便，捷運系統的便利、整潔、管理優良，更是台北人的驕傲。尤其許多親民的機關行政效率可為世界典範，舉個例子，台北市一般民眾到了六十五歲可領取免費公車票，以後健保費不需經過申請手續便自動改由市府負擔；假如要申請戶口謄本，坐在沙發上等待叫號，輪到時兩三分鐘就已辦妥，即使要想取得四十年前的戶籍資料，十幾二十分鐘也辦好了。所以在這裡去「衙門」辦事，每每都有很大的挫折感。

可是社會上還是瀰漫著讓人心緒不寧的事。聽一些當過兵的人說現在的軍人訓練與以前相比，太不夠嚴格，萬一真發生戰爭，不知靠少爺兵怎麼打仗；電視娛樂節目粗糙低俗；「外籍新娘」的激增，突顯出社會的一個現象，慢慢形成社會的問題；就業失業失衡，彰顯出社會中的「中年危機」。我很愛坐計程車，幾乎天天都坐，也許每天還不止一次。計程車是很好的基層資訊供應站和民意調查觀測點，不幸碰上一個野野的髒髒的滿身檳榔味的司機，確然令人有點怕怕；但是接受那穿著燙得筆挺潔白襯衫深色長褲，言談舉止超文雅司機的服務，心情更為沉重，不用說又是中年「下崗」的高級專業人士或「理」字號的人物，在與職業「運匠」搶飯碗了。

廠地難覓且貴，工資高漲，製造業早就紛紛西進南下出走，現在服務業也前仆後繼往十三億人口的大陸搶市場，再由於三四年來社會的激盪，政情影響股市，股市撕扯著民眾的神經，大家的荷包也都瘦了三分之一。一些資金不夠雄厚的廠商公司周轉困難，便不得不收縮或乾脆倒閉。有家要養，希望改行重入職場的中年人最可憐，能開個「發財車」賣起炸雞早餐什麼的，已是轉業成功的範例。想不開的，竟會尋一條最後的絕路，年來自殺案件上升，每週報上總登幾回，原因的排行榜，最前面的除了情死，就是債務與生計無著。三三〇以後，讓鬱悶痛苦難解的人，又添加些前途茫茫，更增尋求

「自便」的勇氣，於是燒炭跳樓的新聞頻頻。

在台北住了四個星期，看得最多的戲碼就是拉起各式各色的布招大旗，頭上綁上布條上街抗議，不是天天卻是常常。為的什麼，我真的弄不清楚。但是有一樁我弄清楚了，那就是在總統府前，東門圓環的四個方向的街角，每天有人像上班一樣在那裡揮舞著巨幅的國旗，早上八點他們已在，晚上九時他們還沒「下班」，風雨無阻；不只有壯漢，還有女子，那麼重的大國旗真難為那些阿嫂了。看見在沉沉暮色中飄舞著的國旗，我想起了林覺民，真有泫然淚下的悸動。到了週末成千數百的男女老少，最老的七八十，最小的坐在被年輕媽媽推著的娃娃車裡，他們靜靜地扛著旗幟舉著「要真相」的標語牌，在總統府前「散步」，凱達格蘭大道公園路口拉起了鐵絲網。他們一圈一圈地繞行著，警察默默地看著這雜牌隊伍慢慢地散步。台北怎麼變成這樣?!我的心情跌入谷底。

從外觀上眼見的不僅有這些，太多，一時說不完！

另外還須用心去感受思考的方面更多。這次回到台北也見到一些文友，有人跟我講他說不清是什麼樣的感覺，心裡好像少了些什麼，心裡空空的；又多了些什麼，心裡沉沉的。多出來的大概用台語的「鬱卒」形容最恰當。

在我的感覺，我們台灣民主的素養並沒提高，相當比例的政治人物作秀的意願比做事高，沒有政治家，有的只是政客和政治小丑，因為好像都沒有什麼理想遠見只操弄短線。不管政客或是喜歡對著鏡頭表演的政治小丑怎樣否認，因炒作族群議題造成的族群撕裂，是空前的，這種用飲酖止渴的手段獲利，是破壞台灣社會和諧最不可原諒的缺德行為。

在舊的焦慮上又添了新的焦慮，大多的台灣人都在說「我們在吃老本兒」，心想的卻是我們的「老本兒」還夠我們吃多久？什麼時候再能找回我們生存生活的安定，心理上的安全感？亢奮、激動、憤怒、憂鬱、不安、歇斯底里……不同性格的人呈現不同的選後反應症候，而普遍蔓延於社會的是信任與信心的危機。不用去找具體的紀錄核對，當政者某月某日都說了些什麼，從廟堂之內的民意代表，到略識之無的基層大眾，絕大多數都非常非常困惑，到底哪一句話是真的哪一句話是假的？究竟要把我們帶到哪裡去？我們會有什麼樣的明天？老百姓失卻了「信任」的倚仗，內心充滿了不確定感，也就因此產生了很嚴重的信心危機。

族群與國家的認同、當政者的胸襟與誠信、執政工作團隊的格局與水準等等問題，常常鞭打著老百姓的情緒，當大家發現可酬庸與不可酬庸的職位，一概可用來酬庸時，老百姓真是愁啊！非常讓我吃驚的，是與一些三十到五十歲的基層民眾交談，他們最懷念的竟然是蔣經國!!那是被視為威權統治的代表呢！這個看法是否值得為政者好好省思呢？

B
回望故園，放眼世界

小河的滄桑

一、

前年回去探望時，曾經淚灑「河」濱。就是那樣，一條雖不臭也絕對很醜的大水溝躺在水泥森林中間，跟千百條無異的醜陋溝渠一樣。現在，更醜了！它，怎麼變成了這個樣子呢？雖然天災曾狠狠的襲擊過它，也不該是這般徹底毀了容的形象，才進入二十一世紀不過十年出頭，就什麼也不是了，就是條大水溝，大的水溝。老天真殘酷！

不對，須向老天道歉，這哪是天的問題？是人，人造成的！「她」，我該用這個代名詞，因為活潑而秀麗不該是偉丈夫，曾經有一個非常羅曼蒂克的名字，大學生們叫她「醉夢溪」，不過那是指的靜靜緩流分支的下游。其實就是日後長期當我鄰居的上游也曾有過「她」的嫵媚，絕不是這般模樣。

一來到這個山村，就知道那「官方」叫做「無名溪」的上游，屬於寒士文人構巢安家，與青春少婦度恬淡歲月養兒育女的地方。而下游被男女大學生改名為「醉夢溪」，是他們浪漫築夢的所在。

還記得那年，一場暴雨，小河變了風貌，最顯著是平時村嫗鄉婦麕集洗衣浣裳的沙灘被沖走了。僅僅一夜，就是一夜，舊灘不見了，山洪卻送下來大堆的巨石和沙礫，形成兩處新灘。當黃水跳躍著奔騰而下，只聽見水流震動山谷的雷霆之怒；只看見大浪推著小浪，與回流的河水相撞，然後越過堤線呈現出猙獰的兇相，誰也沒看到水底下多了什麼。直到老天止住了嚎啕，小河的情緒才穩定下來，最後與往常一樣，淺淺地裸露出河底。那時，才叫「水落石出」，卻平空多出兩處卵石礫塊所堆成的灘地。

初初失去原貌的小河，原來也不是現在這樣的，即使憤怒面貌消除，也少了許多自然的風情。平常看來儘管像個無甚姿色的大水圳，卻不至醜得這般荒唐，已讓人不知要嘆上多少回，好好的一帶清溪，毀了！

二、

跟小河做鄰居，有二三十年，剛剛來到這僻遠的指南山下，那時還當青春年華，飽嘗人群之中的寂寞，好高興有這麼婉媚倩秀的朋友，為我日日作伴，讓我在年輕人不該有的寂寞裡，享受一點被安撫的寧靜之美。

我家門前有小河，後面有山坡，
山坡上面野花多，野花紅似火。
小河裡，有白鵝，鵝兒戲綠波，
魚兒嬉游，鵝兒快樂，昂首唱清歌。

娃娃們終於越過了乳嬰的混沌，牙牙學語的蒙昧，有了開口唱歌的意識。三歲四歲的孩子，從幼兒園帶回的歌曲，怕只有這首歌唱得最有感應，因為唱的都是實景。直到他們長大會觀察、會描寫、會批評，才切中肯綮地說，歌裡的畫景實在不如真正的小河漂亮。

這倒是真的，那首兒歌嫌太雕琢造作了一些，小河畔的風光卻十成天然。

假如再造作一些，應把我家的房舍換成小茅屋，那才更有情調。不曾，就是灰色的水泥方盒子，所幸一株桂樹，數盆雜花，點綴了小小的庭院，使家更有家味。但是就因為有小河為芳鄰，那灰色的陋宅，也消除了幾許寒傖，添上了幾分風韻。

也不知那些大學生怎麼那麼愛烤肉！小河的上游，巨石壘積在河裡，水流淙淙地穿越石縫疾行而過，明明是一株無名小溪，卻有清泉的味道，那些紅男綠女，就在岸灘石叢間烤起肉來。興之所至，脫掉鞋襪，跳下水去，撲騰一番，不比彈著吉他迎風而歌少了點什麼趣味。這些，變做了我們的風景。

僅僅是隔了一座小橋，便又是另一種景象。綠綠的香草岸，彎彎的淡黃柳，水流不再狂奔亂跑，幾塊大石，一處淺灘，蔭庇在樹傘之下，婆婆媽媽們很有理由地提桶抱盆到那裡去開洗衣大會，一蹲就是一上午，邊洗邊玩，享受大自然中的眾樂樂，她們不曉得，她們自己就是自然畫景的一部分。

小河轉彎了，沿著河岸，是茂密的竹林。與竹叢爭色的都是一些叫不出名字的野花。紅的、黃的、白的，還有紫色的呢！奇怪的是，都是細細的枝莖，小小的花瓣，一副不願喧賓奪主的樣子。但不管怎樣謙虛守分，和秀挺出塵的修竹，的確把都市的一角布置成世外桃源的模式。小河就這樣的，至少流到那個叫「政大」的地方以前，月復月，年復年都是這樣美的。

三、

從不知小河也是罪魁禍首，就是說她是幫兇似乎也不公平，只因為那被學生命名為「醉夢溪」的溪水，與大學爭地，爭不過，又吞了太多的泥土，遂在無情大雨來襲的時候，硬要擠進小河的領域。於是小河哽噎了；小河嘔吐了，喘息著把從「醉夢溪」裡，從山谷裡硬灌進來的洪流推擠上岸，漲滿兒童戲嬉的操場，越出房舍四周的深溝，游進一條條的巷道，終於衝入一幢幢灰色的家屋。

儘管小河無辜，仍被判了毀容之刑。緜之傳人，似乎修堰堆堤而外不會做其他的事。因此，綠草岸被灰硬的水泥牆所取代，竹林剷除了；野花埋葬了；連那段水色最綠的河道也被填死了，小河與堤岸邊的疏洪道接在一起，變成了不折不扣的大水溝。

小河傷了心，我也傷了心，避居異地兩年餘，再回返改建的故居時，小河已不完整，越來越像水溝。而有那麼一小段，仍有綠樹蔭蓋，仍有淺灘，仍有洗衣的女人；假使用手圍一個固定不動的框，仍會有那麼一絲絲餘韻留下。但絕對不能牽動那個框框，畫框外就是醜陋的大水溝。每日站在樓頭，望著變了樣的的小河，有無數的傷心，連串的嘆息，我的小河呢？

四、

在歷史上恐怕要記上一筆，一九八四年六月三日，天公伯再度發怒，大桶大桶的水，潑向人間，給不知惜福的自私人類一個警告，洪峰使大水溝又有了河相。可惜，倒像怒吼的黃河，叫人懼多於愛。呼嘯、跳踏、推搡、搥打，洶湧的黃浪就是那樣跑了一夜，把水溝又變回了小河。當雨過天青，那些不識人間疾苦的少年走下河去，洗滌災情，卻忘其所以的在逐漸回青的水流裡撒起歡來。斯時，河畔的人兒也感染上那樣的歡欣，似乎小河又回來了。

真的，如果不去看那夾河而立的灰牆，只投視於河裡的灘、河裡的水，真會以為小河又回來了。好想折一束柳枝，插在河岸上，期待它垂柳搖曳，嬝娜輕拂的明日美景。可是，全砌起了冷硬的鋼筋水泥，不復有溫柔的土壤，柳枝將插向何處？真不知可插向何地。不用考慮柳枝了。

五、

以為那就是永遠，不到十年，山河變了，人事也變了，曾經是可以躺在眠床上看麻雀在電線上排隊向我道早安的溫暖窩巢，竟於三兩年內變成拘囿獨居者身心的牢獄，白日裡那不知名的入侵者示威性地竊走物件告訴你他來了。午夜時分電話穢語魔音穿腦格外清晰，讓人驚懼無眠。捨不得也得捨，逃了吧！告別了那留下盛年美麗記憶的小河。逃了！

又是多少年，多少年？再回去時……完全看不見小紅樓的身影；完全被夾在水泥叢林裡。僅是站在貓空的茶園裡居高臨下，還可以看見昔時書庫的紅屋頂。算了，就像怯懦的老情人，讓至愛常留在記憶中吧，看不見就不看了，小河、紅樓，掰掰！不再懷念！是訣別的心理？是以毒攻毒以痛止痛的心理啊！

可是，還不是真的能放下。隔沒幾年又去了，非近距端詳一下不可。

天哪！怎麼是這樣的，原來最清新帥氣的小紅樓，插在群樓中間就像一名乾癟的小老頭，擠在一群虛有其表的浮華少年中。自六樓掛下來飄飄盪盪密密麻麻的電線，就像洗不乾淨的亂髮拂著老人面。

旁邊的小河呢，哪來的河？就是一條真的不寬不深的大水溝，柳樹呀，花兒呀，也一些兒也沒有，連原色的水泥堤岸也長起了老人斑。我還沒老人斑呢！不該呀，沒有那麼老呀！可就是老得好狼狽。想起那首為「她」所寫的歌詞，曾由翟黑山譜曲范宇文在國家音樂廳演唱的《夢裡的家》，書寫歌詞時的心境情景，真的已經遠得如同隔世了。

白鷺凌飛芳草碧，群綠鬧枝椏。
小河彎彎野花豔，青山伴晚霞。
魚兒樂游蝴蝶笑，頑童戲雛鴨。
溪流奏琴蛙合唱，同歌好年華。
長堤垂柳深深處，是我夢裡的家。夢裡的家，夢裡的家，我夢裡的家！

真的遠了，遠了，只能在夢裡去找她。

大水溝，別了！

燈火

「我灌花去了！」文謅謅地，聲音還說得很響。總是丟下那麼一句話，就溜上了天台。其實，約定俗成被派了澆花任務的人，巴不得有人可以代勞，大可不必擔心誰來搶這個活兒。只是，私心裡把這事當作一種享受，下意識地給自己找一個藉口，表示不是貪圖逸樂的人。大概是那樣的，從東側的花壇開始，經過書庫門前，再到西側，繞著屋頂「小院」走一圈，讓所有的盆花都吸飽了水分，就熄去屋前屋後所有的廊燈門燈，到「後院」去，倚著北面的矮牆，欣賞屬於夜的畫景。

按習慣與成規，使用天台是我們的權利，但管理經營也是我們的責任與義務。投下大量的金錢，也投入無數的心血；平時與驕陽的烘烤抗衡，風強雨驟的時候還得全力就近防護救災，假如不是依規定與協議可以搭一個棚屋容納我的書寶貝；假如不是可以用廢材堆幾個花壇，放一些盆栽，多付出血汗錢去使用這個天台，真是沒有道理。但是當我倚樓望景，一切都有了報償。

遠離市廛，原應建一座竹籬茅舍棲身，才符合心境。礙於環境，真容不得人那樣矯揉造作。於是只能把樓頂的荒原當作心靈的綠地。很不喜歡別人用流行「增值」的觀點來憐惜我，離市區那麼遠，價值怎有增添的可能？可是為什麼非增值不可?!但有誰居住在城市裡，能天天與青山、綠樹、白雲、彩霞以及在耳畔淙淙鳴琴的小溪為伴？能在青天白日的辰光，享有某程度的安謐，隨時可觀雞群閒遊，小狗散步？倘若不羨慕聲色犬馬式的繁華，這些難道算不得享受?!

其實真正的好景在夜晚！

從不知黑暗可以遮蓋如許的醜陋。當然，俗人生活也為一種美，可是配置不當的家屋，卻會成為破壞大畫框內景致的殺手。那叢綠中忽然冒出來的單調粗糙水泥色；那站錯了位置，掛了一樓零碎的公寓，都使人要為破壞了和諧的整體美而憾嘆。但當黑色畫彩塗抹去了敗筆，留下的就只有美麗。尤其夜更慷慨地提供了畫間無有的素材。

夜的美景，在星，在月，在燈火。

皓月將所有的花樓亭台，全洗成銀白色，讓人心靜也心淨，無限的安詳；佇立樓頭數星星，與小精靈比賽眨眼睛，縱贏不了它們閃爍的本領，卻可贏得滿懷與友同嬉的溫情與快意。可是，無論月亮怎樣冰潔晶瑩，星星怎樣金彩點點，它們不肯天天現身，而燈火夜夜悄然相隨。

自從常常可以登樓去默思、遐思、芻思而後，突然有了一點點頓悟，難怪燧人氏在中國的歷史上會得到尊崇，他的貢獻，豈只在於教子民熟食照明呢！假如真有其人，他一定也是個藝術家，教人怎樣用燈亮來布置夜之畫。

夏日裡夜晚的腳步走得慢，一定得到七點過後，天才黑透。而唯有在純黑的底色上，燈的神韻與光彩方能顯現出來。斯時，那些破壞情趣的水泥盒兒已被顏料遮去了輪廓，只留下一個個燃起了光亮的窗口。近處的讓人明明白白知道那是「家」的窗戶，即使本不溫暖，也給人一種家的暖意；遠處的看不見它們的形狀，則像撒在黑色湖泊裡的星辰，成排的、成串的、成球成簇的，以及散散落落像天女隨手揚出掉在半空裡的。於是，這個小世界的燈景就布置起來了。

每天看一樣的畫面，不會厭煩?!

風來雨來的日子，難道也去那無遮無蓋的地方攬勝?!

倘若那畫景有它的動人之處，每天相對，也不會覺得乏味。況且欣賞了它數百日了，還不曾看見完全相同的，如果留心，總會見到它的新貌。風狂雨急的時候，自然無須硬去臨風沐雨故作文人雅士之狀。倚在室內的樓窗，即或無法頂戴一片寬闊的天幕，卻仍能將完整的景觀收入眼目。

是呀！原本是晴天有晴天的風貌，雨天有雨天的神彩；晨間有晨間的韻致，黃昏有黃昏的情調。所以，燈火的嫵媚，也是千變萬化的。粗心人可能察覺不到，但如果願意擁抱這片美麗的燈畫，便常會有無數的驚嘆號在心中躍起。

不是燈海，連燈陣也不是，僅是有層次的一小片一小片燈群錯落在畫幅之上。不曾五彩繽紛，全是一個色調，只有從淺到深的金黃。由偏僻的山村，瞭望遠市的燈光，大概就該是這樣的，一朵朵燦亮綻放的金花，一片片淡淡點染成的金葉，漂浮在墨色的湖裡，構成充滿人間煙火的絢麗。再觀察得仔細些，會發覺既不像仙女的鑲鑽裙裾，也不似王母娘娘的銀絲拂塵，頂多像頑皮的星兒偷偷下了凡，悄聲地游泳在無波的水流裡。儘管不停地轉動著含笑的眸子，卻不囂張刺人眼目。唯一璀璨奪目的只有掛在更遠方小山頭的那串寶石，彷彿在黑天鵝絨上綴起了一排金剛鑽。

連綿的雨天，常會令頂有耐性的人也焦躁不安。每當穿衣鏡上的身影，蒙上了水霧，便由不得人眉頭要打起結來，唯有移目窗外時，能暫時忘卻心上那層潮潮的陰沉。可是平心而論，那幅令人相看兩不厭的燈畫，在雨夜裡才有最動人的風情。不是故意造作，那時，最無詩意的庸人，也會萌生詩的感應。

薄薄的紗幕輕輕拉起，小山頭上的那串耀眼的鑽石首先不見了，只剩下一線隱隱約約比針尖還小的爍亮斑點。從遠到近的燈花燈葉，都褪去那金金亮亮的光澤，不是銀色就是白色，洗淨了凡俗，有一種出塵的淒迷之美。連街巷中單調無奇的路燈，透過澐滃烟籠的雨紗，看來都像枝枝的銀百合花。人早早鑽進房舍，緊接著幢幢的磚石水泥盒子全閉上了眼睛。睡了，都睡了！清醒著的僅有遠向的叢叢銀星，與近處的枝枝銀百合。靜！靜極了，在靜謐的銀夜裡，把寧祥與純淨還給了世界。

無燈的世界是什麼樣的？怕沒有人能說出，對絕對大多數的現代人，停電只是暫時的起居不便。可是當你站立在足堪遠矚的山邊的頂樓上，那又是一種感受。誰也料不到，電廠竟出了故障，突然間發現自己陷在一個黑色球體的中心。上下、前後、左右、遠近，均是無邊無緣混沌的黑。霎時，宇宙就死了！直到有那手快的人傑，燃起了火炬，一個兩個……窗口冒出了微弱的燈光。那時非禮讚燧人氏不可，僅僅是那幾點弱紅的星火，使世界重有了生命感。

不過縱然陷落於被無星無月的黑天所扣蓋住的黑地上，只覺得遭濃密的黑所壓縮，卻沒有恐懼，因為是發生在我國我土、我家我屋的樓台上。

那年，行腳駐停於巴黎，卻在一個一八五三年便開始營業的老旅店裡，遭遇過失去光明的絕望。是為了節省能源吧！甬道上的燈，是瞬間即滅的。初次經驗到那樣的節約方法，從不知有那樣的方法，魚貫行進的人都覓到了各自臨時的窩巢，獨自一個，前無生靈後無人跡，心裡一些準備也無，就那麼陷入於無限的黑裡。那是黑得一絲絲縫也沒有的死亡谷，幾秒鐘……，頂多一分鐘，卻似經驗了一個輪迴。我完了！在異鄉的土地上，此魂何寄？是一隻幽靈的手輕悄悄地點按在一顆小小的亮紅珠上。於是，燈又亮了，依然昏黃，但光耀無比，多麼可愛可感的燈火！又見到它，幾乎要喜極而泣了。得感謝那不曾見到身形聲貌的先生，是他將生機帶給了我。從此知曉，賜沉落於黑色迷茫中的溺者以燈亮，是多麼大的一種恩惠。

並不是天生的怕黑，也不是厭懼黑暗足以掩護罪惡進行，只不喜歡它常常會將希望、喜悅從人的心裡奪走。實際上，燈盡時，仰臥床榻，透過不閉的窗扉，遙望小星星在濃淡極有層次的夜空裡與流雲捉迷藏，也是一種享受。可是真非常非常不喜歡打烊式的幽暗。好多次都碰上那樣的情形，乘車穿越家家關上店門的街道，沒有人也沒有燈，路頭路尾幾盞半明不暗的街燈，僅能光照一角，整街皆是影影綽綽的灰黑。沒有比那更令人不舒服的景況，雖坐在車上，仍感到十分的淒清、孤冷、徬徨、無依無靠。有伴偕行尚好，否則確然是度分如歲，真個是歸心似箭。直到車輛駛出黑街，看見燦爛燈光下熙攘的人眾，方有重回人間的慶幸，甚至平時頗嫌庸俗紅黃藍綠的霓虹彩燈，也覺得可親亮麗。

昔日讀台中女中時，每屆的畢業典禮上，都會請一位先生演講，他永遠勉勵畢業生要做路燈。從我的前幾屆學長，到我離校以後，都講差不多的詞兒，主題完全一樣。所以有人取笑他是「路燈專家」，即使不訕笑他的國語與演講內容，也嫌他絮叨。但歲月的遞嬗，使青壯衰老，也使幼稚成熟，深深以為他的路燈哲學有道理。

把光明賜給人類不但是一種功績，也是一種功德。因而許多有志者都爭相要做探照燈、聚光燈、裝飾燈，乃至發奇光力道的雷射，以滿足「重要」人物的成就感與英雄欲。少有人肯於成為卑微的路燈，特別是被人忽略的陋巷內形醜質劣的殘燈。事實上僻街窮巷的路燈，才是最具造福黎庶意義的燈火。但甘於那樣寂寞的人有多少呢？

颱風後的雨夜，銀百合全不見了。雖然那些叫家的地方，窗口仍透出慰人的光亮，路上則黑茫茫不辨高低，不僅失去了平日的幽謐恬靜，更似文明倒退了幾十年。若不曾在這樓台上眺望過颱風季的夜貌，便無法察知銀色百合的魅力。原來街燈於照亮前程而外，還為平凡的世界添妝，為世人描繪出安詳恬美的柔柔夜。

夢回黑龍江

真個是黑浪滔天、波瀾洶湧、無邊無際，寬闊得像一片黑海。仍是佇立在飛馳的快艇上顛騰舞躍，飆風拉直了每根頭髮，水花撲打在面頰上。只是，這麼一片似海似洋的江上，竟僅剩我一人御風而行。不過並不覺得孤獨恐懼，就是禿尾巴老李忽然冒了出來，也只會驚喜不會害怕。心想：就算他把我留下做伴，也可說是回到了大地母親的懷抱。有什麼不好？

「江東六十四屯到了！」誰吆喝了一聲。這可不得了！過了界不得了啦！立刻驚碎了浪漫的感覺，也驚醒了夢。身上無汗，卻眼角有淚。坐起身來，探頭窗外。除了叢叢點點銀白淡黃的燈火，依然是山村靜謐的黑夜。小河的水輕輕地流著是唯一的伴奏，黑龍江又遠離在數千里之外，不知她可依然無恙。

忙到每夜要蹣跚攀上床榻的人，三幾小時，也許求一個夢為時實在太短，所以向來無夢。不知為什麼黑龍江昨夜卻回到了夢境，只是並非她的原貌，而是往昔想像中的形象。不為思念她感到難為情，卻為保留想像的頑固慚愧。黑龍江實際上是十分十分溫柔的，溫柔到你不肯承認這樣一條江就是黑龍江。沒有其他的目的，就是想看看這條為中國勾勒疆土的界河。鰉魚、打姆哈魚聽說很美味；鄂倫春人、魚皮韃子生活另有風貌，但是那是遊山玩水的遊客的節目，不是有著朝聖心懷的子民去膜拜聖河的還願。

原來以為是不可能的，大陸的大，不是長久蟄守在台灣小鎮的居民所能臆想的，大到在地圖上隨便畫一條短線就是上千里，要從台北郊村奔向中蘇邊界，能嗎？從哈爾濱到黑河已有了火車，但是怎能將珍貴的時間浪費在那個大搖籃裡，因此明知道搭乘老舊的小飛機要冒險，還是不肯不去。去吧，來到了這片土地上，不去會有遺憾！

飛！飛！綠野田疇過去了。飛！飛！山巒水流也過去了，腳下已是濃密的小興安嶺原始林。飛！飛！越過了這廣大的林區，終於來到了中國邊陲的小城黑河。迎接的人的笑容一如豔陽下的黑河那樣，純樸而燦爛。安置食宿很費他們的周章。但是內心著急的卻是盡速去探望那條被暱稱為黑水的黑龍江。不用特別去找了，那就是黑龍江！順著他們的手勢望去，原來大江近在咫尺了。為了禮貌，忍住心跳，先做例行的安頓。哇！賓館竟然就在河濱，欣喜多付一些代價有幸爭得一間臨河的屋子。放下行囊，忙不迭地擦淨了窗台，當成眺望的包廂。真的！黑龍江就近在眼前！再也抑制不住心內的沸翻，顧不得禮數，跳上「包廂」要狠狠地看，目不轉睛地瞧。

怎麼是這樣呢？怎麼會是這樣呢？沒有黑浪，連白浪也沒有。江水在湛藍的晴空下，靜悄悄地流著，完全不是意念中那種沉重灰暗的調子，激憤地咆哮或張揚地呼號。不是，真真不是！給人的感受，是溫和而溫暖的，祥寧恬靜地向東流著連點水聲都沒有。偶然有點潑濺水花的聲響，是人弄出來的。不管生活在怎樣不同的環境，撒歡的方式卻常常相同。於八月的豔夏，守著一條馨和親切的江，不論游泳還是戲水，大人孩子都不肯不嬉鬧以表示歡愉。江對岸的電塔，近得彷彿就在自家的庭院裡，那邊是鄰國也曾是敵國，但不感到壓迫。這種「意外」真好，寧祥的黑龍江雖和心目中怒吼奔流的滔滔黑水不一樣，卻不感到失望。唯願永遠永遠如此！

到了黑龍江，假如不能到江上遊一番，將來必定會抱憾。沒有遊艇可乘，搭巡邏快艇更好，沒想到活了半生，第一次衝浪卻是在黑龍江裡。黑龍江的水絕不黑，但也絕不清，只是狂馳小艇所揚起的浪花則如斷了線的白珠簾，每一顆水珠都是透明的。雖然那水珠裡也有軍艦扔下的油污、洗衣女拋出的洗滌劑，被水浪洗臉的趣味則是純然愉悅的。全世界華族總共十三四億，究竟多少人有幸能在這條地理的也是歷史的大江上「興風作浪」？大概能泛遊在這條河上，就是一種幸運，所以心情激動複雜。駛舟的人或者也感染到遊客興奮，快！還要再快！速度使得幾個人在船面上東歪西倒，但換來更多的笑聲和歡呼。衝！衝！再衝！早已衝過了江中那條無形的分界線，對岸的守衛也沒發出警告，或許他們從遙望系統中已看到了尋鄉人的樂不可支，沒有任何惡意。

瞧瞧！江東六十四屯就在不遠處了，有人在訴說著從祖先們傳下來的老話：就在眼前的那片江面上，曾壅塞著死屍，那是我們的同胞；再往前去，便是瑷琿了，要不是在瑷琿訂的那個條約，黑龍江不會成為「界河」，任你從江西跑到江東，也不會有人示警……這確然是令人不得不沉默的話題。一時之間，只有耳邊的風呼呼吹過。巡邏艇的馬達又聒噪起來。很好，很好，江東六十四屯也就去得沒影了。天空又藍了，人臉又亮了，大家又開始嘻嘻哈哈。人似乎總是健忘的，不過幸而健忘，人可以好過些。況且遷就於無可抗拒的現實，又怎能不學著遺忘？

其實要論江景與韻致，黑龍江根本比不上兒時記憶中的長江和嘉陵江。

原以為她是豪壯帶著幾分性格的「他」，不料竟是充滿母性笑容的「她」，這番發現也很好，誰會嫌母親不夠漂亮？假如情感不掩理性，必得承認溯游向東，兩岸大片的野甸子著實予人以荒寥空寂的感覺，沒有什麼美色。而也終於領會黑龍江何以會叫「黑水」，那是夜遊後的結論，幾柱間距不近有如鬼火的路燈，點綴在江邊，真是黑得徹底恐怖。手電筒那點微火映在地上，顯得很無力無奈，若非身旁尚有陪伴的人聲笑語，真不知此身猶在人間。可是江面並非一抹黑，抬頭望去，對岸的絢爛，在水裡畫出條條顫顫巍巍的彩線，但恰到江中心便停止了筆觸。誰能訕笑「老毛子」落後？或許夜色會扭曲了很多真實，但感情無論怎樣發酵，也不能否認彩色星星閃爍的光明，要比無邊無沿的黑暗能溫暖人的心。回到房間仍難捨那片光燦，不肯向戀床族歸隊，由他們去酣睡吧，不妨坐在「包廂」獨賞夜畫。

與黑龍江的緣分只有二十四小時，怎可浪費時光，因此付出雙倍代價所租下的地盤，也僅是個打個盹的所在，還未待曙光出現，已又爬上了窗台。本是要送別殘餘的夜景，不曾想到卻迎接了日升。那年在阿里山巔觀日出，俗嘈雜亂的情景早殺死了附庸風雅的意願，哪知在黑龍江畔卻經驗了與太陽同時走入黎明的歷程。

抱膝坐在窗台上望向大江，也不明白為什麼在遠遠的、遠遠的遠山頂忽然紅了。兀自納悶，猶未對自己找出合理的答案，山頭上已鑲上了一條亮紅的金色細邊。於是就見他隨著心跳一點一點地竄上來。沿山的半邊天有層次地被塗繪上各式的紅色，江水也映出一條短短的流蘇。目不轉睛地和她相對，幾乎也無法瞭解那個速度，假如能走得近些是否能聽見那個聲音？「砰」地一下子那個金火球就全蹦了出來，然後這個金色火球便越飛越高，越變越大，半個天都放射狀地抹紅了，只有中心是看不透而色澤越來越淡的金環。江面上那條流蘇逐漸變成扎了彩飾的金柱，半江的水給染得又金又紅，之後變做一具倒吊入江裡的金色燭台，火炬被泡得又圓又大。還做什麼？到江裡撈太陽去！雖是飛奔到江岸，也沒撈起一絲絲金光，只能撈起一捧沁涼的江水，涼得要讓人連打寒顫，不由得要佩服那些在江裡晨泳的男女。終於整個的江面都亮透了，頂空上不再是火球和金環，而是令人即使瞇起眼睛也不能仰視的白熱。日出的一幕演完了，專注做歷史見證的似乎只我一人。曾很忠實地拍下來，可是那是一具傻瓜相機，沒法子依幻變連續留下紀錄。但永恆的紀錄確然已載於我記憶的磁碟上。

上馬餃子下馬麵，辭別黑龍江的一日，黑河地方的接待單位特別體恤，預備了鰉魚餡兒餃子作早餐。雖是一日的情分，卻對那不帶官味兒只有親切的「幹部」們有了依依，也許不是對那些人，而是對那片土，不知何年何月再能見到那塊土地，再能見到那條用母親的臂膀抱著那片大地的江。

出發前，從不曾料到會見著那麼多條江。只是黃浦江濱的嘈雜咄亂破敗，盡毀了童年回憶中的光彩。沒計畫拜訪嫩江，見到了嫩江；不知要過牡丹江，竟來去兩趟；呼蘭河是真正的媽媽河，見到她心裡卻未起任何漣漪，不曉得原來就是那樣既不鄉土又不浪漫，還是遭到歲月的無情磨蝕變造，弄得像條不起眼的大水溝；與松花江做了好幾天的伴兒，大雨後的雄壯開闊，恰是所希望的形象，卻被那所謂的「斯大林公園」破壞了情調，或許為此，就不宜人夢了。

實際上每一條江或河，都能數出一串光輝或悲傷的歷史，值得記他一輩子。但所記住的皆乃現有的面相，感受上不怎麼特別。唯有黑龍江水沁涼的手感，與江東的太陽四目相接動情的感應，會在上課、用餐、走路等等的任何時間回到心裡來。是否因為這個緣故，無夢的人也有了夢?!不過夢中的「她」卻又變回了「他」。

寧願是我錯了，儘管十分傳統地認為保護者應該是「他」，黑龍江渾厚而不嬌美的溫柔「她」的面容，更讓她的孩子們安心放心，願老天佑護她的子孫可永享祥和寧馨。

綠色的北大荒

曾經，車行過台灣嘉南平原的農村。看夠了畸形繁榮的壅塞都市，見到了那翠碧不含一丁點兒瑕疵的綠，用野花樹叢鑲邊，以水牛、白鵝、頑童點綴的田疇，確然令人驚豔。心想台灣真正的美原來在這裡。但是，但是剎那間車又行入嘈鬧囂雜單調乏趣的水泥森林。還未來得及讚，已讓人嘆。可惜啊！可惜！

不全因祖父和他的長輩兄弟曾用血汗淚水灌溉了這片沃土，也不因初次認識父母縈懷卻終不曾再見的故鄉土地而情緒激動。乍見到這般無縫無緣的綠，真是會不由自主地停止呼吸。這才叫原野呀！不！也不是無邊無際，車無論怎麼向前跑，綠色的海洋，永遠接著天際；頂多偶有雲彩在最遠的邊緣綴上一點點白色的小碎花。橫橫直直的田隴，恰似肥綠大葉片上的纖纖脈絡，絕不突兀地間隔出濃淡有致的群綠，用一個「美」字是無法形容的；沒有人會蠢得妄想去形容，只會感動和感謝。上天怎會是如此有創意的藝術家，祂不僅用彩筆為大地著色，也把寧謐安祥布灑入原野的綠裡。因此儘管老吉普在黃土路上舞踏，幾乎會顛散人的骨架，卻沒有一絲的不悅。甚至覺得就是散了骨頭，碎片掉落這塊土地上，似乎也不會感到遺憾。

北大荒，原來這一帶都叫北大荒！而且據說越北越荒。但是這裡哪兒荒呢？貼著松花江往北去，呼蘭河、嫩江灌溉的土地就不荒，得用上最通俗的形容詞「綠油油」。確然，都是綠油油的，其實這兒正抗著旱呢！儘管呼蘭河平原寧靜得很憂鬱內斂，正適合孕育出像蕭紅與母親那樣文學型與藝術型的女子。嫩江流域的面貌卻是明朗歡快的，除了那一大片為丹頂鶴的故鄉保留了二十萬頃的沼澤地，以外的都是看他千遍也不厭倦的亮綠原野。躺在沒邊的草場上打個滾兒，被太陽曬得暖暖的，正好像在母親的懷裡撒會兒嬌，暖得舒服得要讓人掉下眼淚來。再往北，往東北走，一直跑到黑龍江的岸邊，到可以望見俄國的房舍鐵塔的邊域黑河，都是這樣大片的綠。哪兒荒呢?!真的不荒！

大概農人們都已經歇晌，連天接地的田野裡並沒有人跡。梭行其間，忽然覺得富有起來，縱然已沒有所有權，也有欣賞權。任何人享有這般豐富的綠，即使僅是片刻，也會自覺富足。其實，靠著祖上胼手胝足地經營，也曾做過這大原野的主人。但是時代變了，不勞而獲變成了有理。失去一切，加上生命，最後落得連屍骨也無處安置。不知該向天？向地？向誰去訴冤要求「平反」！

按理說，推門而出，天天望見的全是這樣的浩野，心胸也該同樣的廣闊，可是事實上並不如此，為了人與人之間的瑣細，親族間可以彼此敵恨到無法療傷止痛。為什麼，到底為了什麼？是炕頭到炕梢生活格局的侷限，還是近幾十年來爭鬥的風風雨雨吹硬了人的心；而且，不是殊相而是共相。面對這些不可解的結，綠地也不綠了，淡黃、嫩紫、粉紅、玉白「自然美」的野花，也失去了顏色。一片荒地！北大荒若失去了愛，就連美也沒有了。不過是大而綠的荒地。不荒的北大荒，真成了北「大荒」！

滴淚無法真正滋潤故鄉的泥土，只是開荒者的子孫，追懷還報先人唯一的方法。什麼都沒有了！埋在地裡僅有父親兩代尊長的汗滴淚珠，那麼以淚融淚亦是一種還鄉和團聚。即或沒在那裡生，那裡長，那仍得算是魂牽夢縈的故里。

走了，告別了剛剛初識的故土，又走了，回到確實扎根的地方。北大荒仍然敞開胸懷靜靜地躺在那裡。春風一吹，她就綠了。此後，她必歲歲年年地綠下去。但不知那土地上子民的心境，是否也能重新鮮綠亮麗起來。

國父隨意上街的地方

最近聽說幫過我們忙的H先生挨了槍擊亡故，我很是悲傷。不僅是為了一個生命傷逝，更難過的是淨土不再寧靜。

猶記得頭一次到那裡……

跟台灣的小村鎮差不多，小小的街，小小的橋，小小的老屋，一些在小城市裡的市井小民。英國人留下的英屬宏都拉斯貝里斯城舊市區就是這樣的。讓習慣了台北的俗世繁華、走過世界名城大邑的族類，心裡不由得要不平地譴責那些狡猾酷冷的約翰牛，真對不起獨立後改名為貝里斯（Belize）國這塊土地與土地上的人，他們享受了殖民地的益處，卻未曾好好地經營回饋。

女兒們的車開上了那寒傖不起眼的中國橋——中華民國捐建的橋。正逢中午午餐時間，人潮湧上街頭，車不得不緩緩地駛下橋去。

「快看！」

快看什麼？街上並沒什麼美得出眾的俏麗佳人；也沒標新立異把自己打

扮成像海怪似的青年少年；更沒有奇禽怪獸竄上街頭，雖然各色人種摩肩擦踵地壅塞在人行道上，卻跟台灣的安閒「老百姓」並無二致，沒什麼特別的風景可看啊！

「快看！看他們的國父！」豆豆大聲地嚷著指著！國父?!

順著她的手兒瞧，我為之震撼了！一位不是最老的老先生，穿了一件普通的暗色格子襯衫，一套牛仔布背心和長褲，牽了一個五六歲的小男孩，從街邊走過。令人吃驚的不是他依然膚實髮密，背挺腰直，讓人意外地是他乃領導民眾從英國手裡爭得獨立自由的政治領袖、剛剛交出執政權不太久的執政者，如今仍為在野黨黨魁的護持者，竟不用車駕，更無人開道護從，就像台灣鄉間的老阿伯一樣，悠閒地帶著小孫子走在街上的人叢中；偶然有人笑著跟他打個招呼，他也很家常地回禮示意，沒有什麼特別，真的沒什麼特別！

於是，我領悟了，為什麼人都說貝里斯國是人間最後的淨土，那裡不僅有宣傳資料中所說最亮麗的藍天、最潔淨的碧海、最原色的綠樹，最未失味的沃土，還有「國父可以放心自在地巡遊閭里街巷」的社會環境，這是於貝里斯國下了飛機後，所進修第一課的結論。

從事寫作的人都有比一般人敏銳第三隻心靈的眼睛，不等人告訴，就在到貝里斯的頭一天，也就是看見「國父」的同一日，便發現了這個國家的另一個特點，那便是人種的多元化。正像以前我三訪菲律賓所吃過的一種冰食「哈囉、哈囉」，把各式水果和刨冰混在一起，酸酸甜甜非常可口的東西。貝里斯的人包括了馬雅種、西班牙、德國、加拿大、華人（台灣和中國大陸）、日本、黑人等等的個個族裔。還不僅這樣簡單，黑人中還有黑得發亮或透紅的非裔族系，和牙買加深炭灰色的差別，而一般自稱土著的馬雅人，在眉眼間已有許多西班牙和英國血統的特徵。只有德國村的德國移民非常純種，這一派遠渡大西洋到加勒比海小國來尋寧靜靈修生活的基督徒，不僅規劃出隔絕外人的生活天地，保持村內婚配，連男女的服飾都還保留六七十年前的模式，且不管多麼俊俏的少女，在一律的髮型之上永遠加上一頂黑或白的小頭巾。不過愛情是無國界的，當三萬的美國軍人自巴拿馬運河區移轉至貝里斯，若感情的花朵自然地綻放在有情人之間，不知德國村還能否保持他們內婚的單純。但在這諸多人種中，儘管馬雅人以「原住民」自居，卻並未認定自己就是唯一的主人，誰能貢獻於這個國家，誰就是主人，他們的國父，便是來自瓜地馬拉已混了馬雅血統的西班牙後裔。

台灣人在貝里斯很爭氣，不只用炒地皮與享權利來表現財大氣粗，而且用擔責任、盡義務，付出、奉獻的心態和方式，爭取成為主人一分子的地位。只是有些事仍難免讓人側目，那就是沿著精華大地西部高速公路兩側的原野，地主大多是華人，而且是來自台灣的華族。不過這些地並非得自該國政府的土地分配政策，皆是購得。按從地小人稠的台灣去的訪客看來，那些個什麼新城，什麼農園的主人都該算大地主了。他們卻不能也不要擺傳統大地主的譜，只能定位於開發新天地的拓荒先驅。

貝里斯在哪裡?!好些人拿著一張世界地圖都找不到她。其實也不難找，她左邊靠著瓜地馬拉；頭上頂著墨西哥；腳下踩的還是瓜地馬拉，右邊就是美麗溫暖的加勒比海。是的，她屬於加勒比海區的中美洲國家。那裡熱死了吧?的確沒有冷天，北緯十八度到十六度的位置，跟海南島差不多，怎麼會冷?一年只有春夏，沒有秋冬，是終年長綠，綠得純潔的小可愛。當然是「小」可愛！論面積加上海裡星星點點的島，也不過台灣三之二的大小，人口遠不到台灣的七分之一，是處地小人稀的小小國。不過地小，可用的地卻不少，不像台灣中間縱臥著拱起脊梁的中央山脈，把台灣分成東西兩半，還佔去了大片可供人類生存的空間。

這個躲在加勒比海海灣中的小國家，全國只有少數丘陵沒有高山，三分之二的國土都是平野。從那老舊的貝里斯市開著車沿著西部高速公路，到新興的首都貝爾墨潘（Belmopan），將近四十八英哩，都是一馬平川，而且都是無聚落的原野，難怪那自認有先見之明的人士，都趕快跑到那裡開疆闢土，期待新天地明日的美麗家園。很多人都嫌貝里斯遠，交通不便。仔細想想，也不那麼遠。從台北乘飛機到洛杉磯，再由洛杉機轉機，不論是塔卡公司（Taca），還是美國航空公司或大陸航空公司都可以，頂多停一站就到了貝里斯市。假如有人想從美國東岸紐約去，經過邁阿密也極其方便。其實也不只有這兩條路線，經過紐奧爾良、休士頓都有航班。若是住在休士頓的人要去貝里斯，就太方便了，因為從休士頓到貝里斯只需兩小時。

有人知道我對乘飛機當成坐公共汽車一樣平常，對於環遊世界之類的事一向甚有興趣，可是選擇旅遊地也很挑剔。那些必須擔心受怕，令人戰戰兢兢百多禁忌的地區，絕不想去花錢買麻煩，因此如果有人邀我去參觀食人部落，我是不會去的。但是我竟選擇了一個少為人知的低度開發國家住了二十天，學生朋友一聽說全露出驚詫之色，但待聽我做了心得的結語，就不奇怪了。Yes! 貝里斯不只是大嘴鳥的故鄉，也是現時世界可供葛天氏之民安身立命的地方。

那次是從台北經洛杉磯轉機赴貝里斯，在候機室內出現了一群人，憑直覺斷定他們也是從台灣來的，正巧他們也有這樣的感覺。我們將和這些不相識的台灣旅客同機赴同一目的地，心中竟有他鄉遇故知的感覺。敘談中他們紛紛問我，女兒家住在幾「邁」。我瞠目以對，不知如何應答，在腦子裡搜尋了很久，半天方疑惑地回答「好像三十九邁」。後來到了女兒家才知道答得不錯，要說聖馬修村人家不一定知道，要說多少邁（miles），那兒的人馬上就曉得家住何處。所謂多少邁是從開發最早的貝里斯市計算的。貝里斯的「大」城是數得出來的，其實都不大。由貝里斯市順著北方高速公路到墨西哥邊界處是柯羅薩（Corozal）；沿著西高經首都到瓜地馬拉不遠的地方是聖伊格那修（San Egnacio）；南高正要鋪柏油，潛力十足，卻有待開發，城鎮自然無法與北部西部相比。沿路的地址都以「邁」記註，不過有北高、西高、南高，沒有東高，因俗稱「City」的貝里斯市是瀕臨加勒比海的港埠；對以「邁」記地，有人說就像台北市的三張犁、六張犁之類的鄉土地名。

按人口密度看，貝里斯版圖固然很小，實際得算是地曠人稀。如從貝里斯市到貝爾莫潘共四十八哩之遙，而除了這兩市周邊，連最受青睞的西部高速公路的兩旁，竟每每間隔數「邁」，才有幾戶人家。如此平整肥沃、天敞地闊可養萬千子民的綠野，利用的程度竟是這般的低。在那些長年侷處於寸土寸金環境的台灣客看來，真會怨老天不公。不過那並不是兼併土地者的天堂，貝里斯人學英國制度雖學得不是百分之百神似，於同屬大英國協一員，採用英式民主兩黨競選輪流執政而外，法律環保的觀念也學會了，因此在那裡有錢也不一定就買得了地；買了地也過不了戶。有台灣人弄一塊地賣給多人，卻無力依法辦理分割過戶，然後在台灣還繼續騙著賣，於是就成了詐欺犯，吃上了官司。在貝里斯同樣被視為害群之馬不受歡迎的人物，不過那畢竟是唯一的少數。

最美麗的景致、最雄偉的建築、最具規模的都市設計、最方便的交通輸運、最具價值的古蹟文物、最豐富多彩的購物中心都見過了，但是行腳至那些名城，常常還得懷著驚弓之鳥，杯弓蛇影式的不安。就生活在擾攘大世界的一個小人物的感覺，求一個放心，還是最重要的；在貝里斯可以有那樣的放心。那兒有人性缺陷的傢伙不是沒有，但無大奸大惡者或殺人越貨、開賭販毒的社會病流行。那裡當然有小偷，不然住在郊外的人戶，為什麼每家都養狗？像女兒家就養了男犬狗狗、女犬妹妹兩隻吃得比人多數倍的大狗。不過說起來，貝里斯人還是循規蹈矩的，女兒有個鄰居亞瑪經營了一家鄉野餐廳，也給年輕人留了個跳 Disco 的場所，可是僅在星期五、六晚上開放，因為禮拜一到禮拜五大家都要上學上班，禮拜日晚上都須收心準備次日恢復工作，不會有客人上門。

的確，要看風景不是非貝里斯不可，尤其喜歡大山大水的人士去了那裡一定會失望，貝里斯的景致特色就像未經脂粉玷染的村姑，有的是天然本色的美，不一定能讓人驚豔稱奇，但倚著樓窗就可見到白鷺鷥飛過樹頂俏立在馬背上的動畫；見到村裡草地上閒逛的母馬誕生馬駒的鏡頭；見到初生的嬰兒馬依偎在母懷嬌憨索乳的可愛，怎麼算不得佳景？那種恬然寧適動靜交融的美，在人類住居的所在，如今還可找到幾處？

可是，如果要把聲色犬馬的活動當作文明與繁榮的指標，那可真要失望了。卡拉OK、中國飯館、酒吧都有，但什麼理容院、馬殺雞、人妖秀、牛肉場以及其他說不出名目的花花綠綠場所，不但沒見過，也沒聽說過。可能是稀少行業沒人見過？而且連賭博也不許可。假如有人在街頭巷尾聚在一處賭上一把，警察看見立刻逮捕，說什麼也沒用，至少要在監獄裡關一天。社會太乾淨也有麻煩，年輕人無處娛樂，這也便是女兒鄰人開在三十九邁的餐廳，週末要提供場地跳迪斯可的原因。貝里斯可以讓人生活，卻沒有給人放浪形骸享受世紀末歡娛的條件。

這個小小國真的很難描繪形容，怎麼比方也不對。她跟菲律賓、馬來西亞、印尼等等做過列強殖民地的國家都不同，那些地方都經宗主國特別經營過，建設過，留下的不止是官方語言、治國的制度與鈔票上女王的頭像而已，貝里斯少了一些傳統，則多了一些自由，而最好的是人民不同的意見在選票上見真章。鄰近國家游擊隊與政府軍經年累月對抗殺戮的熱戰，貝里斯一概的沒有。所以也不必努力擴充軍備；既然屬於大英國協成員，國家安全主要靠英國駐軍協防就行了。貝里斯可以有軍隊，但不必那麼多，尤其又加上了美國原駐紮運河區部隊。這是個看得見軍車卻聞不到火藥味的地方，加上恬淡簡樸的生活，便形成厭鬥惡戰的性格。論戰、吵架，大家一起抓小偷是有的，但不曾聽見有白刀子進紅刀子出之類情況發生。所以在政治上仍有相當影響力的國父先生可以毫無顧慮與戒心地隨意行走在路上。融入這社會的台灣人，也不愛搞摩擦鬥心眼了，懂得相濡以沫相親相愛起來，不分本省外省人，因此，那年的除夕，三十九邁社區的住戶是大家一起利用 Yama 的餐館度過的，我們正好趕上，真是感受特殊的經歷。

本來很不懂貝里斯為什麼要選大嘴鳥做國鳥，慢慢體會出來了，確實是什麼人玩什麼鳥。大嘴鳥的身軀完全一律都是黑的，那隻大嘴卻皆彩色豔麗對比強烈而全無相同者。「哈囉，哈囉」得既和諧又富生氣，就跟他們紅黃白黑（無藍）的族群一樣；而那造型，敦敦的、笨笨的再加上三分土氣的憨趣，跟貝里斯的「庶民」的氣味也相吻合。若是華人不選靈秀的燕子，也會選雄偉的老鷹，怎麼也不會選擇「一看你就笑」的大笨鳥當國鳥。當然這鳥本就原產於貝里斯，而這種外型樸拙的和平鳥恐怕也只宜以貝里斯為故鄉。

需要休息放鬆，我就會去那裡，然後要帶回一個充過電加過油的新我回到工作，而真正的收穫恐怕仍在無形的進修。行萬里路，不論那條路走了幾遍，走一遍有一遍的心得。後來不再深責英國人對不起貝里斯了，英國未留給貝里斯的國民什麼可觀有形的建設與建樹，也許是最對得起貝里斯的事。她，不必成為故主的功業紀念碑，況且英國於一九八一年把主權交還給貝里斯人的時候，除了自由、民主、政治教育制度、和平得可以容國父隨便在街上閒逛的社會，還留下未經污染的淨土。要什麼她自己來好了，慢慢累積出專屬於貝里斯的文明與文化。

只是歲月教壞了人，那愛助人的熱心的飯館老闆，卻因搶劫身亡，人間最後的一塊淨土……沒了！那國父還敢隨便上街閒逛嗎？

獨留孤塚向黃昏

不是多愁善感，卻不喜歡說天又下雨了，地上又濕了。實際聽那雨滴沒完沒了地刷著窗戶的時候，雨珠都落在心上，潮濕在心裡；尤其當念著遠方的人，獨守空庭的辰光。

昨夜我夢見的不是遠遊未歸的他，而是一個「她」。她不像畫像裡那樣是一個灰髮團面的慈祥老太太；也不是頭戴貂帽身著錦袍的端莊嚴肅的太后。而是盛年的她，豐頰潤膚，鳳目柔唇的嬌美娘子。秋雨瀟瀟，暮靄沉沉，正像我們二度過訪時那樣的情景。她倚在那快要朽塌的柴門邊，幽幽地問：

「為什麼你們可以追求的，我就不能享有？」

荒唐！這樣的夢真荒唐！夢見一位三百多年前的宮廷女性已很荒唐，把撫育玄燁成為康熙大帝的孝莊文皇后夢成那樣的形象更為荒唐。但是到河北遵化去過兩趟之後，就忍不住對正史背後的傳說，或者說記載，產生了較多的信任。而且是一種同情且人性的相信，才會有這樣的夢。

隔了六年再去，一切都變了！大片大片的玉米田，讓人不辨路徑。東轉西轉，從比人還高的玉米叢裡，尋得一條泥濘小道穿過去，終於找到了。啊！「昭西陵」更破敗了，不但破敗也遭莊稼逼得更侷促了。原來快要坍塌的紅牆黃瓦三椽門檻乾脆沒了，被兩堵用殘磚堆起的牆所取代，還裝上了兩扇板門。門是關著的，一根銹鐵絲代替了鎖，把那幾片朽板拼成的門拴了起來，不容人探頭進去多看幾眼，只能攀在門上，從板縫處向裡面張望殘餘的破爛。北國初秋的黃昏並不太冷，卻因淅瀝瀝的雨不停地下著，布置出天沉地暗更多的淒寒。她曾是功在國家社稷最受尊敬的太皇太后呢！連中國歷史上少數被肯定的皇帝之一的愛新覺羅・玄燁，自己都說沒有祖母就沒有他。當清東陵的子子孫孫的萬年吉地，都得到相當的照顧的時候，為什麼她先被隔在風水牆外，還要忍受身後的這種冷待，連拆下來的一垛一垛堆在院裡完整的磚石都給移做他用，不給留下。

她的故事很多，野史上的種種傳載，當然不可盡信。在滿族猶屬「韃虜」的時代，基於民族大義和牢不可破的大漢沙文主義，洪承疇的降清之因，不妨再加上一點緋色的傳奇，以彰顯異類的得國不正；片面貞操的觀念統治了中國社會數千年的傳統裡，太后下嫁當然得是醜聞（連史學教授也這樣形容），所以死後要罰她在風水牆外為子孫把大門，管她是否功在社稷。傳說就是傳說，從來沒有人找出確切的證據，證明這傳說；反倒是有人說「把大門」的懲處不可能，要捂著蓋著的事，怎會那樣公開大張旗鼓地挑明了判決執行，使整個愛新覺羅王朝蒙羞。這一點可以相信，昭西陵是在雍正三年建成安奉的，雍正不論弄出過多少株連甚眾的文字獄，對他的曾祖母還不至恩將仇報。沒有這位太皇太后成就不了康熙大帝；玄燁不出線，這一支就與帝系絕緣，哪兒又來胤禛的得繼大寶。

太后下嫁的故事曾被狠狠地渲染過，尤其心中有夷夏之分的人，可算是抓住了小辮子。這樁「醜事」，就像國粹之罵的三字經衝出口後一樣，有一種阿Q式的快感。那些衛道之士，包括一些學者就找出種種的證據辯誣——這樣智慧明理知禮的偉大女性，怎可有這樣的污點？曾經，也是反對栽誣的分子之一，不僅因許多論文如此論斷；清史權威的師長斬釘截鐵地認為是誤會，說世人都錯把多爾袞接收了另一個博爾濟吉（錦）特家的姑娘，姪子豪格福晉的事誤栽在皇太后的頭上了。如我，並沒特別研究過這個題目，只是直覺地判斷，三十一歲的她不會因多爾袞只比她大一歲就會如何如何。在中國這個社會應沒有這個膽子敢冒天下之大不韙。所以雖然不少的資料上都稱之為「清初三大疑案」之一，我則不疑，無可疑之餘地。但是，當兩訪昭西陵後，我疑了！不僅疑，也對所謂的臆傳，有些認同，但非訕笑式的。

初次訪東陵，目的主要在看順治、康熙、乾隆、咸豐、同治幾位清帝與慈安慈禧太后的陵寢。沒想到會看到那些皇帝後宮女子的個個土饅頭，以及孤厝在風水牆外的昭西陵。清帝群墓北靠遵化縣的昌瑞山，東面是馬蘭峪的倒仰山，西面為薊縣的黃花山，護圍在三山懷抱之中，除了天然依靠，還有二十餘公里的風水牆，故去的清帝后妃仍有他們大圈圈內的皇圈圈。但是，那位史上有名的孝莊文皇后，卻被阻隔在這圈圈之外。

一處一處於喟嘆感慨中遊過，當驅車直入，出了陵園的牌坊門，才發現在門外的左側遠處還有一個小圈圈。很特別，真的很特別，不管日將西斜，時近黃昏，還是要搶出時間看上一看。

怎麼這樣？怎麼是這樣的?!風水牆內的，無論帝后的萬年佳城，不是維護得完好的，就是尚在維修，唯獨這個所在，蕪亂殘破如此。一路走過去，看見的都是碎石爛磚，走到陵園門口，瞧著倒像個富貴民戶的庭院，沒有什麼帝王之家的氣派，門前蹲坐著一個抱膀縮肩，背抵頹垣曬著太陽打盹的老人，手上還拿了根細樹枝拄在地下。當人從身旁走過，那蓬頭垢面的老漢彷佛渾然不覺，繼續睡他的覺。經過他的身邊，走進門裡，一路踢著的都是斷磚石塊，若不是有隻可以倚依的臂膀攙扶著，真能一跤跌下去肢折頭裂，甚至再也站不起來。在綠野暖陽的陵園區怎麼有這樣荒涼的地方？若說荒涼也不全然，還有十幾頭瘦羊在磚瓦亂石堆裡爬上爬下啃著地縫中冒出的雜草。

誰呀！這是哪一位君或王的「老家」？

「哦！這是老罕王的兒媳婦。」

終於驚醒了那位牧羊人。細端詳，他並不太老，只因為他和他的那些羊一樣形容枯槁，就顯得超齡的憔悴。他能蹲在門洞處，必是住在附近的居民，一定知道墓主是誰，向他求教吧！沒想到他竟是如此地回答。

老罕王？老罕王是誰？為什麼不說是那位皇帝的母親妻子，卻說「老罕王的兒媳婦」！

「努爾哈赤呀！」眼神中竟有了鄙夷。好像太無知了，連這樣起碼的常識也沒有，不值睬理！

再一看，可不！門旁豎了一個不起眼的白木頭牌子，赫然寫著「昭西陵」。昭西陵！身旁伴遊的人興奮了，大玉兒的墓啊！踏破鐵鞋無覓處，原來在這裡！忍不住與那放羊老漢攀談起來，不料卻引起他的一肚子牢騷。世代的守墓人，解放了仍是同樣的行業。可偏偏命蹇，守的是這處陵墓，人家在風水牆裡的工作人員每個月都有一百多元的工資，他卻只有六十塊錢，若不養幾頭羊，怎麼活？

看看在亂石叢中放羊的這位獨有人類，心裡不禁同情起他來。再走到門外的荒草地很認真繞一圈，只見在一圈有好幾處缺口的破磚台圍著半截倒下的石碑，還剩下「天啟聖文皇后」六個字，是了！這的確是皇太極的莊妃，順治的母親，康熙的祖母，到雍正時上徽號為「孝莊仁宣誠憲恭懿至德翊天啟聖文皇后」的博爾濟吉特氏，便是民間習稱的那位大玉兒的陵寢了。她曾烜赫一時，身後怎麼這樣淒慘！

她不是下嫁給小叔子了嗎！那碑四十多年前叫雷殛了，沒有人管！牧羊人不耐煩了，不願再答話，彷彿為這樣一位女士守陵掙工資，並不是什麼光彩；這位孝莊文皇后不僅對不起他們的老祖宗，也對不起他，讓他受到不平等待遇，使他對墓主產生不了好感。

在夕陽中乘車離開，繞過陵後的田野，遙遙回首，只見一塚孤墳默立在大原野的陽光下，距離可以掩去破敗，卻更顯襯出單居在外的孤寂。是實質的，也是埋身在歷史裡的孤寂。

自那時起，對這位女士便再也放不下。並非興起解疑案迷團的意圖，而是把她想成一個活生生靈魂不滅的人。常常想著一個十四歲的天真小姑娘，走進深宮後，如何學著消滅自我，在國體、祖制與君主的權威下找尋個人生存的定點，適應環境與生活，然後掙扎出頭創出自己的天下。她是否也還有愛欲情仇？她從十四歲到七十五歲是怎樣從風浪裡走過來的。因為想起她，又一次到北京能多逗留幾日，便忍不住要再專程到東陵去，探訪這遭後代輿論裁判過的她。

再去時，冷雨淒淒，暮色沉暗，昭西陵更殘破了，只有那半截石碑被胡亂豎立在原來的基座上，是唯一的修護。

有的文獻說她與皇太極相差十九歲，有的說相差二十歲，其實這都無關宏旨，對於這麼一個政治籌碼並不重要。從來沒去查究過她俗稱的閨名叫大玉兒出自何處，但讀最近大陸學者的文章，說揭去重錄「滿文老檔」時蓋住后妃名字的簽條，隱在簽條下的，她的名字原叫布木布泰。她於一六二五年繼她的姑母之後，被送進宮去，後來受封為「次西宮永福宮莊妃」。皇太極的後宮女人絕不算多，比起孫子康熙的妃子墓有四十八個土饅頭，那真是小巫見大巫，不過連后帶妃共十五人。帝王廣納嬪妃的理由十分正大，目的在多得後嗣；當然還有沒說出的緣故，就是供皇帝享男女之樂。帝后之間的關係固然可以定位於建立人倫，帝妃之間的關係不過是人欲與功利的結合。因此很多人都認為做了君主就失去愛情。實際上並不盡然，不是每一個皇帝都不解情。皇太極便是如此，他也有一堆女人，也生一大堆兒女，但真愛的卻是晚莊妃九年進宮的姐姐關雎宮的宸妃。宸妃福薄，僅僅七年就去世了。為宸妃的亡故，連伐明大業幾乎也不顧了，後來雖強自抑制，卻長陷悼亡之中。所以儘管孝莊太皇太后常常稱太宗的名訓教孫子，在感情上應當是有著空虛的。

還有的資料上說，科爾沁的博爾濟吉特家之所以又把二十六歲的宸妃送到宮裡，是因為莊妃和他的皇后姑姑都還只生了女兒，沒生兒子，為求鞏固科爾沁博爾濟吉特家對大清的影響力，趕快再遣嫁一女入宮。後來宸妃的兒子夭折，莊妃生的福臨則當了皇帝，就是史上的順治。如何讓僅六歲排行第九的小男孩，越過卓有戰功的長兄豪格和最有威望實力的叔叔多爾袞坐上寶座，孝莊太后的確發揮了她最高的聰智才能。除了請皇太極的兄長代善奧援，讓豪格知難而退，最重要的是多爾袞不為阻力更為助力。多爾袞的確全力支持莊妃唯一的兒子福臨登上了皇位。同母兄弟英王阿濟格、豫王多鐸曾擁護多爾袞當皇帝，他還是沒有動搖。這便是後世有人認為「太后下嫁」明證之一；尤其後來多爾袞不但攝政，也自稱過皇父攝政王，還出入男人禁地的「皇宮院內」。

說到順治的母親是否曾以太后之尊再嫁多爾袞，實在不必以後代的標準衡斷前代事。最近讀到幾篇文字，都提到滿族部落時代本有「收繼婚」的習俗，且不講究輩分。因此努爾哈赤曾收繼他的族嫂富察氏；多爾袞收繼了也是姨妹的姪媳豪格的元妃。阿濟格接收了豪格另外一個妃子。康熙之前多少還留下點漢化前的舊俗，那麼依理論皇太極的妃子為何不可被弟弟所收繼呢？可以讓人接受：假如這位大玉兒真的依俗「下嫁」過，是由於情感的歸依，抑或政治的交易，或者兩種因素都有？去過清東陵後，常會這樣猜想，若言純然感情的，多爾袞在自己的元妃去世後又納了他的姨妹，同時還去收納朝鮮的女子；若僅因政治的理由，這位女士便是大犧牲了，為了兒孫的無上前程，捐出了自己。

宮中女子，不論貴賤，注定是要餐飲寂寞的。博爾濟吉特・布木布泰不肯認命，靠多爾袞用爭取權力來填補空虛。然而順治八年親政後的福臨就開始清算剛去世不久的多爾袞，不但取消了一切封典爵賞，連墳都給平了。身為太后的她感受如何？會不會難堪？難怪她那樣茹苦含辛地從康熙開始學步就加意教導；康熙十歲失母之後，她亦祖亦母亦師地陪伴孫子長大成器，全心栽培一個「大帝」出來，否則確然無法補滿填平一個智穎慧心有情女子的憾空。

正史上都說她之所以不與清太宗合葬是因為對兒孫太依戀，且瀋陽的昭陵奉安已久不宜輕動，但為什麼不請她進園而要隔在距東陵「風水牆」外十一公里之遙的地方；懲罰之說也許不確，但中國的舊傳統「母出與廟絕」，不似現代的美國那樣人情味與前衛，讓賈桂林最後又回到甘迺迪總統之旁安身。既不能祔葬昭陵，也進不了東陵園內，偏偏又是皇帝兒子的媽媽，皇帝孫輩的祖母、老祖宗，於是，飲盡了生前的禁宮寂苦，也要品嘗身後的淒清，年年月月孤眺於兒孫的門外，還要連累三百年後的守墓人受到不平等待遇，以至只肯給她定位在「老罕王的兒媳婦」。

或許用現代人的觀念思考古人的事，本來就違背事理，但人的表達感情的尺度與方式容或有異，人要別人愛，也會愛別人的這種需求，是亙古如一的。宮廷女子的這種權利被褫奪了，只有等待寵幸的女權，而最後多數的女人是被遺忘，甚或不知道。比起那眾多代代的妃、嬪、答應、常在，似乎孝莊太皇太后幸運太多。但尊貴如此，仍免不了要選擇身後遙望在子孫後輩的家門外忍受孤寂。

正是那樣的，「你們追求的，我不能享有。」如果不為愛新覺羅與博爾濟吉特兩家世代互婚的政治籌碼，是否會好一點，即使不能如三百多年後女孫們有了相當的自主，就在當時嫁給蒙古草原上的放馬漢子，過點一夫一妻相屬相擁生兒育女的小日子，是否會快樂很多？只可惜歷史沒有「也許」。

老天又在用淚滴刷洗窗戶，而且雨勢更大，那遠在河北遵化孤居在兒孫陵外的她，怕更寂寒淒冷了。

過咸豐妃子墓

起個大早，乘老吉普折騰了四個鐘頭，才從北京城顛到遵化縣。原本想看的是滿清君主身後窮奢極欲的繁華，沒想到卻看到了這些難看的東西。在一片朱梁翠蓋的縫隙裡，竟擠進一堆醜陋破敗灰泥沙土做成的饅頭。乍看之下，真要嚇一跳，都是些什麼啊？一個一個的，一人多高，直徑約八尺，擱在乾巴巴的磚地上。灰不溜丟，就像長時發霉的餑餑，也像腐壞的半剖洋蔥。有的一層層爛得掉了皮，露出裡面的腐敗；有的那層殼顫顫巍巍，要脫未脫，彷彿用指尖輕輕點一下，就會塌下一大堆渣渣。不！有的根本已經大塊大塊地朽落下來，不過是好心人又給推靠了回去了吧？勉強維持著那山東饅頭的基本外形。

究竟都是些什麼玩意兒，沒有一點兒說明，沒有一個記號。連一個字，一塊示意的牌子都沒有。

在這片叫做東陵的陵墓區，剛剛看過了乾隆與慈禧式的華貴侈麗，再看這些沒名沒姓的禿塚，真真不能接受。雖然沒經解釋，也知道這些麻灰色霉壞的「饅頭」，必定是墳墓，要不然不會坐落在「陵」群之中。而且也絕對是帝王家人，否則也進不了大門。只是為什麼這樣寒磣。隨行的少年家說了，比起千千萬萬的孤魂野鬼，還強多了，至少他們埋骨有地，還進了皇室家墓的風水牆。但是萬千的遊魂與萬千的遊魂是自由且平等的，而他們則在帝王門庭的輝耀富貴內，承受的乃是一份漠視的荒涼。同時，皇家的圍牆固然容納了他們，卻也拘囿了他們，貼上帝王家的標籤，會有個人尊嚴和自由嗎？

要弄清楚，好想好想弄弄清楚，在這片方城、圓城、明樓、享殿叢中的荒塚，到底都埋葬了誰。

問誰呢？院內院外一樣冷寂無人。走了好老遠好老遠，才找到人問個明白，那十五個醜陋的墳包，乃是咸豐的十五妃子墓。原來和慈禧一樣，都是咸豐的女人，怎麼會這樣？不知是感喟還是憐惜，讓人不加思索的就折返那處不起眼到必定會遭忽略的院子。在這死寂的院落，似乎咳嗽一聲都可能有回音。再有，只聽得見自己呼吸的聲息。面對這些被遺忘，或從未受到重視的孤單魂靈，即使是在六月的煦陽下，也覺陣陣的沁心涼。

「她們」，她們是人，曾是明豔貌美的女人，曾是家人深深寵愛的嬌嬌女，如今卻孤伶伶地躺在肅嚴、都麗的殿堂外，連個銘記姓氏的標幟皆無。每個人僅成了附屬於「定陵」偏院的十五分之一。過後尋覓到記事和資料，方知這十五個把青春交給一個男子的女人，在俗世的地位，並不全是卑下的「常在」、「答應」，也有皇貴妃、貴妃、妃和嬪，跟慈禧身分本無二致。可是，他們無法在權位鬥爭和利害激盪中出頭，又無法母以子貴，便只落得一人一個難看的土饅頭，與就在不遠處慈安、慈禧的「萬年吉地」普祥峪、普陀峪成懸殊的對比。

原屬正黃旗的母親，來到西元一九七〇年代，還守著滿族家法，姑娘未出閣在自己家裡祭祖時都不許磕頭，據說原始是怕萬一被選進宮，有朝一日成了受崇重的國母級人物，只能接受朝拜。實際上除不多數冀望靠女兒受寵於皇上而享榮華富貴的，極少願意女兒被選中。往往一選上，就等於被迫捨棄了；永遠與娘家隔絕，生不能見面，死不能還葬。在漫長的宮牆歲月裡，若不善鬥心計，又無好的機會，便須從紅顏到白髮，捱過冷落哀怨的一生；萬一干犯天威，還禍延父兄家族。宮中女子大多不僅無名無姓地死葬，也無聲無息地活著。幸運者在同性傾軋中倖獲天眷，還要體察太后帝后的眼色，揣摩他們的心意固寵。但是就算得到寵惜，又是多少分之一的愛情？況且有的僅是剎那間欲使的垂幸，何曾得到過真情？

從資料上看，有人三年之內連降三級。由「嬪」降為最起碼的「答應」，姑不言現實權利的損失，在人性尊嚴，是多麼大的屈辱？那不幸的，從十多歲入宮，熬過幾十年無聲無息的淒冷日子，再無聲無息地告別人世，之後無人知曉所終。誰知她們魂歸何處，情歸何處？

由北京市到遵化縣，車行過槐柳夾道的田野，沿途村鎮市集，某些民房還歪歪斜斜釘塊牌子，那是寫著「修自行卑」、「飯館」之類的市招。有那年輕婦人，就坐在「招牌」下，抱著娃娃一邊看街景一邊敞著胸口奶孩子。這樣粗鄙的行徑，不免令人瞧著生厭，覺得她們何其不幸，文化距其何太遙遠。但與僻冷院內殘敗「寶頂」之下的寂寞靈魂相比，又何其幸運。那些村婦，有她心愛的孩子，有她相依為命的男人，勞碌過一天之後，哄睡了寶寶，兩人相擁而眠，懷抱中他是她的唯一，她也是他的唯一。不必年復一年，夜復一夜，等著宣召，在唏噓的等待裡，送遠了生命的春季。

很想去摸摸那剝蝕破落的墳頭，算了！摸過也不能讓那些東西好看一點。總之有走過歷史的感覺，也有屬情的感應。往昔在義大利的博物館裡見到貴族家的銅製貞潔帶，曾興起強烈的震撼與憤怒，但是那噁心的「刑具」

僅鎖錮女人的身心於一時，終有開啟釋放的時候。自古以來，死囚秋決後也准許歸葬，而這些「她」，卻從生到死都被拘禁在冬月孤冷，秋雨淒涼，暖風永遠吹不進的硬厚高牆裡。

據知，這不是唯一的饅頭堆，畢竟咸豐只有十一年。那在位越久的，土饅頭的陣容就越可觀，康熙可以排上四十八個，乾隆更按地位高低用大小饅頭表示，列入了三十六個。不看了，再壯觀也不要看，不敢看！覓求情的歸依，是人從生到死的需要，不管親情抑或愛情，這個偏僻院內的主人，似乎都無緣無分。

離去時，天色已向晚，不曉得在另一個世界，這些遭斬斷親情又渴望愛情的女子，是否夜夜仍等候著君王的垂顧，是否仍須僅望著一小角天空，看雲聚雲散，等過無止盡的月升月落。

靰鞡與烏拉草

以為這輩子不會看見真正的靰鞡與烏拉草了，因為一九八九年回到父祖出生的土地，那兒的「三寶」已變成了人參、貂皮、鹿茸角，烏拉草已不包括在內。

抗戰末期已上了小學，曾經為烏拉草哭過。當時籍隸江浙的老師，是以輕蔑的口吻形容東北的鄉俗民情：火炕是全家大小一張床的落後習慣；東北人天生骯髒不愛洗澡；烏拉草是窮透了的東北佬無可奈何的抗寒用品，沒有它就會把腳凍掉下來。雖生在外，長在外，又長成「南邊人」的形象，可以假裝與我無干，置身事外。但真的就假不了，不只在戶籍法上屬於東北人，在情感上也無法劃清界線。所以當老師生動地述說描繪，惹得哄堂大笑時，我卻哭了。為那未見過面的「貧困」故鄉哭泣；為家鄉人須「綁著烏拉草行走在冰雪上」心痛；更為自尊心受傷流淚。

我無力反駁，不僅因為她是老師，烏拉草我也確實沒見過，提不出論據，說：「妳講得不對。」問過媽媽，烏拉草的確是要綁在腳上，只是是穿在「靰鞡」裡面。又多了一個新名詞，烏拉草還沒弄清楚，又多了一個靰鞡。什麼是靰鞡？母親出身滿族的官宦世家，根本也沒親近過農田，因此解說了半天，也沒能讓一個幾歲的孩子弄個明白，可以理直氣壯地去找師長開辯論會。

去過一趟東北，隔了四十年再去一次東北，始終沒有見過在常識課本的三寶之一。為創作小說，利用那片土地作為背景，曾經十分虛心地去做過採錄的工作，才知道靰鞡是一種東北農民與馬車夫穿的皮鞋。穿著的時候，要先穿上布襪（或包腳布），然後再把烏拉草綑包在腳上，穿進牛皮製成的鞋子裡。可能嗎？架床疊屋，兩隻腳上加了那麼多東西，還能走路？姑妄聽之，姑且信之。反正是寫小說，很多很多東西，是要試著去揣摩的。不過知道了烏拉草絕不可以從野地裡拔回來，就可胡亂綑綁使用，它必須鋪在炕蓆下烘乾或風乾曬乾，再用扁木槌拍打，去掉雜質，變成接近纖維狀才可以用的。

究竟是先有烏拉草，還是先有靰鞡，就像雞生蛋蛋生雞的問題，無從追究。靰鞡（要讀做「誤啦」），一定無法單獨使用，須和烏拉草同時並用才行。後來可以去大陸旅行時，走到東北找到老農請教過，原來烏拉草生在淺水中，完全野生不必播種育苗，這種從根到梢，三尺來長，扁平帶稜的野草，是老天賞賜給東北子民過冬的寶貝。正似人參、貂皮一樣，在不違生態與自然律的維持平衡原則下，天然成長，幫助那片土地的人與酷寒相抗。用這些東西既不自卑，也無罪惡感，他們欣喜地接受上蒼的賜予，代復一代地用著；在更好的抗寒方法設備產生以前，農人們始終靠這種資源過了一冬又一冬。

第一次看到了它們，有三分驚訝七分震撼。怎麼是這個樣子？那是一雙典型的「踧屣」，一整塊原色牛皮，挖了鞋口，在腳背上打起皺褶，再貼縫上一小塊牛皮，腳後跟部分切開做倒「丁」字型縫製，就成了一雙牛皮鞋。除了鞋口上有很多皮繩套，造型並不特殊，很像在美國懷俄明州皮貨店裡買的暖鞋，可是卻大了許多原始許多。若不經解釋，一定會以為是外太空的巨人之履。

正著看看，翻過來再看，腳底跟部打上了兩個釘掌，竟然磨損得將要通透。穿這雙大鞋的人會是個怎樣勤苦工作的漢子？這雙又舊又髒的破鞋，曾怎樣走過父母之鄉的大地？儘管它髒破得很寒傖，內心沒有一丁點兒厭棄的感覺，甚至有想抱在懷裡的衝動。前代的先民就是穿著這樣形狀滑稽怪異的粗獷大鞋，為後代子孫開闢了東北的荒野，相信曾祖父和祖父，必然也穿著它們穿田過隴，趕著數匹馬拉的大車，載運收穫出售血汗所得發家。

原來這就是烏拉草!!不！應當叫「靰鞡草」才對。其實貌不驚人，一如普通的野草，不說它是「烏拉」草，沒人會覺得有什麼特別。可是經過搥打的就不同了，很像麻的絲縷，卻又柔細許多。勤奮的鄉民，就如許多人所敘述的那樣，先用布把腳包上，再將經槌敲韌軟的烏拉草包在外面，講究的再包上一層布，然後穿進靰鞡裡面，找根麻繩穿過鞋沿的圈套，嚴嚴實實地綁住，無論做什麼樣的粗重的活兒也不至脫落；就因穿鞋不易脫鞋難，出苦力的漢子都是一早穿上，直到夜晚上炕才脫下來。同時也就因這種又醜又拙的皮鞋，一隻鞋比兩隻腳還大，腳在鞋裡可自由舒展，不礙血液循環，又因保暖的烏拉草方便蒸發汗氣，才不虞把腳「凍掉下來」。而這種草是可以更換的，所以靰鞡髒而不臭。

庸俗的族群，只想到口腹之欲的滿足，才會妄猜烏拉草是一種進補的藥材，就像有個動物園內，用烏拉草編了一雙草鞋說是靰鞡一樣荒謬。開荒的人家何曾有「補冬」的奢侈享受；草編的「烏拉」，行過冰雪已屬不可能，更怎能抗過嚴寒？要是那樣，烏拉怎堪稱做一寶?!其可貴處就在它不必付何價款而取之不盡，用之不絕；既鬆又軟，既輕又暖，保護了勤勞大眾的奔波雙足，讓他們成為在冰封雪原上不被大自然打倒的英雄。

看見了這宗寶，付出些微薄謝禮便幸獲贈予，更有要流淚的感覺，但不再會因自卑而啜泣，雖然靰鞡與烏拉草也為「鬍匪」所樂用。乃是一種真實的感動，為他們善用上天所賜而人力勝天的智慧欽敬。不但不覺得羞愧，還有「愛現」的情愫流過心底。

非常非常想！非常想有朝一日，「披掛」上我的貂衣貂帽，穿上靰鞡，策馬馳車，奔越過凍得如鏡子如琉璃般的松花江面，到北大荒的冰天雪地裡，數一數祖先的腳印。

落日之歌

不是柳葉扁舟，也不是扯起風帆輕搖的小船。就是遊艇，馬達突突大作的豪華遊艇。可是曳遊在馬尼拉灣的落日裡，仍然可以煽動海風，扯亂人的頭髮，使人感覺到幕天浴日浮遊於海洋上羅曼蒂克的怡逸。

忽然有些羞澀升上心頭。不為當作被順手攜帶的一件附帶物，不為無巧不巧碰上了玩伴得以「揩油」的意外中獎感受，也不為看見了「僅許會員進入」的木牌有名不正言不順的羞怍，卻為自己真實踏在馬尼拉灣的碼頭上的興奮心情感到不好意思。縱然就要看到只曾聞名，不曾見面的美景是值得欣悅，卻不該有如兒童得償郊遊心願那樣強烈的興奮。站在Silahis的樓頭，掀開窗帷的一角，將視線穿過教堂、廣場、椰林，落在遠遠的一江水面上。猜著，那是什麼河？不！不是不是！一帶橫飄的展示，是個湖吧？就像在瑞士、奧國那些地方所見的湖一樣，只多著些熱帶風情，不適於在其間找尋寧靜中的恬謐，倒適合挾一把吉他，粗衫芒履踞坐於小船頭唱一曲慵散之歌。

幻想成真了，浮泛在「湖」上了。天曉得！常常自以為是先知先覺的人，竟沒有猜到那原來是海，依傍在馬尼拉身邊的海。不是後知後覺，也不是頭腦太過鈍笨，只是不曾預料到那樣容易就接近海，觸摸到海。我不是海的女兒，懼怕海浪滔天，但還是愛海，愛親近海，嚮往徜徉在海上仰望白雲細數星星的情調。

海濤掀起胃浪、巨人大手搖晃玩具舟的恐怖記憶遠去了，只有船邊捲起的白花、遠處隨日影起降的水波令人有人在海上的感覺。「我們」的船，不久即將長長短短靜憩在灣岸內的桅林扔在身後。但畢竟還是生活在食盡人間煙火的人群內，忽然廣闊起來的海洋世界，也並不如漁夫水手口中那樣的寂寞。不遠的波伏裡就有三兩艘船伴，天水交界的灰藍色彩邊沿處，鑲嵌了一艘小小的船樓桅影，真真予人四海之內皆我族類的安全感。

浮舟海上，原為的是看日落啊！怎麼日頭不見了，反將小小船艇扣在深灰底淺灰蓋的罩子裡，就那樣輕輕地浮搖著，浮搖著。誰都不說什麼，心裡卻有著期待。漸漸地，對面的人兒眼睛亮了，臉龐亮了，全身都亮了，亮得滿身滿船，慢慢現出微紅、淡紅、淺紅、暖紅、陽紅。太陽在哪裡？還是看不見，只有朵朵飾著金紅花邊的灰雲的空隙，篩落出的道道紅光。無炫耀強熱的力量，但足夠替人的面頰染上歡愉的顏笑。

不肯說是迴光返照——儘管是十十成成的迴光返照。圓圓的紅球終於露面了，於水墨渲染灰色斑雲護衛下忽隱忽現，耀亮了遠近層層的海波，而且也剎那間遁逝海面；隱遁之後也仍然暫留絲絲餘光，但終不似死亡的序曲，乃是回家前敞開暖懷的擁抱。但僅僅是這樣含情的一擁，卻是記憶中的永遠。

拋卻了寬闊海洋，遊艇駛向歸程將要攏岸了，驀然回首極目天際，驚訝於那西天半空的殘霞，趕緊撥動快門留下最後一瞥的紀錄，展現紙面的落霞彩雲，終不似意念中的令人依戀。長存於思憶中馬尼拉灣的落日，還包括了生活的歡樂與友情的柔暖。即或不曾真正奏過吉他，當時在心內的椰林下仍有位彈奏南海情歌的仙子。不似紙面上船影背後的彩霞，只是半天的彩霞而已。

元祖牌牛肉麵——憶記那美味的青春

常走後門！不是開玩笑，是真的，要走捷徑到羅斯福路，須從學校後門出去。那羞羞答答簡陋的後門到底何時給取消的，不記得了，應該是 iPad 族青年出生以前的事，反正那時台北有名的師大商圈還沒成形。不過龍泉街已經有勉強可以稱得上食肆的棚戶出現，賣些什麼炒河粉之類的東西，顧客大多是大學生與小公務員；僅僅是有，談不上好。馨是僑生，她介紹給我這樣的食品，我可以接受，但說不上喜愛，要我自己選擇，我還是喜歡出後門，穿過浦城街到羅斯福路，去那家營長開的店。

我在家裡有點異類，不吃餃子（蔥味太重）、茄子（很像鼻涕）、生蔥生蒜，尤其害怕爸爸喜歡的白肉血腸，但是幾乎不抗議，只默默承受。家裡包餃子我是當然助手，但只吃麵皮蘸醬油。屬真不好吃的族類！到今天還敢誇口，不貪口腹享受，頗好養活。但是當學校哪天的伙食特別糟糕的時候，節省如我，也肯奢侈一次。

營長的店是一群川籍退伍官兵開的土店，最初連個招牌都沒有，不過供應的佳餚非常地道，與我小時候給老師當電燈泡所嘗到的味道完全一樣，後來那些所謂的名廚名店簡直不能比。可是最初，十八歲的大一新生，也只能要一碗紅燒牛肉麵慰勞自己。聽那么廝兒打著川調兒向廚房傳達信息，就是一種歡快的鄉土音樂。那個形貌猥瑣穿了大兩號衣衫的乾枯瘦小的傢伙，還敢叫我「女娃兒」，我嫌他不夠莊重，除了點餐從不理他，可是挺愛聽他有腔有調地唱菜名，他讓我憶起幼小時受寵愛的溫暖。

「一碗紅燒，重青，免外紅，帶醣啊……」他從不說贅詞，紅燒麵那個麵字自然要省；重青就是多加青菜；免外紅是不額外加辣椒，他們不說辣椒叫「海椒」，帶醣的意思是麵條不可煮得軟趴趴的。儘管我很煩那個么廝兒，卻正經八百地尊稱他「堂倌兒」，第一次他們聽見我這麼叫，全店幾個人都笑了起來，但自此大家都對我特好，把我當自己人。那土店的領導兼主廚就是「營長」，相信他真是曾帶過兵的營領導，似乎也仍用部隊中的習慣管店。命令很管用，他看我對么廝兒總是板起面孔，大概是訓誡過那位有類戲台上時遷型的傢伙，以後收起了嘻皮笑臉，一本正經地既謔且虐地叫我「女先生」。

店裡到底有幾個大廚二廚伙計等等的人物，始終沒弄清楚過，不過我每次去都是營長親自下麵。他們把營長喊成「雲長」，我也那麼叫。煮好了麵假如客人不多，偶然也坐下聊聊天，有時用幾句特別土的詞兒，會把他逗樂了。如「莫牽翻兒」、「撒過嘍」代替別淘氣、結束了，他會瞇著眼笑，眼中似乎有淚；聽我說「電燈點火」的歇後語——其實不然（燃），他大笑起來，笑得蒼涼。跟他說除了「紅燒」，我還常常想起「小娃兒陣」吃的「河水豆花兒」，他感嘆地說台灣沒有嘉陵江也做不了那種豆花。

主廚天生就是做領袖的料，不是跟那個帶三分髒相的跑堂的相比，走到哪裡都算得器宇軒昂，還有些威儀，不然怎麼管得住那個痞兮兮的么廝兒。好多年過去了，回想起來，我總在懷疑，營長所燉的紅燒牛肉，是不是裡面放了傳說的罌粟花殼，要不然怎麼那麼香濃！不強調麻辣，口味中有麻有辣，但那只是其中的兩味調料，最重要的是跟很多其他的佐料，組合成一個醇香。我知道與罌粟無關，那還是戒嚴執行較嚴格的時期，跟鴉片扯上關係可能要判「唯一死刑」，別說罌粟，任何「匪貨」級的材料都到不了市面上，他就是用菜市場可以取得的食材物料，燉出那鍋霸王級的牛肉，酥軟卻不散爛，即使不外加辣子，也紅得正宗。不！他才不搞什麼清燉，只賣紅燒，另外一種招牌麵點是蹄花麵。

每次我都要求「重青」，其實就是我不說多加青菜，也不像後來光顧過的那些店敷衍地聊備一格。昔往在重慶多半是加籐籐菜（空心菜），也有的是小白菜，營長的店就是用小白菜，小白菜太貴時也用過油菜。後來我體會出，重青的結果，讓洗菜的人加重了工作量，尤其冬天，那滋味不好受，他們也沒埋怨過或打折扣。還有，吃麵配酸菜是後來的人無奈之下省事的策略吧？如果說得刻薄一點，應該屬於是「野狐禪」的做法了。吃紅燒牛肉麵應該是以四川泡菜來爽口。

四川泡菜不好伺候，一般用大玻璃缸泡的看著髒兮兮的那種，也是因陋就簡。我有家以後也做過，還特別到傳統的陶器店買一個罈口有槽的專業泡菜罈子，倒上水蓋上罈蓋，可以隔絕空氣與污染。不過製作程序實在太麻煩，又得小心伺候，而且做的速度永遠趕不上消耗的速度，太吃不消就放棄了。我自認不比營長店的泡菜差多少，但是從不妄想能做出營長親手煮的牛肉麵；試過，連一般店裡的還比不上呢。

獨樂樂不如眾樂樂，後來我帶了一串同班同學去，每個人拿出十元交給一個人，在那裡午餐罷，就搭公車去西門町看電影，七女聲勢浩大，公車上那些時不時出現的行徑齷齪男子，不敢再騷擾欺侮。都看過些什麼電影？忘了！記得的只有素色純真的快樂。並沒有多久，各人有了個人的其他規劃，尤其有人交了男朋友，心思飛了，再無法集體出遊，但這些同窗，有的卻成了終生的朋友。秀、馨、琳先後去了天堂，都曾讓我傷懷痛哭，不只是傷友之逝，也是追悼那原色的青春。

不邀他們去了，帶別人去。營長又推薦了「鹹燒白」、「生爆鹽煎肉」，冬日裡給我們特別做個汆鍋，還預備一碗特製的「調和」，也蒙營長惠准我站在爐灶旁邊觀摩，學會了烹調正統原味的麻婆豆腐。直到遷居到那時還屬郊外的木柵，每次到市區，車行經羅斯福路，我都會指著那家店，告訴孩子們有關那家店的故事。那時已經有了招牌叫「壽爾康」，遠遠望去，還是營長的店，因為偶然在生意離峰時間，看見他站在店門口抽著煙觀看街景車流。

年復一年地過去了，再經過那裡，招牌沒有了，市容改變了，當然也再見不到「營長」出現。又過了多少年，「改良」的各式各樣的冠軍、金牌牛肉麵出現，賣出了天價，那是市場學廣告學策劃出的結果，跟技藝關係不大。同時這樣美食也走出去到世界各地，最初台灣從軍營與眷村推出的「四川牛肉麵」，到了美國變成了「台灣牛肉麵」，回到兒時感情歸依的故鄉重慶，下榻旅館對門竟賣的是「加州牛肉麵」，趕快去一試，與營長的手藝相比，略近而遠遜。確然感到悵然若失。那營長可以還鄉時，恐怕已老得回不去故鄉了，不然為什麼沒把他元祖牌的廚藝帶回老家，傳承於故里，一任非正色的「異種也稱王」。他的高超技藝已失傳了，正像那少女的美味的青春再也回不來了。

差與距

那時還在學校裡，那件事給我很大刺激。為什麼經過了那樣痛苦的衝擊，他的想法還是不變，自然往後的做法也不會改變。

剛到學校系秘書就告訴我，有個學生出了事，昨夜在打工的店為火鍋加酒精時受了傷，現在已由急診處轉送燒燙傷中心的隔離病房。聽了這樣的信息立刻像被砲彈轟了頭殼一般。又來了！年年都有事，如今又出了新樣的。

腦子轉過幾個彎，心裡泛起的是牽掛、同情、憐惜和不忍，暗忖這必又是個自謀生計要強上進的苦孩子。專任教師都有兼導師的義務，哪怕資深教授也沒有偷懶規避的權利，但是每年都得陪著難過。狀況的發生因年級而不同，當四年級導師時常碰見的是「二分之一」面臨退學，或精神疾病的難題；一年級的學生卻常出些古古怪怪的花樣，令人傷腦筋。敢斷言，像這個到宵夜店上大夜班的情況，應非個案乃冰山一角。有些人確實有其不得已，這個小傢伙呢？跟秘書說等我課後再去看他，呂小姐叫我別去，除了家人，醫院不許任何人去探視，以防感染。

決定還是走一趟，不過去醫院前要弄清楚他的成長背景、家庭狀況，以利「輔導」。回到研究室，第一件事是查閱留存的資料，閱罷我立刻對著一室空氣勃然大怒。好小子！玩的什麼把戲?!他根本不需要打這份工，一家四口，爸爸是一家捧金飯碗大公司的總工程師，母親是會計主任，有個姐姐已是大四學生，轉眼便可畢業，家庭經濟狀況一欄填的「小康」二字；按學生填寫習慣往往謙虛「降等」，所以他根本沒有必要課外工作，尤其打午夜工。他是怎麼回事？轉念，我真得去看看，不僅是慰問，當老師的也該用體諒的心去瞭解他到底有什麼苦衷，協助解決困難。

放下沉重的書包，草草餐罷，拖著累了一天的身軀，穿上雨衣再撐著傘，頂著入梅後時大時小的飄風雨，先到超市選了一些自認有益的甘蔗汁涼茶之類的飲料，一步一步走到醫院去；走路嫌遠，坐車太近，計程車往往拒載，不走怎地。果然，非親人不得探病。表明了身分，家長要明日才能自高雄北上，我是他學校的導師，有責任看看學生。准了！換鞋、戴帽、穿上隔離衣，放了我進去。

怎麼會變成這樣！他半靠在搖起的病床上，兩臂和雙手纏滿了繃帶彎舉於空中；脖頸胸前全被厚厚的紗布覆蓋著，腰以下在被單裡看不見，唯一比想像好一點的是臉上只有少數星星點點的傷口，在細緻的面龐上卻特別明顯。看他把自己折騰成這副模樣，確實很生氣。

「痛嗎？」

「不痛……痛……痛呀！」

「是什麼時候的事？」

「夜裡一點多。」高高大大的男人，聲音像蚊子。

「非打工不可嗎？」

「你父母知道你在什麼地方打工嗎？」

搖搖頭沒回答，把頭低下去了。

抬起頭搖了搖，又低了下去，是理虧嗎？

「……」

「……」

心很亂，要用什麼話跟他溝通他才能領會？站在病床旁「罵」了二十多分鐘，不知他聽進去了沒有？走回更衣間看到鏡子，才發現我那樣子醜得滑稽，還敢在他面前「展覽」那麼久，難怪他神情並不沉重，大概我的醜相娛樂了他。然而觀察他的反應，對我的「溫情」似乎感謝，對「開導」話語不怎麼同意。

並沒有義正詞嚴地教訓人，怕他會覺得官樣文章；LKK本來跟他們離得太遠，打官腔更不值信任。我提醒他，明天他媽媽看見他的情況一定會哭，因為誰都知道燒傷會很痛，父母感到的痛一定超過他本人，我也是兒女的母親我能體會。自己賺錢做「同樂」基金也可算是體恤父母的孩子，但是耽誤睡眠、耽誤做功課到複雜的夜店打工就是荒唐。從工作中學習適應社會、自我成長，有理！但處理事情要有優先次序，更不可本末倒置。也服膺「只要我喜歡有什麼不可以」嗎？不是絕對的正確！假如有人以自殘或傷人為樂，偏愛虐待動物尋趣，難道也可以嗎？自立獨立是好事，可是瞞著家人做讓他們擔心痛心的事，便太「超過」了。他沒反駁我，他的表情，跟那個要我借半月薪水去買大英百科全書的男孩，被婉拒後的不馴之色還不相同。拒絕告貸時我真是很不開心，縱然我一向肯將心比心為學生著想，也不能僅為他「喜歡，想要」，又欲趁促銷撿便宜而不增加家長的負擔（想是父母不會同意），就認定該由我這「一人吃飽全家不餓」的老師支持他的大計。學生這樣任性自私，我很遺憾。

蹚著積水慢慢走回家，一路都在思索。忽然想到是不是我仍跳不出以世故成人的思考見事說話，沒有做到易地而處體會他們的心情？不算是靈光突現，竟回想到以前，我自己又如何？在父母面前一直盡量表現的是乖乖牌，我卻做了多少陽奉陰違的事？但是也曾跟好友們說過，我並不後悔也不慚愧。因為假如要按父親規定的「女誡」去做，一定很多事行不通；已是二十世紀晚季，倒像出土的前代怪物。交男朋友當然不行，女同學若很開放活潑也不可以接近；除了學校哪裡也不許去，放學就得回家待著；好好念書，不許參加課外活動，更不得看閒書……老天！確然，在不傷害自身，不讓父母擔憂的自我設限下，我做過不少觸犯家大人忌諱的事，包括成為「作家」在內。要聽老爸的訓令，須在屬於我的那本字典裡將「自我」一詞塗銷，只做本分的女兒、妻子、母親、教師或公務員就夠了。老人家終於承認我並非不務正業，是在出了若干本書之後了。

我不是真的乖女兒，可是願謹遵良知，守不害己不傷人，不真悖逆的初衷，在普世原則下講理講得通地做人行事。但是，我諸多所做認為「正確」之事中，件件都對嗎？

那個梅雨夜我曾苦慮。後來，我常常思前想後，赫然發現思維與價值觀不是一成不變的，而且每每會因時、因地、因思潮、因風氣甚至因時尚而修改。聽過一個有趣的聯句：「身高不是距離，年齡不是問題……」應當是年齡並非距離，而由於個人性格，生長環境，所受教育，所處時代、社會的影響，人跟人的思想和觀點有差距，倒不一定是因世代、年代的區隔。且相同的外在條件下會有不同的人，比如少年偏有老頭兒心。

曾穿上T恤牛仔褲跟他們瘋到淡海去野餐烤肉，說一樣的話，唱同樣的歌，希冀與他們實質與心理拉近；不要求完全信服聽話，但望懷同理心。後來會有一些女孩子跑來跟我講私話，更有一名高我一個頭的男孩對女人（當著我他不敢稱馬子）的品評，忍受他取笑年長三十餘歲的老師過於乾淨，社會經驗不足。我還他的是包容理解的赧笑分析，而得到不逾越校規法律的保證。

差距不純因年程之別，為多重因素的造成。嚴父大去幾年後，又有了共同生活的人，這人有青年的激情，人際關係卻偏執祖父輩的規範，累！但這是不值爭論的理，不容逃避也不想逃避，認了！一切交給天處理。只是更明白很多差與距豁溝的存在，不是出生年代一把鋤頭挖出來的！

勝仗

「……總之，教授在教育界主持公道，指正當前少數學校不正確的教育方法與觀念，對我國的教育前程點亮了一盞明燈，國家有幸矣……」這是那位學生的父親簽名蓋章的謝函末段。很慚愧，自覺當不起他這樣稱頌，我僅是為多數人的公論秀出了臨門一腳。

六月中旬，滂沱大雨中收到的一封學校轉來的「限時專送」信件；從那次後輔仁大學便倒了楣，要給一個「掛單」的教授轉很多信；後來她離開了到別處「常住」，還有人把信往那兒寄。不過為他們添了麻煩，我對學校抱歉之餘，內心還是很安慰、高興的，那高興的程度超過高中入學試列為紅榜上的首名；大學時「戰鬥訓練」集訓於復興崗，結訓時代表全體學員致詞，為上年我校擔負同樣任務的同學的「漏氣」雪恥（那同學面對台上的蔣主任太過緊張，僵望了七分鐘無言而退）；乃至得到幾個文藝獎的獎章和純金獎牌。因為那些事對我個人只算得錦上添花，頂多讓人悄悄樂一會兒。這封

「限時專送」信件的到來，令我寬心安心開心。一次拋頭露面的遊戲，卻真為兩名十六七歲的孩子的前途盡了一點力，挽回了錯誤處罰的命運；也許還能誘發所有的訓導人員，多一點站在學生的立場思考學生事的反省。

那一夜的情景，距今近三十年，但我還有印象，因為那熱門節目播出之前，報上便已異於往常地做了預告，雖是星期天夜裡十一點才播出，大家仍願在電視機前等待。那是年月日都很確切的一天，一九八五年六月一日，錄影製作則是早二日進行的……

執行製作將我導引到座位上，工作人員為我調整了麥克風的位置。定下心放眼望去，現場的座位都填滿了，有大學生也有高中生，那些半大孩子看來不都是那個學校的學生，可也來得不少。剛才執行製作說那學校所派來的「狙擊手」給擋掉了一多半，位子不夠，場外有五十名悻悻離去。是為將要交鋒對手的訓導主任正襟危坐，目不斜視，對就坐在一旁的我，並無禮貌性的招呼寒暄，連看一眼都沒有。何必這樣，又不是戰場上的敵人。

其實真不是什麼國計民生的大事，不過是一所高中校內學生活動引起的後果，驚動了整個社會，吵得沸沸揚揚，鬧得滿城風雨，這家電視台有個「新聞追擊」的節目，常把熱門新聞拿來追究炒一炒，這回又抓住了時機。

在這個意見平台，也許辯不出什麼真理，但平心而論，至少可以讓民眾從這樣的辯論中，對問題得到較清晰的辨判認知和心懷的紓解。

此次要談的確實不是什麼大事，一所高中的校慶晚會，才藝表演結束後，一群男孩女孩上台獻花親吻了表演者的面頰，男親女，女親男，便掀起了軒然大波。唯有那不幸穿了校服的一男一女被訓導主任記下了姓名學號。訓導主任認為這樣的舉動，屬行為嚴重失檢，立刻給予最嚴苛的處罰。據知先壓迫男生家長替兒子辦自動退學手續，體諒女學生的處境「只」記兩個大過。男生家長挽出市議員斡旋求情，改為兩大過兩小過留校察看，卻強調若有任何事情觸犯規定立刻開除。家長認為這樣似乎有陷阱更為可怕，不願接受。於是，孩子回家了，父親病倒進了醫院。孩子回不去學校，又覺得累及父母擔憂，愧見雙親，都在外面遊走，總到半夜才溜回家；家長深恐走投無路的兒子在外會做傻事，或誤入歧途。這樣的處理，真是數敗俱傷，教育的精神完全失去。

糾葛之中，此事傳了開來，於是社會譁然，電視台的新聞鼻最長，適時把這題目拿來熱炒一番，就算影響不了什麼，至少會多爭得一些收視率。

大家各就各位，ＦＤ還未倒數計時，製作人匆匆地走到我身邊，附耳而言：「剛剛宋主任來電話，說拜託您口下留情，不要造成對立的情勢。」「請放心，我有我的分寸，不可能有什麼對立！」這是什麼話？請我來不是原要我表達反面的意見嗎！但我仍須安製作人的心。

主持人趙少康開場了，然後先請訓導主任說出他的意見。在他的意念中，學生犯了不可寬恕的錯誤，敗壞風氣，觸犯校規，不過為了保住學生的自尊，記的都是「暗過」，假如有好的表現可以將功抵過，而這樣做也是慎重決定的。之後由我發言，我表示這些學生獻花加上親頰的模仿秀並不出色，還有點幼稚、膚淺、俗氣，不值得鼓勵，但對學校的處置卻大吃一驚。即或因他們電視電影看多了，模仿西洋禮節的作秀舉動，有些輕佻，有些三八，可以藉機教以正確的禮儀，用開除退學記大過來懲罰，是太超過到豈有此理的舉措。何況有些「紀錄」就像烙印，會帶到別的學校，服兵役時會帶到軍中，對他們會有不好的影響。他們的所作所為真有那麼壞，要這樣整人嗎？兩個回合以後，主持人電話連線訪問了遭退學的男學生，學生說學校怕後遺症，所以要他自動退學，他只能尊重學校的決定，口氣徬徨無奈又顯得情緒極為低落。

在陸續的交叉敘述說明表達意見中，聽出來訓導先生傳達了很多的信息，彷彿「吻頰」跟名節、曖昧、不潔、羞恥、做壞事等的意念都糾結在一起。這可不得了！我忍不住了，請他不要把學生原沒有的動念強加在他們頭上，這樣的聯想是一種很可怕的暗示，等於鼓動他們去做某些越分的嘗試與探索；輔導學生的師長有責任教導男女學生正確相待相處的觀念和態度，不是用煞有介事的心態，暗示導引去挑戰一些禁區。那不是防微杜漸，而是反教育的誤導。

開放給來賓詰問的時間到了，那所高中的一位女孩子站了起來，她頭髮及耳，制服整齊，看得出一定是「品行」分數最高的好學生，不大的雙目閃爍著慧黠挑戰的眼神，我明白這是安排的重砲。果然……

「請問趙教授，假如妳的女兒上台去給男同學獻花，親了人家的臉，妳怎麼辦？」一字一字，語氣很重，看情形似乎經過沙盤推演，要將我的軍，有把我將到死的氣勢。

「我呀！我正好有兩個女兒，要是她們那麼做，回家以後我會說：『嘿！女兒啊！妳不可以那麼三八！』」立即的反應是用戲謔的語氣化解尷尬。

「就完了?!」

「就完了！不然，妳說該怎麼辦？」

哄堂大笑久久，笑聲停了，那一片笑顏與掌聲依舊保持，場子裡好輕鬆愉悅，我知道效果發生了，面對這樣的反應，那康固力腦袋回去會好好想一想吧！

次日到市場去買菜，賣盥洗包的女販堅持要給我打一個小折。烤燒餅的大叔忘了做生意，先謝謝我，再忙著呼張三叫李四一起跟我討論昨夜播出的內容，我要買鹹燒餅，他替我挑最香酥鬆脆的雙手捧給我。那一刻我瞭解了，即使我只是個掛單於學校被稱為作家的小人物，還是可以發揮保護弱勢的力量。

之後就是學生家長來信，道謝並告知學校收回成命的事。重新開會討論，只給男孩記一個大過，並通知學生返校上課。這樣的結果，我並不滿意，孩子需要的是適切的教育，不是懲罰，但事已如此也只能如此。這事，確然讓我曾興起有點虛榮的快樂，我幫兩個不知名字的高中學生打了扭轉乾坤的一仗！不，那男孩應該姓鍾，因為他爸爸姓鍾。

松葉屋的聯想

她的年齡看不出來，重厚的白粉像一個面具遮掩了她的面孔和脖頸，不過從體態上判斷，不會是青年女子。當然，層層的袍子再綑上個大背包，任誰也輕盈不起來。但是即使被綢帛包裹綑綁得很密實，年輕生命的韻律，仍會從和服之中婀娜出來。她，認真地表演著，然予人的感受不是典雅，而是厚實。與坐在舞台角上的那名被剛剛徵召上去的臨時演員——一個二十郎當歲的美國男孩，成了可笑的對比。

「花嫁」節目完了，三味弦的演奏引起了真正的共鳴，接下來，是三位資深藝伎在一名歌伎的伴唱下舞踊。歌者是祖母級的，舞者中的兩位怕已夠資格做曾祖母。舞的內容也許很粗糙，節目主持人卻故作風趣賣力地介紹著，老太太們也賣力地跳著，欣賞到「日本傳統文化」的觀光客們，自然滿意地哄笑鼓掌。然而，所看見的除了這些，還有鑲了滿口金銀牙的老祖母笑出的滄桑和黯涼。

哄鬧過去了，隨著人群走出 Geisha House。回頭望去，昏黃燈籠微光襯出的「松葉屋」老招牌，更有歲月磨蝕，時代遠逝，繁華已去的蒼涼。記不得日本哪位名人說過：「醉臥美人膝」乃人生最大的快樂之一，美人就指的是藝伎，不知哪位「奶奶」的膝頭曾有日本巨人依偎過。不像，都不像！東方式的浪漫，好像跟她們拉不上關係，她們比銀座街頭那無腰短腿的「歐巴桑」更歐巴桑！難怪，真是自古英雄與美人，不許人間見白頭！但是，美色不再歲月斧鑿的無情痕跡，叫人看得很不忍。不過比起到達藝伎屋以前的現代日本文化，倒寧願選擇這種「古典」。

要經驗日本的夜，脫衣舞不可不看，正似行至巴黎，安排給觀光客的除了炫目的「麗都」模式，一定會讓你欣賞一下法國的傳統民俗。可是同樣的脫，巴黎的表演形式頂多讓道貌岸然的人士評一句「低趣」，東京的脫卻令人興起絲絲悲涼的感覺。一處叫做「桃源」之什麼的小劇坊，小小低低的舞台，四個在紅絲絨烘托出的氣氛裡從頭舞到尾的女孩，就是全部的內容了。那四個女孩子；當然都是女孩子，因為她們都很年輕。可是其中四分之三，並不怎麼像女性，既平又直且乾，從人體美的角度看，完全沒有什麼美感。她們脫到百分之九十七，實在不如穿上粉紅色的舞裙時好看，尤其之中的一個，兩條腿布滿了紅色的斑疤，比紅豆枝仔冰的豆豆要多多了。這樣等級的「肉品」根本沒有出售的條件，卻拿出來賣，所販售無非是女「性」的尊嚴。抓幾名好起鬨的觀眾上去對舞一番，娛己同樂，是一般觀光節目的常態，但在那個場合，卻令人樂不起來，心內充滿了憐憫。暗暗在心底計算，這一場我們十一人，每人才付出了一萬多日幣，去了車餐和別的節目，她們每個人到底能分得幾文，值得她們如此犧牲。演出完畢，走出那個窄窄的樓房，走道上已擠滿了等待進場的歐巴桑、歐幾桑，心神似乎安了一些，無論如何她們剝去尊嚴，還可以獲得稍高一些的代價。

那位滿面世故的中年導遊，反覆說了好幾次，在脫衣舞、藝伎秀之後，假如要看「別的」節目可以帶著去，但要另行議價。這就是那種特別「表演」了，大家都沒出聲，不做回應，不知那些不相識的男男女女有幾人會去跟他暗中交易。其實一個創作者，應該察析世間百態，而且對新奇也喜愛嘗試，但是不敢去看那樣的大戲，據看過的人說「要吐」。把男女靈肉合一向來看成人間的至美之一的族類，受不了那樣「醜陋」的打擊，暗自準備，就是一車的人全都跟他去了，也願獨自摸回旅邸。

關於色情的販售，日本人大方多了，不但旅館都各有「成人節目」頻道，「妖精打架」娛樂的演出廣告，也公然出現在旅遊雜誌上，也許是由於他們的傳統，也許他們比較透解人性，有買主的買賣，不妨公開推銷發售。怪的是綜觀全局，似乎真的是清者自清白者自白，有色情，但不很氾濫，比禮儀之邦的鄰居，還有節制些。

很多人懼怕寂寞，出外旅行總得呼朋引類，習於寂寞的人偏愛獨遊天下。把人群中的孤寂換成實質的孤獨，更易於做不是「人」的人，冷眼旁觀繁華世界。到橫濱做一次貴賓，體會一下傳統的日本人現代中產家庭生活，但終不如拿張地圖獨自探索感受來得深。像個隱形人，置身在這社會之外，用眼睛去觀察外貌之下的內涵；把自身捲隱入人潮中，以心目去感應這社會的脈動，雖然人都說這樣率性的浪遊，會「貴得要死」，還是覺得很划得來。

據說從歌舞伎座往東走，那個地界就複雜了，但是若不去招惹誰，僅做居民或遊客是沒什麼危險的，道上的哥兒們則最好不要隨便越界。所以從台北到日本，識與不識的東洋人都拍著胸脯保證，儘管一個人去亂逛，沒有任何安全顧慮。確然是那樣的，出了「松葉屋」，不擬參加「特別」節目也已過了十時，巴士再一站一站地送人，到了昭和通與首都高速路的交叉口，已好晚好晚，因為車子轉彎不便，他們就把巴士停在黑漆漆的街角上，任一名女子穿過黑漆漆了無人跡的行人天橋，再走過黑漆漆的街道回旅館去。在全世界的大都市，已沒有幾處可享這樣無所恐懼的自由了。

假如要用「牛肉場」的水準來衡量日本就錯了。坐在銀座通與晴海通十字路口「三越」旁邊的咖啡館裡，從二樓的落地大玻璃窗裡望出去，欣賞東京的繁榮，寸土尺金的狹小土地，「三愛」的大樓實在小模小樣。不過街上熙來攘往的人群可不小模小樣，行過世界上那麼多大都市，發現恐怕沒有比東京仕女服裝更正式整齊的了。或許是東京女子更拘謹些，那麼熱的天氣也套裝、洋裝整整齊齊地穿著，但那樣的拘謹也要有經濟能力才辦得到，連公司裡大減價讓人看不上眼的衣鞋、飾品也都昂貴得離奇呢。尤其走過的男男女女，中年以下的，多數既不矮小也不猥瑣，跟童年所見過的「小日本」完全不同。溫文挺拔的紳士、修長文秀的淑女、健壯高大的青年、活潑健美的女孩，絕不是人群中的極少數。使我想起了那個說法，抗戰八年加上佔據東北十四年，日本劫取的中國資源，有一部分是人種。真歟？假歟？至少這樣說，讓受夠窩囊氣的戰勝國國民心裡舒服些。

看人、看貨、看書，或什麼都不看，就是浪蕩街頭。累了，到「吃茶店」去叫杯飲料；餓了，混在大眾之中排隊吃一客速食，要去得遠一點，可以乘地下鐵，感覺上十分悠閒。甚至離上飛機前的幾小時，還能鑽到「歌舞伎座」去欣賞一齣古典日本文學話劇《十五夜物語》，於是使我瞭解到，當年的藏鏡人、史豔文道白的腔調之所本。但是真正的日本人似乎沒有這樣悠閒，特別是男子。女人嫁了男人，男人卻把自己賣給了企業，在那個社會流行著一句話，女子結了婚但沒有丈夫。難怪在百貨公司和劇院裡看到的主要為女性。顯然過客和國民感受上有太大的距離。

不過，不管日本人如何質變，從都市建設的格局到人民的氣度，仍然缺乏一種恢宏，所謂島國之民難免不小氣巴拉。坐井觀天，常常得了「狹心症」而不自知，有時興起據隅為王的雄心壯志，旁人冷眼透視，也只似一種可笑的症候。就像那些美食愛好者，帶著一個「饑甚」（昔日外交大臣陸奧宗光與李鴻章談判迫早日交割台灣用語）的空胃，坐在榻榻米上左等右等，等來了一堆盤子碗，卻只有一小盞味噌湯、幾片炸蔬菜、兩個小飯糰一樣滑稽。固然要尊重人家的文化，但還是只能承認煞有介事，不過這麼回事而已。

貝爾墨潘氣質

當地人把這裡叫首都，我卻只習慣稱貝爾墨潘。不錯！Belmopan 的確是貝里斯國的都城，雖然她與倫敦、巴黎、華盛頓、北京，乃至曼谷、馬尼拉比起來都很不像個一國之都。在台北到郵局寄信，他們要我在 Belize 之後註上「貝里斯」三個字，因為怕分信放錯郵袋；在美國打電話問與貝里斯通話的優惠價格，話務員也要查半天才能回覆。貝里斯這個中美洲加勒比海的小小國，太名不見經傳了，連她的國土在世界地圖上都不容易查到，更沒人關心國都是哪裡。有人知道有個貝里斯國，也知道有個海港都市叫貝里斯，就以為貝里斯市就是首都了，不對！儘管貝里斯市（簡稱 City）是貝里斯國的第一大城，也是政經的權力核心地區，卻不是國家的首府。

說貝里斯市是該國的權力核心之地應是恰當的；兩個多月前全國大選 P.U.F.（俗稱藍黨），捲土重來，再度執政，國父大人再度當選以資政的地位重入政壇。於他仍屬在野之身時，我就曾見過身著牛仔裝的他，牽著小孫孫漫步於貝里斯市的中國橋上。可是，縱然開國的元勛以及政治與精神領袖以次，都活動活躍於貝里斯市，貝里斯國卻把首都設在貝爾墨潘。

走在貝爾墨潘的街頭，如果沒看見小山坡上的國會「大」廈，和幾幢具體而微的政府機關「大」樓，真讓人感覺不到那是個都城。徜徉其間，只讓人聯想到四五十年前的台中小城。台中曾經可愛過；猶未受到聲色犬馬式低俗商業文明污染以前，那是有著泥土芳香的文化小城。如今那片安恬的淨土，只有在記憶中去尋覓了。但跨越了半個地球卻在西加勒比海灣找到了這片人間淨土，有人把整個的貝里斯稱為人間最後的一片淨土，從都市之病的角度看來，並不為過，相對而言，地闊人稀，茂林綠野皆未開闢，又地處偏遠，不淨也淨。但貝爾墨潘是已邀開發的所在，卻沒有「都」之霸氣與壓力。讓人覺得在這裡無論做太平人或太平狗都很自在。

想享受廣式飲茶，去貝里斯香港餐館；想買雙好鞋去貝里斯的印度店；要買中國食品，也是去City到那位台灣老闆的店裡選貨；要搭國際班機，還是得去那裡，可是貝里斯市卻是一處殖民領主不曾好好建設照顧的領地。英國人曾佔有香港，乃是按「東方之珠」的標準營造的，百年之後英人交還中國，他歸還的不是一座小漁人島，而是雖小也大的亮麗大門；有都市之弊，卻更多的是文明之利。貝里斯市則是精打細算的英國佬所放棄的一塊屬地宏都拉斯，從未好好經營過的港鎮，留下的只有狹隘的格局和過氣殖民地的陳舊，完全不符合貝里斯國的新精神。貝國不把首都定在這裡而放在貝爾墨潘，應當也就為此。

從來沒仔細追問，究竟是靠哪一個大國，貝里斯國規劃建造了她的新都，反正是有大國力量的支援；但在面貌上看著和澳洲的首都坎培拉很相像，當然在規模上真差得太多，不過唯因規模較小，也就不似坎培拉看著那樣肅冷與單調；少了許多建築與建設，卻多了許多人氣與人性。因為人口稀少，聚落分散，連市郊的民居住址寫起來都很饒趣，比如住在西部高速公路旁的村落，就寫為西高廿五哩、西高三十九哩，卻是以貝里斯城作為起點計算的，住在貝爾墨潘郊區的居民，就乾脆到市內郵局去租個信箱收信以求放心。而那郵局也就其貌不揚且小得比一所台灣小鎮普通民宅還差遠了。不過這都沒關係，毫不影響大家的知足與快樂。

這處僻遠小國，在種族上呈現了十足的多元化，紅黃白黑四色雜陳，但沒有誰壓倒了誰。馬雅族未嘗不想站在傳統歷史文化上爭老大，無奈人數太少，爭不過就不爭了，大家彼此融洽度日。來自台灣的華人某些仍屬財大氣粗的族類，但表現的方式除了生活享受，還在提供就業機會上，在貝爾墨潘附近的農園裡，老闆是華人，夥計卻是西裔、馬雅、黑人都有。走在貝爾墨潘的街上也是如此，彼此自然地打著招呼，不覺誰是弱勢一族，數目較多的黑人絕不囂張。擔負防守責任的英軍美軍，只在度假時穿得花俏一點，沒有什麼自認優越突出之處，大家都不爭。公民到了十八歲就有資格分地，不用爭，爭的只有五年一度的選票競賽，紅黨當政五年民生沒有什麼改善，老百姓就讓藍黨大勝一次，到貝爾墨潘的國會「山莊」去做新主人。

環保過分嚴苛是外國人對貝里斯的批評，認為已影響了經濟開發，但這也正是這小國的特色，樹就讓它原色的綠，水就讓它原色的藍；如果喜歡潛水就到海裡，去和魚做朋友，卻不能破壞牠們的生活環境。連動物園都是按叢林中的規格，保持野貌，並不是按人類的標準，布置、修剪成合乎「美化」的需要。依生活條件來衡量，這個國家實在應屬低度開發的程度，國都不也似五十年前的台中市，只不過今日台灣小鎮的水準，但是在市容的面貌與整潔上，卻是與「低度」畫不上等號，而這一功，並非拜特別藍淨的天空襯托所賜。往貝爾墨潘的十字路一站，極目四望，會不免嘆口氣：「這不是個落後小國嗎？為什麼人家可以落後得這樣恬靜、清潔、自在？」

貝爾墨潘市區集中，腹地卻十分廣大，四郊的村子都距離十哩八哩，村莊中的居民便更多元化，台灣來的人當然會住在新闢的社區內，村內其他族裔的住民分了地、自開井、自建屋，享受著在瓜地馬拉、薩爾瓦多等等的母國所沒有的自由與安恬，心中並無有加拿大、美國之類的「天堂」。

在紐約買一塊布料，到貝爾墨潘，找一位出生於瓜地馬拉，而於薩爾瓦多領取了裁縫師執照，說西班牙話的女「設計師」裁製了一件dress，穿到台北紐約去接受讚美，心中頗覺自得，像把貝爾墨潘的恬淡也帶回了台灣，帶去了美國，多麼低的物質慾望！這才像貝爾墨潘的思維！

小小的國家，少少的人口，窄窄的西高、北高、南高的公路幹道，幅員緊湊的國都貝爾墨潘，是為國家權威象徵，靜立在貝爾墨潘小山丘上，「小」有氣派的國會「大」廈，給人的惑覺是一種新國新民新世界的煞有介事的自重自信。這種氣質不屬於舊殖民地城市結構的貝里斯城，而屬於一九八一年立國後所建的新都貝爾墨潘。

貝里斯小國寡民，從未經歷戰爭與慘烈革命，四無強敵，人民更不好戰，彷彿國防戰備也不那麼重要，英國人曾忽視她，絕未好好經營，但也留下了純潔自然的原貌和英式的民主制度。不過，這也絕不是老子哲學規劃下的理想國，她也很入世，很人性化，頗適合俗世小民呼吸空氣。這種性格無以名之，用貝爾墨潘氣質形容，當是很適切的。

向馬普森太太禮敬

這就是英格蘭的易姆（Eyam）。

來到了 Church St.，沿街不管是某某的 House 還是誰誰的 Cottage，數處都豎著印有白字的綠牌子。居人告訴過客，這都是一六六五年到一六六六年黑死病大災難中死亡病患的舊居，當然並非是每家全都死絕，也不一定同一時間死光，但最慘的是漢克太太，幾天之內她親手埋葬了丈夫和三兒三女。

走！走！看過「故居」前豎著一塊塊記錄死亡人數與日期的綠牌，一直走到聖勞倫斯教堂，那等同村人精神堡壘的地標，庭院裡卻幽暗無比。

近一千年的教堂，庭園裡除正前方外，滿佈著稀稀疏疏老得字跡全脫的墓碑。老教堂似乎還頑強地保留了一些雄偉崇聖的氣質，但更多的是衰老、陳舊與沉鬱；至少在遠客看來是如此。追蹤到這以「黑死病之鄉」聞名世界的 Eyam，細讀過那些故事，站在這老教堂的院子裡，若是只有旅與遊的歡愉，便差不多等於沒心沒肺了。

佇立在馬普森太太（Mrs. Catherine Mompesson）墓前久久。其實毛毛雨已經停了，肅冷潮濕的英格蘭天空已經褪去了陰霾，但是在凱薩琳居住的教堂院落裡，空氣似乎還是陰鬱含淚的，即使是在天已放晴的午前時分，心裡的調子不由得也黯淡下去。幸虧陽光特別眷顧了這位「地方英雄」，至少在鏡頭中感覺不那麼有帶著水分的陰沉。北英格蘭的五月，竟有深秋的寒意，不像她離去時那樣的盛夏，令人會從心底冷起。實際上豔夏的八月末對她也沒有好的意義，反成了催命養菌的暖箱。

真的，頗能體會她當時的心情！現在流行穿越時空，心境也是可以穿越的，縱使兩個女子隔著三百四十六年，離著成千上萬里。身為妻子母親的平凡女人，有著相似性格特質的女性，在人種中可以劃為一類，靈魂自然能夠互通。將心比心，可以想見，當她的上帝真要接她回返天家的時候，她心中的感受。她應該和常人一樣，心如刀割針刺般地疼痛，牽掛著寄養在外地猶未長大的那雙小兄妹，和快要被重擔壓垮的年輕牧師丈夫。

曾如一般人同樣恐懼，同樣擔心，她要求丈夫帶著全家離開這已遭病原侵入的村落，但是當馬普森牧師（William Mompesson）決定留下來陪伴村民與黑死病奮戰，並為避免疫病擴散至鄰村，號召村民自我犧牲，嚴採封村隔離政策時，凱薩琳選擇了留下來以「牧師娘」的身分，共赴抗病大戰。

她決定站在牧師身邊，心裡即使已無天人交戰，壓下了矛盾，但仍有著母親的憂懼，存著對兒女的縈念，尤其是死亡隨時會來召喚的焦慮。假如夫婦都在身心力竭之後，蒙主恩接走了，成了孤兒的五歲的喬治跟四歲的伊莉沙白怎麼辦？他們的未來會變成什麼樣子？但這樣的沉重與沉痛卻不能表露，只能全力演出堅毅，支持丈夫，鼓勵安慰病患與他們的親人；有牧師夫人的裙袂仍在村道上巡行出現，就給肯於遵守協議，自制犧牲的村人，服下了定心的藥物。

按照計畫，達文夏伯爵捐出糧食與藥品，其他的生活必需品可以把錢幣泡在邊界石坑洞的醋裡，或是置入有流動泉水的淺井裡濯去病菌，周圍鄰村居民也願意做出各種實質的服務支持，在村村交界的無人地帶取錢與留貨，生活的問題都不難解決。凱薩琳必然勤於祈禱，早晚，乃至於無時無刻的禱告哀求，但即或可以暫消個人的軟弱，寧慰自己片刻，終究刪除不了死亡不知何時將至的事實。相信她的內心，絕對不會像她表現出的那麼誓死如歸，那麼堅強。只因她不是聖女貞德，只是一名被困陷在不能怨嘆，無人能助的苦痛迷網中出不來，念著一雙幼兒的三十三歲的媽媽。她竟是最後幾名的死亡者之一，想想，好替她痛！

也許牧師夫人並不願意人用這樣的心情紀念她？歷史資料早已給他們戴上了英雄的冠冕。

走！走！教堂街才走過一段路，越走越走不動，別走了吧，彷彿那麼些個綠牌子的主人的魂靈都跟著來了，Hawksworth 家連親人帶親戚一共死了二十五個人呢。不走了，不再「閱讀」這些，Eyam 人一定很不願將他們鍾愛的家園只停格在那段彷彿被世界拋棄的時空。他們自己都沒氣餒失望，外人沒有權利把他們的臉譜定型於沉痛悲戚。去發現他們的生活希望與明日歡樂的契機，是來客對他們的祝福和挽救自己情緒低落的救贖。

車行到教堂街轉彎處的 Square Eyam，在老天剛剛恩賜的豔陽下，已經沿街站滿了男女老少，原來今天是一年一度 Eyam 半程馬拉松比賽的日子。起跑與終點就在廣場中心，計時器懸在半空中，一秒一秒地跳著數字。健康的大人孩子在難得露臉的陽光下隨意地各樂其樂。

離預估衝線的時間還有一陣子，鼓掌聲中，幾名打著彩旗為癌症基金募款健行十三哩的少年先回來了，大家紛紛把錢幣投入他們手中的小罐子裡，施與受者都露出蒙福的笑容。那些從乳兒到幼童的娃娃，一刻不閒地東跑西鑽，不知所以地跟著興奮。非常特別的，那些兒童每個都像玩偶洋娃娃。哦！他們本來就是洋娃娃嘛！最搶眼的是老天給每個孩子都賞賜了新摘蘋果色的面頰，叫人不但羡慕，簡直要嫉妒；在紐約常見的美國娃娃，似乎還沒有那種含糖量高的自然色。

信息來了，有人將要到達終點，兩位女士帶出了兩名代表未來、希望與傳承的六七歲的童男童女，被護衛著的他們，煞有介事高高地扯起了彩帶。

第一名衝線了，是一位精壯的漢子。繼而，一個一個地奔了回來，再來三三兩兩地衝回來，接著密集地成群地到達終點。有人跟上去叫爸爸抱媽媽或夫妻擁吻，也有幾位爺爺同樣跑完全程。他們都是那些「倖存者」的後裔嗎？那些參賽者大多來自外地，但很多都是往昔曾生死互助的四鄉鄰村的人。

廣場上的場面，陽光、健康、活躍、歡樂。長跑了三百餘年後，他們的後人重建的社會再無瘟疫的氣味與恐慌。一個外人品味過有著歷史悲劇故事的教堂庭院，對比著馬普森太太後代子孫今日的生氣勃然，很愚蠢地有一種含淚的快樂。心裡雖仍存著憐惜與不捨，情緒已經過洗禮，從同悲的洞穴裡爬了出來。

沒有譴責這些出賣祖先歷史的為觀光資源的意思，也許因此這樣生生不息的後輩的做法，更能綿延先祖的人性光輝；儘管年代已久遠，那三百多年前的故事，故事中的真人，入詩，入史，入畫，也走入一年一度的嘉年華。凱薩琳是於一六六六年八月二十五日去世的，每年 Eyam 的嘉年華一週的歡會，就訂在八月的最後一個星期天開始。那天會有一次追思紀念禮拜，大家也一定會在凱薩琳的墓上獻一個玫瑰花圈。大家化裝遊行與烤羊肉招待四鄰的時候，仍沒忘記她。過客沒有獻花，只有誠心的禮敬。

C
華人文化圈

初次的文學小酌

到紐約後，正正式式第一次參加了讀書會，而且是自己親自到法拉盛圖書館去報名的。大雨之後的次日，趕去登記，已是超額的第三人。往昔不是應邀到某文化中心、某社團演講，就是到某某會堂、某某學校去座談，從無機會像少年時代的我，充滿了期待去參加一項活動；曾經期望有與書作相關的團體或組織來策劃這種人以類聚的機會，結果在偌大的文化紐約竟始終沒有氣味相通，可以說說行話的地方。無怪，在這裡我還是陌生人啊！

確然是充滿了期待，因為是在異國的土地上，讓大眾討論華裔作家的華文文學作品。相信與我同樣想法的人還不少，圖書館安排了三場，廣告出來才兩天，當月研討高行健作品的那場，人數已爆出太多不再接受登記，幸而還能出席次月的第二場討論王鼎鈞先生的新書《風雨陰晴》。對我，要獲得這樣經驗的機緣可不容易，須時間、地點、心境都能配合才行。

來美前捐出了百分之九十的藏書，原說過了要與書本告別，卻巴巴的去參加這生平的第一次讀書會，好不可笑矛盾；但沒法子，就是愛去。

就是那樣，不管多少人覺得可笑，自幼我就以「讀書人」自居，當長大瞭解到「讀書人」還有個士大夫的迂腐形象，我仍一點也不拒絕。士大夫固然常常四體不動五穀不分好像很沒用，「士」的有所為有所不為，卻是我自小到大身體力行服膺的圭臬，連最威權的老父的嚴令，我認為不合我為自己定下的原則，也敢於抗命不遵。老爹爹大去前不久還曾嘆著氣說：「妳呀！讀書已經讀迂了，就是理論太多！」對於爸爸十年前給的最後評語，雖然並不同意，我也只縮縮脖子自己暗暗做個鬼臉，吞下了這句話。爸爸的話不對呀，他老人家認為的「書」，都屬致用之學，完全沒對我發生「不良」影響，倒是文學的唯美浪漫與豁闊奔放，才偶會讓我產生野馬飛馳過心田的亂與幻。

在課堂裡我就曾向學生表示過，我是最不用功的學生，卻要做最用功的老師，我一定要把最新的資訊帶給他們，為他們努力做功課。在治學的範疇裡執著而自動，讀可以找到的書，一點都不覺得苦不覺得累。但心底卻最懷念年剛十五與一群丫頭共讀「閒書」的日子，那種自由無羈開放心胸地思想交流、腦力激盪的聚樂，則是無可取代的遊戲。冬日的暖陽下，盤踞在學校防空洞頂上，目空天下志氣干雲地高論書文，臧否人物；行為與心態當然幼稚卻不能說不曾有助長進。這應該是個沒有其名，但有其實，一種實實在在的讀書會。這經驗沉澱在記憶裡，變成遠去的思念和長久的嚮往。

多少年來的職業需求，不管教學還是研究，都需大量閱讀，固然是享受；尤其讀而後思，思而有所得，更有發明發現的驚喜。但是使命感太沉重，自己變成自身的「slave driver」，閱讀就成了嚴肅的工作；接觸文學作品每每也如手持解剖刀顯微鏡分析絕色佳麗之美，似乎有點煞風景。身處學院，每見學者們煞有介事地執理論的手術刀評文論詩，有時還意圖代作者立言，覺得未必符合作者創作的初衷，卻也得承認學術的要求題目正大。於今，都放下了。

人間有許多不得已，諸多客觀因素一環扣著一環……忽然就做下一個不得不的決定，申請了提前退休。立即的連帶反應是須將絕大部分的藏書，也提前捐出給一所大學，以免我的最最珍愛變成無處容身的廢紙。那天，當我在細雨中為那九十四箱珍寶灑淚送行，我也跟自己說：「好吧！以後就安心做一個不親書本的鄙陋俗物吧！」但人算不如天算，算不出自己的心情，不但割捨不了自幼的喜好，也常常想念我那些書，它們無恙否，有無得到我要求的善待善用？畢竟該親近的還是要親近，該關心的還是會關心，即或萍飄到海外，隱身於一處最繁華熱鬧的大都市，竟會注意到讀書會的冷消息，然後對自己說：「我要去！」

會前的幾日，接到了一個電話，是圖書館國際資料處打來的，彷彿熟知的口氣，問我屆時是否參加，我給了肯定的答覆，主事者提醒我可以到圖書館借書。我很謝謝他，告訴他我已有書。從這次的事發現，多年帶別人念書的習慣的影響，使我有了徹底的改變，我不再以不屑用功瀟灑隨興而自豪（多麼不成熟而膚淺的瀟灑），既然要出席，就該先做點功課，不再囫圇吞棗翻過就算交差，我真的將一冊三百七十四頁的《風雨陰晴》速讀一遍。這樣雖不能教會自己什麼，但的確可以啟迪許多思考。滿有趣的，我一如以往精讀學術資料，貼上彩色標籤再用鉛筆在書眉上做下記號，這是我自八歲讀大人書以來絕少有的事，我，真是進步了。

習於面對大場面的，來到一個不到二十人的會場，不免要為主持者擔心，如果大家都秉承中國傳統，在公開場合惜言如金，這會便完全達不到切磋的目的。不過，八方人士會紐約，既是各方碩彥齊集，應該有點聽頭吧！

會場上正是那樣的，與會者年紀跨度很大，性別比例雖還算相當，卻因個人行當的差異與來自不同的地域，對這一本書的領會，就有很大的差別。或許是受寫實主義先入為主的瞭解，比如後來有位先生說他對王先生寫些什麼有些……那麼不容易讓人「懂得」。我忍不住多嘴，從創作的立場，創作語言與思維激盪的結合正是形成風格的要件，突破與創新是每個作家自我期許的境界。王鼎鈞寓言型態的散文，已屬一種精緻，就是不開門見山告訴讀者什麼，要人透析字面之後的寓含，就是要像王鼎鈞所說的，體味「話外的話」，這是作家對大眾的一種高估，吾人可以試著體會。

有人什麼都不說只專注地聽，當然如果現場剛剛拿到書，不曾讀過，那就只好聽了。也有的中國人的老毛病又犯了，只客氣觀望而微笑不語。主持開會的謝女士便開始點名請人發言，我也被點到要我說說意見，做了功課硬說未曾思考，那不是我做人的態度，只能不作謙讓地說我想說的話，倒要提醒自己，簡短達意就好，千萬不要講得起勁獨霸論壇，自己不以為然的，不可那麼作。

「冷眼觀盡人間事，熱筆揮灑真情文。」因為不宜多言，我先用一句話來為這冊結晶性的作品作了這樣的一個歸納。之後，說出這書特點的我見，這本書上蘊涵了愛情、親情和鄉情。很多人說王鼎鈞不寫愛情，寫的多不屬實，但說全不寫不確。比如「紅頭繩兒」雖然寫的古典而含斂，卻讓讀者感到沉澱心底刻骨銘心的迷醉。而著墨於和母親的親愛，點點滴滴卻十分深刻，在「一方陽光」裡，為母親找頭髮上的蝨子竟也成了頂暖人心的畫面。讀書豈可僅讀字面上的東西！

糧草已然齊備

對自己食言了！把百分之九十的藏書都捐掉以後，發誓不再買書。沒處放它們，同時也再無恣意享受的經濟能力，而且將來處理起來又牽腸掛肚。可是，幾天前我終於去把那套逛過三次書店買不下手的書買了回來。

心滿意足之後，對自己也很好交代，第一個理由是 Bayside 那個讀書會四月的例會請我提出報告，我選了這部雅俗共賞的實用史書「康熙皇帝一家」；屬於自己的東西才好隨便眉批做記號。再則，不久前因為朋友做了一次新書賞析，獲贈兩張書券，添點兒銀子便物盡其用，不然也辜負了人家的心意。

讀書會中擔任報告的責任在於替大家讀書，思之者再，決定迎時，選一部與歷史有關的著作，所以選了這套書。作者楊珍女士是中國社科院歷史研究所的副研究員，之前原在北京的第一歷史檔案館工作，有十年翻譯滿文檔的經歷，可以使用多數人看不懂的資料。選定此書的另一原因，是不欲打愛讀史書者的殺威棒，儘管學者們批評使用資料仍有其侷限性，內容卻很豐富具可讀性，文字流暢活潑，不若許多學術論著冷硬乾澀，只適合於專業小眾中流傳覽閱，這書一般人都可「悅」讀。關鍵處均註明出處，註解是很好的資料索引，但不會成為很多人認為的絆腳石。還有一個目的，我可用以作為主軸，引伸說明時下大家極感興趣卻又往往被誤導的清代制度與習俗。以及還可以附帶就近年流行的歷史小說與戲說王朝、大帝類的電影電視做趣味性的探討辨正。

很慚愧，現在讀書真的已變成純粹的消遣，作者心血之作卻被我用以消閒，但雖然如此，我沉心細讀的態度是嚴肅的。縱使我老把自己關在家裡埋在書堆中，讓家人不放心，我就是愛這樣的消閒娛樂。八歲始讀大人書，可以說是由於興趣加求知；出了學門為人之患後，不管教學抑或研究，勤讀乃是工作和致用，無論多麼乾巴巴的舊紙殘篇都能沙裡淘出金來，固然也能愉悅自己，其目的卻非純找樂子。現在純為「尋歡」，自從為了與家人團聚，隱遁到這世界第一大都市後，便似誤入沙漠的遊魂，儘管並不孤單，卻常常覺得將要「飢渴」而死。直到發現「希望」就在眼前，原來近鄰那新蓋起來的大樓是圖書館，以後我便如那從不藏書的學者錢鍾書一樣，很不客氣地把圖書館當成自己的書庫。不！是綠洲，是糧倉！

這幾天已開始啃這部新到手的書，可是正如父親對我的評語，讀書太迂的毛病又犯了。既然要開講這本書，除了自存的史籍，更去把相關的傳記小說論文都借回來，每次一大袋提得氣喘吁吁。書一疊一疊地放在茶几與沙發上，交互參看，還沒等到大家一起討論，自己已跟自己析評論爭很久。

又有暴風雪的警報，小妹電話又來了，提醒須先去買些吃食儲備，以防大雪封街和雪後一街薄冰泥水出不得門，孤困高樓，淪為餓莩。

「糧草已然齊備，不怕下雪！」這是回答妹妹關懷的話。確然如此，上次兩日大雪，厚達二十五吋，前後三四天不曾出門，因糧秣充足，毫未受苦，特別拉開窗簾，窩在專用的寶座裡一邊觀雪一邊享受我的書餐，南面為王不易也。就是在真的弄點東西到小餐桌上餵自己，在三明治裡再加一片「書」菜，其味更佳。

又要下雪了，怕什麼，趕快先去圖書館拎一口袋書回來。

真的！下雪不怕，糧草已然齊備！

發現珍珠

王鼎鈞先生在他的回憶錄第三卷《關山奪路》的序文中，最後一句用黑體字寫著「珍珠不該是蚌的私財」，對我產生了振聾發聵的作用。正是那樣，屬於一個大時代萬民庶眾的東西，儘管是極個人的經驗，也是那時代的一部分。就像我在很多場合，喜歡對「史盲」所進的逆耳之言：人可以厭惡這門考試需要死背（其實不該死背）的科目，可是沒有人逃得出歷史；即使蓄意隱遁逸入深山莽野，也仍是時代的一個面象。

按我讀書的習慣，常常是先粗閱，然後細細品味二讀，消化吸收三讀；當然某些書籍我僅稍稍翻閱便會歸檔。一位熱心的老友搶先贈我一冊《關山奪路》專送到家，他知道我的期待。對於此書，我略過了初閱逕行二讀。閱讀中，我常會停下來，中夜繞室而行。不全是因為如很多人所言的讀來「心痛」或是「驚心動魄」。想得很多，包括會揣測作者「收藏、諦視、摩挲」他的那些「紀念品」，是什麼樣的心情。是撕開淒愴、哀苦、無奈的陳年大痛把傷痕畫在紙上，還是以看前人事的入定沉澱而後，把個人的經歷、體驗、成熟的思憶，變成全民史詩的一個痛苦的小節。

這冊回憶錄，真實、深刻、細膩、沉重地刻劃了那個大官小民都無能為力的時代。劉知幾在《史通》一書中要求記註歷史者不掩惡，不虛美，用直筆。但那是史學的要求。王鼎公用曲筆描寫敘事，是文學的境界。較之史學的不含一丁點感情的秉筆直書，就更多了一份生動與震撼。但依將心比心的想法，不管用哪一種心情下筆，無論怎樣都是很痛的，肯著墨成書需要勇氣，很大的勇氣！

在二十年前，甚至有的作家大哥問我是否生在台灣，我當然認為那是在尋我的開心，我哪有那麼年輕啊！鼎鈞先生的閱歷我沒有，但是中國史上的那個片段我也曾走過。當離開那片土地時，我已不是父母手牽懷抱的小小孩。已上了初中，會觀察，會思考，會憂慮！憂己之憂；憂父母之憂；憂整個如沸騰的大湯鍋內千千萬萬螻蟻般的萬民之憂。不過十三四卻有三十三四的憂患愁苦。鼎公書中的內容雖超出當年我知識常識理解的範圍，那樣的感覺感受我可以領會。至於他所載錄的山東子弟到台灣後於逆境成長後的傑出，我不但可為見證還能補充，所列舉的人士，一半都見過或認識，他們的奮鬥成材是我永遠敬佩的，很高興王先生的如椽大筆為他們留下紀錄。

我不是蚌，我不知將珍珠硬生生從蚌殼裡剝離會不會有撕裂的痛。我很想只做一個不會動心的賞珠者，可是要吾心不動很難。定居此間後「賞珠」成了我唯一能做的事，其實我一向是一個真誠的賞珠人，或者是發現珍珠的愛珠人。我常會感謝，如此的幸運，當我不得不提前告別了講壇，割捨了以「架」為單位的藏書來到此地，陷於精神的無產階級的「鬱卒」狀態時，就在我的近鄰，新建了一座圖書館，取代了我以前的書庫。我可以放開眼界，來發現發掘智慧中的智慧、珍珠中的珍珠。如此開心，又可以維持以往為解一書而廣讀群書的習慣。以前是喜好加需要，現在是純粹的自己跟自己玩的一人遊戲。

「隨緣書香雅集」八月的例會，排定由我提出讀書報告，而且指定了一本書《往事並不如煙》作為探討的主題，我欣然接受這個功課。倒不是因為這是一本在海外與台灣暢銷而大陸禁售的書，讀書本身就是一種快樂，再加上可有書伴共同切磋討論增添趣味；若有仁智之爭之辯就更有趣了。提出讀書報告雖不像以前發表學術論文特別強調教授應有的「創見」，但是若能有機會提供個人獨有的體會和領悟，那種愉悅的感覺是同類的。《關山奪路》

與《往事並不如煙》，這兩書在年代上銜接而視角各異，但正可以互佐互證。一九四九年以前受命運支配的年輕小軍官王鼎鈞，還享受不到那個時代精神貴族的生活，但是《往事並不如煙》款款曲筆下所顯現那個世界精神貴族後續的記敘，正可以說明王鼎公決心闖越關山，奪生存之路的先見。在八月的報告裡，我必然會帶著《關山奪路》來幫我分析《往事並不如煙》的創作。

「珍珠不該是蚌的私財」，促我省思，予我棒喝。世間有各種不同的蚌，有不同等級的珠，都有它們各自的價值。好言多事，對任何人都不是好的評價，一個平常女子很自然的不願意得到這樣的品評。俗世規則每會讓人變得極有修養，甚而鄉愿。我也難免入世隨俗，懼謗懼抨，縮起脖子做人，退卻比前進勇敢。國人常說一字之師，《關山奪路》代序「名詞帶來的迷惑和清醒」中的最後一句，點醒了我的本性：「為當所為，不再瞻顧」。

讀一讀阿修伯的心念

獲贈一冊阿修伯的新書《良性台獨，以獨攻獨》，很感謝他誠懇地表示希望聽聽我的讀後意見。有人說劉兒的事兒不好應承，弄不好會戳到虎頭蜂窩（比馬蜂窩還厲害）。我想這是多慮了，因為與他雖然不算近友，也是常見的真正文友，知道他是一位耿直方正的性情中人，儘管兩人的意見很多不同，他也不曾把我當箭靶子，好好修理。況且假如文壇也成一言堂，該多麼煞風景，阿修伯不至無趣如此。

一般人都不明白他說的究竟是什麼，目的何在，只見他十分心急，要把他的主張讓別人接受。就像早年我學生時代，那些身著白背心到宿舍來抓人聽福音的宣教人一樣，急切地要讓我們得救。現在終於瞭解他聲嘶力竭推銷的是什麼理念。說句老實話，讀阿修伯的文篇雖不一定認同他某些看法，卻常有鼻酸的感覺，他真正是最愛台灣的人。但不管是哪一種愛國者，似乎都覺得他忠言逆耳，把好好的一個血性男兒的劉先生，形容成了彷彿是唐・吉訶德，好不寂寞。事實上像我這樣少小移根深植台灣的人，要我們不愛那片土地是不可能的，可是偏偏有人認為這項權利只屬於自己，狹心症的病情真是太深了。想想這幾十年的日子，現在的台灣確然是如那位李院士所說的，人心方面愈形向下沉淪中，浮躁、短視、膚淺、盲動。社會反向地變，讓想安安分分過日子的人也有了不知所從的焦慮。有些人更罹患了政治歇斯底里症。由隔一段時間發一次，到現在時時爆發；由國會殿堂到菜市場都有這類患者。台灣怎會變成這樣？

在台灣我常坐計程車，不太老的運匠，好與乘客談「時事」，所以那也等於一個民調的來源，好幾次被問到「妳說哪一位總統最好？」因怕被趕下車，我都不回答，反問「你說呢？」除了一位說是李登輝，因為他開始了全民投票普選總統，其他的都說是蔣經國。為什麼，他可是威權領導啊！管他怎麼領導，老百姓過好生活最重要！正是那樣的，先知者曾有言「民為邦本，本固邦寧」，其實老百姓要的不多，只想有尊嚴，安全、安定、安心地過好自己的日子。但是台灣的情況特殊，不那麼簡單，因為時時還有人想把這個海島壓到水面下去不許露頭。然而不管叫中華民國還是台灣，正似那位李老先生昔年曾說的「不管誰承認不承認，中華民國已存在八十四年了」。

好有骨氣的總統，台灣的人曾為他大聲喝采，因為台灣人除了自由，也還要維持起碼的自尊。

沒有人想到，那個自稱為蔣經國學校畢業的人，竟以「岩里政男」的心腸來治理這片土地。其實大眾從他見蔣那張只坐三分之一椅子的照片的表情，應該瞭解到他是哪一種人。在他的運作下，台灣變了，政治家都不見了，只剩下政客專搞挑撥族群、撕裂感情、扭曲事實、鬥權弄錢，從政黨輪替中獲取自身的利益，給「愛台灣」做了最醜陋的註解。每一次選舉，全民都傷筋動骨像兇險地出一次痲疹。平心而論，立法院大多數並非都屬不讀書，沒有腦子，不懂道理，缺乏專業的市井粗胚和惡霸，可是一到議場就失去了理性和風度，心中再無選民的福祉，只要把對手K死獲利就好，政黨政治變成營私政治。難怪有人把這些民代與唯恐天下不亂的媒體、所謂的名嘴並列公害。偏偏那些沒出息的官員，有專業與道理也不爭個明白，竟常常對無理無禮低頭。憋了一肚子的氣，回到自己的「廟」，再把怨氣出在下屬身上。台灣恐怕是世界上最官不聊生的地方，應付立法院的刁鑽之輩已筋疲力竭，不能集中心力於負責的業務。而連帶的把原本敦厚善良的民眾也養刁了，會鬧的孩子有糖吃。現在再也沒有「趙鐵頭」那樣硬頸的人物，當然更沒有了尹仲容、李國鼎、陶聲洋、孫運璿、李達海那樣眼界開闊、氣度恢宏，有古大臣風範讓人服氣的官員。他們都是外省人，他們為建設台灣鞠躬盡瘁，都埋骨台灣。

大家都好奇，阿修伯標榜自己是「良性台獨」，怎樣區別那良與惡？阿修伯在書之五十六頁說得很清楚，惡性的特點就是「三小」……心胸狹小，眼光短小，志氣卑小。「而良性台獨自知，台灣多數是淵源於中國大陸，因生計困難才冒險渡過黑水溝（台灣海峽）來台謀生，對唐山祖國並無仇恨，大陸帶來的生活方式，風俗習慣，宗教信仰，大體上仍是漢文化的一脈相傳。雖然免不了與土著原住民婚媾，基本上與大陸差異不大。良性台獨是寬大包容的，絕不分類排斥，承認我們也是華裔華人，疼惜中華文化，血緣與大陸保持同文同種，血濃於水，相親相愛，相通相助，互利互榮的關係。」儘管那相通相助互利互榮的境界，有點一廂情願，不容易做到，他說的這些話都是理性正確的。看阿修伯的標準與定義，我倒忍不住笑起來了，看來大多數台灣人的思維，都算他所說的良性台獨啊！

很多離開台灣太久的人，對於沒有過客心理先來後到的台灣子民，不甚瞭解，往往對這種心念嗤之以鼻。反過來想，別人把你不當人，難道自己還要自己輕賤自己?!縱使西瓜偎大邊是人性之常，但做人還是想做個自己當家作主，不為附庸有完全人格的自由人。

從劉先生的書更深層地瞭解他這個人，他不僅是會扎人的刺蝟，也是一個用腦筋的熱情人，雖然我不同意他凡事愛政治解讀，我仍尊重他的執著。特別要提到一點，他常常提供了許多眾人不知有關台日關係的資料，比如「台灣民（兒）政府」之類的，讓我這從事歷史工作的學究也很佩服。當然那些東西若肯用心不是找不到，但畢竟還是沒下那個功夫，對於肯替讀者費心讀書的人，我就佩服。

前不久聽說他去參加保釣大會，遭到排斥，被人抬出了會場，那些人都是誰？為什麼？阿修伯不是保釣老將嗎？紐約不是全世界最開放自由的嗎?!有人說林子大了什麼鳥都有，逐他出會場的是哪些怪鳥呢？怪鳥多多也是紐約一景。

已然的必然——紀念菲華文壇領袖本予先生

請繼續努力！相信本予先生在告別之際心中有這樣的意念。如果是我，我會這樣期盼。

不敢（或者是不願）相信台北傳來的消息，特別上網核查資料。按理這樣的信息當然不會有人亂講，就是愚人節，也沒人敢開這樣的玩笑，儘管網上的東西並非一定正確。所查的結果，證明確實，連出殯的日期，停柩的所在都刊出了，還有什麼可置疑的?!本予先生真的走了！一時之間，心裡不知是什麼滋味，不是哀痛，我們不是常相左右的密友，我們只是有志一同相重的君子之交。當然，心中還是有一點悵痛，又走了一位貢獻於華文文學的有心人有情人，感到一種無限惋惜遺憾的失落。立刻的迴思，將心比心地設想，他是有著牽掛的，除了對若莉與兒輩的依戀，他一定想的是：「我得先離席了，同仁們，請一定繼續為我們共同的文學志業努力！」

距我們在廣州會場又一次的相逢，不過五個月。那時他雖不良於行，精神尚好。當然，在有些人如果按他的健康情況，必然早已回家安心養病了。他沒有，仍積極執著地投入他決心奉獻的文學活動。某些人開會如蜻蜓點水，多留時間辦自己的私事。本予不然，他頂多是無法參加會後旅遊參觀，卻貫徹始終認真開會；走路不行，坐著輪椅參加。平時，他似少言寡語，但以行動表現對推動文學事業的熱誠與意願。沒問過他從何時開始走上這條路的，但知道他堅持到最後的時光。

什麼時候結識本予的？很難確定，猶為中學小女生的時候，曾經為到台灣賽籃球的菲華隊加油助陣，惹得在地的球隊認為這些小丫頭胳膊肘子往外彎，對我們嗤之以鼻。同學們和我別無他意，一方面覺得人家球打得出彩，另一方面要對遠歸的「鄉人」表示慰問之忱。但我不記得本予跟的什麼隊，在哪個時期到的台灣，打的什麼位置球技如何，只記得鼻子扁扁的蔡文華，還有高大威猛的葉克強很了得。但我的同學也記住了林忠民，因為他們認為此君最英俊挺拔。個人的毛病之一是記性太好，二〇〇〇年在昆明因高原反應的昏迷影響了記憶以前，頭腦堪比電腦，過目不忘。所以在第一次真正與本予見面之時，我的腦海裡立刻一陣搜尋，難道這林忠民就是二十多年前的那林忠民？但不好冒昧動問，直到後來見到陳若莉，若莉證實了我的猜測。

這是所有的人都忘光光的事，我還記得，只是那樣的知道根本不是認識。

一九七九年台灣開放國外觀光旅行，著作權人協會決定文化出訪，由林海音任榮譽團長，司馬中原是團長，趙淑敏為副團長組成東南亞文化訪問團，第一站便是馬尼拉。也見過一些人，那時菲國猶未解除戒嚴，恐怕必須入境問禁，應該沒有很多互動，見過本予嗎？我有家庭「義工」幫忙打下手蒐集資料，那次的出巡，別地都蒐集到大量的報導，唯獨有關菲國並無一字紀錄。一九八一年十二月，在台北舉行了盛大的「亞洲華文作家會談」，亞洲各地作家菁英都趕到台北與會，台灣由各文學社團共為籌備單位，我為代表之一，忠民先生則為菲華代表團長。這是一個真正的開端，不但亞洲作家協會當年在台灣註冊成立，有很多後續的活動也從此展開。

次年，一九八二年馬尼拉的新疆書店與台北的國家書店合辦馬尼拉第一屆中文書展。我受命為團長率「中華女作家訪問團」前往，並配合參與多項文學活動，頗有對當時菲律賓的環境「試水溫」的意思。這是菲國解嚴後的第一次的文藝界大行動，應該算是菲華文藝復興的指標。因為自那次活動以後，風平浪靜，無有是非，才可以放開手不斷邀請作家去造訪。那次與本予便有了密切的互動合作；說合作未免太誇耀自己，雖然可能表現得還不錯，以至在二十六年之後，台灣國家書店的老闆林洋慈先生在紐約與我巧遇，儘管我從來不曾認識過他，他卻立刻認出了我，他說他很記得我當年的形象。事實上我們是按菲華朋友的需要去服務支援的，不但送出所能給的，我們也曾收到林忠民以及諸老友的照顧、呵護與安全保衛的溫情，我稱之為進補。

書展剪綵、數場演講、幾次座談、聚宴致詞，還陪伴羽書至鄭氏宗祠祭祖，到作文比賽現場給參賽學生鼓勵打氣，七天的日程結結實實，好在那時還年輕。而那次得到的感動是有眼淚的，所以後來在很多各地區人士齊集的場合我都不怕挨罵，著意強調菲律賓的華人無論對文學抑或對遠道而去的同胞，都是最熱情篤誠的，假如他們願意，我可以把他們當成終生的朋友，本予就是其中的一人。當時結交的文友亞薇（蔡景福）、王國棟、許芥子、亞藍都先後遠去了，現在輪到了林忠民這位老大哥回返「故鄉」。我從若莉的《九華文集》中找到資料計算，他已是十足八十四歲的高齡，可算得是福壽全歸。他的大去是我們大家的損失，但就他個人而言，應了無遺憾了。

一九八二年在我三次訪菲的經驗，印象特別深刻還有一個原因，除了大環境異於他地，內容多彩，還有一項特殊的遭遇，就是遇上了所住的酒店因勞資糾紛員工罷工。主辦單位把我們安排在市中心的 Ramada Hotel 原是為了大家方便，不料趕上了他們每年一罷的風口，殃及池魚。那天，我們進進出出感覺越來越不對，房間缺這少那無人聞問，工作的人員越來越少，大門口台階上舉牌叫鬧的越來越多，根據以往我碰上他國的機場火車罷工的經驗，我這「團長」想起了責任，開始憂慮擔心。小心地探問「要緊嗎？」但是晚上的座談會還是照常去了。不過在開場前得知要給我們換個旅館。待回答完最後一位聽眾的問題，十點多鐘回到 Ramada 酒店，大堂裡已死寂一片，除了櫃台裡一些理字號的人物在等著為我們辦 check out 的手續，已沒有其他的人。我們慌慌忙忙打包完畢，就被送到馬尼拉大飯店。馬尼拉大飯店!!這家飯店是眾大飯店之首，總統經常宴請貴賓的地方，因為林忠民的身分，在任何情況任何時間，該酒店都要為他的客人保留一些房間，我們才能被臨時塞進去。於是我住進了永留記憶的一五〇七房，每天可欣賞馬尼拉海上落日的房間，給了我許多創作的靈感與素材。

在那之前，本予也曾有機會跟我閒聊敘談，但沒炫耀過自己的能量，反是在我們共同的文藝志業之外，也曾談到經營事業的甘苦，比如他提到前些年自台灣寄煙草貨樣回菲國，受到近於找麻煩的刁難。那時我有幾個專欄，常發具公信力的麻辣之言，返台之後，我透過管道「拿言語」，為本予討公道，但未敲鑼打鼓形之於文字，因為我不瞭解全局，不敢多事，怕說錯話陷朋友於窘困。但從他說的，我頗能體會顯然本予也有他經營的辛苦，能有力量獻出，組構基金會，背後也有他不說的奮鬥的艱苦。

後來我到東吳大學擔任專任教授，無論寫作與活動都必須淡出，呈半隱的狀態，不只對菲華，對所有海外的朋友都遠了。直到提前退休依親美國，又漸漸回到圈內，本是老馬回廄，卻似半個陌生人，縱情懷依舊，很多事與人已有了時空的隔閡。隔了二十餘年與本予先生再見，他正像我的一面鏡子，歲月都為我們染上風霜之色，之間也彷彿間隔著二十年，已不宜像當年那樣直來直去笑談絮語，各訴甘苦。我們幾次會場見到，只是含笑問好握手為禮而已。但是想起可紀念的一九八二年，我仍把林忠民當作可尊重的年長朋友，因為我們共有那菲華文藝復興契機的一九八二年。關鍵的歷史是已然的必然，是無可取代的。

「教讀」，掰掰！

那年，到美國來度暑假，無意間在電視新聞中看見了他。姓名對，地方對，面容身形也對，連小麥色的頭髮也一樣，應該就是他，過了三十年，仍可認得出來。瘦人佔便宜或者也是不幸，容易被認出來。沒有厚脂肪層的遮掩，原來什麼樣就是什麼樣變得少，頂多是 size 大了一號的面龐稜角不再那麼尖銳，讓歲月削去了青澀桀驁增添了穩健自信，反而有型帥氣多了；至少在那群啤酒肚中，顯得鶴立雞群，用「英挺的政治家」來形容，絕對稱得上。就是職業出乎人的意外，參議員欸！可能嗎？

按他的指導教授所導引的道路，應該是研究清代史，或者是雍正朝的政治或財政的學者，不該是國會議員。難道是他的老師終於承認「此路不通」放棄了他，他也認清了自己不是那塊料兒，不再自苦苦人，不弄學術而去玩政治?!見他面對群眾和鏡頭一派瀟灑倜儻意氣風發的樣子，可以說改變路線是非常正確的。看到參議員的他，想起我那鮮綠年華中的困惑，不再生「名學者」的氣，被誤的學生，到底闖出一片天。

在「播種化外」（早歲狂妄的自詡）的行當裡，也打過若干年的滾，什麼樣的人都遇見過。就像如來佛或王母娘娘一樣，妖魔鬼怪都可收服，最多被取個外號叫「slave driver」。只有對他感到挫折，彷彿種籽撒在石田裡，辛勤耕耘不見收穫。那時儘管入社會不久，對自己所選的行業可很有自信，碰到他卻有些使不上力。他在美國那所大學的指導教授是華裔著名的歷史學家，但似乎對他的學生用錯了方法。也許是我對語言教學中心主任說的話影響了排課，表示不愛教「你好嗎」、「媽你好」、「你媽好」類的課程，除了教人說人話，用得上我的專業最好，我不怕吃苦。所以便把史帝夫「配給」給我，因為他是清代史的研究生，專門研究雍正的。

一對一式的教學。他來了，是帶了教材來的。影印了十數頁「雍正實錄」，他一份我一份，有關「火耗歸公」的資料。讀清代檔案，解析雍正，都沒問題，出學門不久，教而後知不足，多花功夫預備我十分甘願，但是怎樣告訴他，他們習用的方法有問題，那是緣木求魚的偏執。第一個難題是他聽不懂標準白話國語，因為他的經驗是直接從讀文言文入門的。好吧，也行！但是又識字太少，就像連《三字經》還沒讀通就想讀《左傳》。真的很累，但我還是很用心，希望有一點點收穫。不！就像書僮照顧木頭腦袋的公子讀書，他認準了呆理，得將就配合他。還好，把那些資料順完，四個月過去，他就回國了。臨別贈言，坦白地告訴他，他被耽誤了，方法錯了；連走路還沒學會，豈能跳高。

忽然想到，或許他那位老師的目的，就是要他尋一位「教讀」伺候洋秀才讀通那點東西而已。因此雖然他執禮甚恭，我心裡還是不愉快，不是對他，而是對那位大名鼎鼎的前輩，覺得他領錯了路，浪費了我的精神和時間，也糟蹋了學生學習的機會，而且間接打擊到學生的信心。尤其硬塞不合宜的教材不容我設計課程，很傷害我的職業尊嚴。後來又送來一個史帝夫的同門學弟，真是不死心！不過不讀檔案了，以華人撰寫的歷史故事為教本，反可以誘發很多相關的討論，忘了名字的那位老學生（比我年長數歲）說他最喜歡的是曹操。很好，總算能表達對歷史人物的分析與意見。可以「哈……哈……」不斷地玩上課，學生常覺兩小時過得太快。

教學進入佳境後，也玩票地擔任過啟蒙的課，從發音開始，像耍猴兒一樣，十八般武藝全上，帶他們入門。算了，還是延續從語言走入知識的路徑吧！也曾進入文學的範疇，但只有一位女學生能讀《紅樓夢》，其他的如

《城南舊事》、《又見棕櫚‧又見棕櫚》、《人生試金石》、《雅舍小品》等等都曾作為教本。西洋學生最不喜歡的是《水滸傳》，他們置疑中國人善良愛好和平的說法（某些教材上說的）。怎麼那麼殘酷！把傷害別人不當回事，殺人放火毀人家庭的悍徒會被當成英雄豪傑?! 只能解釋那是亂世，人性受到扭曲之後的社會，小說總是抓住最突出的現象為抽樣，甚至放大鋪陳表現；水滸的被稱為才子書，最重要的是人物的塑造。

現在很不同了，華人教學已成熱門才藝，偌多的學院學苑成立，不知都端出了何等的牛肉。好像建立了一些規制，生產線上全按計畫系統地進行。其實以往也有，不過也容許少數或個別進入更深的文化層，不只在皮毛上蹭來蹭去。當然也發現過，一些從業者內蘊與功力不夠，難免蒙誤人子弟之譏，而今日的後輩許多基本功好像更不夠，台灣國語、東北國語、廣東國語……的發音反倒成了細微末節。

確實非常投入過，但當樂在其中，喜孜孜地抬起頭來看看身外世界，赫然發現，還是無法找到應有的社會位置，某些教授一聽說我在語言教學中心任教，那眼神……好燙人，國人還是把這一行業看成了「教讀」者流。那時恰好在研究資料中，找到洋人代管中國海關時的職員名冊《新關題名錄》，發現原來為洋大人語文哺乳的「教讀」，地位僅高於轎班（抬轎子的僕役）。是可忍孰不可忍，歸去來兮，扔下粉筆，不玩了。不是教授們輕視這一行嗎，我就不作教讀，偏跑到你們的跑道上去競走一番。努力再努力，用功再用功，讀書、寫書、教書，同樣用知識和熱情服務社會，吃再多苦也要在另一個跑道上跑出成績來。歲月悠悠，就是這樣地活了下來，起跑點是晚了一步，退出跑道時，已是資深教授。

回想那一段中華文化在全世界都還沒怎麼熱的時候，已開始輔導那些染上「熱症」的男男女女。有什麼收穫，最有趣的是年末三十，卻曾真正做過「媒婆」，以媒妁之言，說動一位同事娶了一位傑出的澳洲女留學生，做了祖父母的他們，至今生活美滿。很不在乎那些有形的紀念品，以及門下出過幾位大使議員、學者專家、企業領袖，而是優良的成績、敬重的真情。

一位多年不見的學生，在他病篤將辭人世之時，悄悄撥了一通越洋電話給他昔日的老師，on sabbatical leave 的老師沒接到，又輕慢地沒及時回應。多年以後當我串聯起整個的過程，細查了時間點，獲知那是最後辰光的訣別時，愧疚幾乎使我崩潰。前年冬天於赴台北開會之便，特地專程飛去日本造訪他橫濱的家，由他的妻子陪著去他的墓地道謝他並向他致歉。他安慰了我，讓我繼續相信世間是有篤誠的純情存在的，我的「教讀歲月」並非全屬浪費。

如今無論從制度還是從待遇（精神的與實質的）著眼，以前那種偏頗的奇遇已不再。恭喜！祝福！「教讀」，掰掰！

可創造與不可創造的——淺談創作歷史小說的一個特點

五月裡受邀到休士頓為美南華文作協的活動提供一項服務，做一場演講，我欣然接受這項邀請，實際上是實踐一個多年前許下的諾言。說了話算話，做人太頂真、做事忒認真，雖然明知這是我性格上的缺點（假如要讓我進入小說成為小說人物，在作家的筆下可以渲染出很多的故事與情節），卻無法改變這讓我吃足苦頭的毛病，答應過的事就要做到。因此儘管時過境遷，無論面對個人心境抑或紅塵態勢已意興闌珊，但當又一次舊事重提，我並未多做考慮便決定「踐諾」；我對自己說這是我早該做的。

主辦單位的熱心激發了我的熱情，我真的想貢獻一得之愚了。能如一粒小石投入水潭，引發有共同語言的朋友就一個主題來一場討論，應該是很愉快的事，所以不拒「遠征」。他們向我索取講題的大要，我不怕費事，我說打算講「歷史與歷史小說」。可是由於這個題目兩年前有人講過了，我便改了內容，談個大家易於切磋的論題「小說創作與小說審美」；但是在這個大題目之下，我仍想約略說說歷史小說中可創造與不可創造的我見。

近幾年歷史小說與以歷史題材的電視電影簡直流行到氾濫的程度，反造成對大家共有的歷史的凌夷，讀者與觀眾無法分辨什麼是發生過具有影響的史事，什麼是作者編劇者所發明的「歷史」。於是，許多人遂以非為是，從那些東西得到的「常識」、「知識」深植腦海，牢不可破，再也改不了；有時還會有父母用接收來的「資料」、「資訊」傳授給他們的孩子，而且這些男女老少還不全是沒受過教育的。老天！真令人要叫老天了！竟是這樣的，怎麼是這樣的？讓我們這些在課堂裡嚷嚷過多年的「族群」既氣餒又困惑。

不久前有影視導演對這個現象說話了，大意是歷史學者不必為此感到憤怒，不要太追究劇情的內容，影視製作的目的僅在供大眾一時的取樂。意思彷彿是定位於娛樂商品，便無可不用其極地瞎掰將歷史竄改。心中確實怵然，這是什麼論調？不對呀！許多導演、編劇、演員不是都出身於藝術學院，強調奉獻於藝術創作嗎？深思之後，我並不如他們所形容的「咬牙切齒」，同情之心卻油然而生，才情與知識不能交融，才情駕馭不了知識，對於一個藝術工作者是多麼悲慘的事，的確值 得同情，幾乎要同意對那些個瞬間便退燒會被遺忘的娛樂品，真的不必去追究了。一些標榜為文藝作品的歷史小說是否也該如此自我輕賤呢（通俗文學也屬文學啊！）不錯，文學與藝術的作品最重創作，凡創作必定有作者的虛構，但標明「歷史小說」中的歷史部分，究竟可以變造到什麼程度，實在值得平心靜氣地思考商榷。因此，儘管已改換了原來的講題，我還要就歷史小說中可創造的與不可創造的這一命題提出來稍做探討。

如果不是專門做史學研究的學者、歷史系的學生或對歷史有特殊興趣的人士，如二十五史之類的史書典籍願意去啃的人還真不多。平心而論，中國的二十五史像《史記》那麼好看的也確然不多，無論本紀抑或列傳，大多乾硬枯澀。要用以為素材創作歷史小說，倘若按著那些書中敘述一成不變地塑繪人物，那就會像廟堂裡的神像與小鬼，只有大中小號、黃白紅黑的臉譜之分，人味與人性都少了一點；假使那樣地忠於原材原貌著墨，必定也是敗筆。但是當建造一個歷史小說的大工程時，基礎與梁柱必須要按「圖」施工，否則即使架構起來，也頂多能說是作者的精心設計之作卻不好說是「歷史」小說。

人不是不可創造歷史，有為者在歷史中留下紀錄對任何人皆是一種光榮，也為一般人達不到的境界。然而小說作家沒有權力與權利，依個人的需要和喜歡用改變古往已發生的歷史，來彰顯創造力。當然盡信書不如無書，那些史籍也不全然正確，亦有人說所謂的歷史除了人名地名都是假的，不過若能於官修正史、各種官方紀錄以外，也參考理析有關史事和歷史人物留下的種種材料，大概可以拼湊出接近原貌的歷史，這些就是不可任意創造的部分。其餘小說中應有的質素，除了要到野史裡去沙裡淘金，充實那光禿禿的骨架以筋肉肌膚，凡生靈須有的生命魂魄、人性個性、七情六欲、心理生理、行為行動應有且必然的發展表現，都要靠作家的巧思來彩繪賦予。

死板的史材需作者以人物的塑造與情節的穿插活化成為小說，除了那些不可更改的實人實事之外，其他的各種大小人物，作者完全能操騰達蹭蹬、生殺予奪的大權；而且為著布置一個個的衝突，推動一個個的高潮，添人、加料，曲折化、複雜化於細節中更是必須的。不過事要怎麼發展，書中人要怎麼動作，在那一時空下，心裡想的什麼，會說什麼話，什麼場合著什麼裝，則必須先弄清楚所選擇的那個時代的規制風俗習慣；要使那一時代的事與人都活過來「表演」給讀者欣賞，而不是把我們當下社會的人穿上古裝或是塑造一堆摩登原始人。作者自然會對歷史有各自不同的詮釋，可以用小說手法表現；或許還想利用小說人物為自己評史立言，那也要借小說人物來表達，不可忽然倒退若干年進入史境史景去插嘴，除非是走入時光隧道的科幻小說，才可能有作者與司馬遷蘇東坡論爭時事、談詩評文的機會。

背著那個「已然」的架子，作家創作自由是要受到一些必要的限制，但是這是自己選擇的題材，就要接受。若個人的才情讓自己背不動那副巨大沉重的歷史框架揮灑舞踊，便該動用別的原料，來捏塑自己的作品；倘若不想被歷史的知識綑綁住，那麼何不另覓蹊徑，全然地海闊天空自由創作歷史小說以外的東西。

對「書寫」的工作一向執著謹慎，研究論文凡引用他人意見必要註明來源；判斷結論，也必要經過反覆資料分析剖解後，才淬取出自己的「創見」。這樣的心態也影響到我的創作，寫散文有的話可以不說但決不肯假情假語，經營小說更要從實際的真到追求藝術審美的真。對於欣賞他人作品也是如此，所以我現在最怕讀所謂的歷史小說與觀看歷史影劇，我會生氣！氣他們把讀者觀眾都當無知識的人。

二十年前有人要把我那本獲獎的長篇小說改編成連續劇，我婉謝了，我怕製作單位會錯解歷史，讓我愧對那些用生命註解歷史的原型人物。就像在那之前我拒絕了把小說改編成地方戲「蹦蹦」的要求，因為文藝界前輩的提醒，說這戲種常常很「粉」，那些並非十全十美用鮮血撰寫歷史的人，他們的故事可以紅，可以藍，可以白，但不可以粉俗低趣。確然，對「改編」作品我甚有心理障礙。

還是小青年時，別人仍在享受青春年華，我已陷在奶瓶尿布堆中，讀書乃成為唯一的娛樂。上窮碧落下黃泉地找書讀，讀到了一本《亦雲回憶》，是黃郛（膺白）夫人沈亦雲的回憶錄。黃郛一如陳英士也是蔣中正的金蘭兄長，在民初到一九三〇年代中期，曾任國務總理，亦為對日交涉上十分受倚重的政治家，因此這本書到今天在網上還是多人競購的舊籍。沈的手跡自序的一句話，給我很大刺激，大意是現在書上所寫的歷史，很多不符她親見親歷的真正史事。於是，從此把史書只當作一個索引、搜索引擎。看一個歷史事件，我可以讀十本甚至數十本直接間接書刊、資料或紀錄，希望排比出較貼近真相的答案。那時我雖年輕，也更體會出歷史是可以因「用途」而被改變面相的。

就現在的創作「流行病」而言，雖然歷史屬於全民，誰都可以奪而用之，宰而吞之；固然影視、戲劇都是娛樂大眾的商品，不必認真，可是涉及所共有的國史，還是應做一點基本的功課，至少要能做到娛樂而不歪曲。寫小說的人假如才情學識不足以駕馭史料；悟性常識不足以正確詮釋史實，弄得應當磅礴大氣的作品，缺少了應有的基本藝術內涵與氣質，就未免可惜遺憾。不如去找更容易發揮的素材，何必要拿祖宗開刀符合一己的需要。還是那句話，從創作的理念到過程當然不用做到百分之百的真，但至少該做到藝術的真。

領航——為敏慧書序

敏慧又要出書了，書名訂為《與華裔家長及學生談心》，我只看了目錄，沒閱讀全文，推斷應是《如何取得紐約州中文教師執照》的姐妹篇。她囑我替她敲一聲開場鑼——寫序。這說法有一點過時，從大陸著名演員濮存晰回答我的問題獲知，現在好戲啟幕，已不似我兒時的敲鑼，改成了鳴音樂鐘，由此可知我的資深。這資「深」，包括了年齡、經歷以及在華語文教學的經驗。

與李敏慧可算三同，進入二十一世紀後，我也在紐約落戶，遇見了敏慧，獲知中學大學我們都屬同校，加上都是紐約市民，就是這三同的緣分，因此她命筆書序，我毫不推詞，爽快答應。此外也因她執著奉獻的這一塊，雖然我早已成為逃兵，對於這一行界，也並不陌生，能有話可說。

將及十年前，到紐約來依親，走過了徬徨與不適應之後，漸漸融入社區參加一些活動，碰上集會需要大家用一句話自我介紹時，我便說：「我，創作四十載，教授三十年，現在為紐約的新鮮大閒人。」認真的人便探問我在走入學術領域以前是幹嘛的。問到了要點，我從不閃避，告訴他們，於半職業性的寫作之外，就是加入了「播種化外」拓荒者的行列，教洋人中華語文與文化：洋人包括東洋、西洋與南洋。所以敏慧述說過的體驗經驗我都能領會，只不同的是我教過的學生都是將要或已讀完大學的成年人，跟敏慧有時要面對半大孩子不一樣，我只要作之師作之友就行了，不像敏慧還得如母雞帶小雞，操更多的心，有更強的耐性，甚至須應付頑劣，維持教室秩序，並非把課程準備得精彩就可以的，累多了！她做了這多年，對她的堅毅，佩服！

敏慧執著地走她的這條專業之路，我則比專業人士還要認真地玩票，但不曾把這行當作為主業，最初是寫作第一，跟洋舉人洋進士周旋第二；之後是學術工作第一，創作第二。一九八一年一場大水災，毀了我暫藏於文件櫥底層，積累了多年的心血資料，也毀了我的使命感。我認為是上天替我做了決定，於是不再存幻想，冀望將來退休了為後進寫一本華語教學指引的書，徹底告別這個行業。一個人精力有限，無法做到每個計畫都要達成；算了吧，會有更內行更堅韌的人，替我完成心願。如今敏慧寫了一本又一本，我很開心。

昔往我在台灣，她在美國，儘管各人在同一行道都拓出一片天地，主客觀環境與現實因素究竟不同，所面對的問題也絕不相同，但我們努力的方向確曾相同過，都是想把中華文化作培根式地輸出。差別僅在她強調經驗和方法的實驗實證，而我想寫的是啟發從業者，如何自我教育，提昇專業素質和修養，獲得教與學更好的效果。如今在此時此地，她的書絕對比我理想中建構的「指南」更務實有用。她真是務實的人，比方她在「學生篇」的 Part II 生活經驗談中，有一節標題用的是「如何適應紐約市的生活」，她沒用「如何適應美國的生活」去膨脹個人經驗的權威性。縱然同是美國，每州還有不同的州法；大都市與小城鎮的風氣與生活模式是有差異的；大都市也各有面相與特質，尤其紐約有其獨有的風貌與特點。敏慧著墨於這些獨特，希望讀者心領神會，早一點得到個人的適應與安頓。

在一九七七年六月十日我發表的那篇〈播種化外〉以前，我已寫過很多用這個題材的散文和小說了，從讀者來函，瞭解到確曾有很多人受到影響，但頂多是潛移默化，將要或是打算走入此行的人得以受益，說來那還是為自己創作而產生的附加效用；敏慧的書則是專為幫助他人而寫的，務實領航的指引。在這個行當，即使我曾應邀為「國立編譯館」編過教材，也為「中美青年夏令營」寫過短期教本，終究是玩票，後來更乾脆做了「逃兵」，面對李敏慧的篤志專心投入，實在慚愧。按我的心境，還要謝謝她，很希望需要領路的人珍視她的「服務」，不要辜負了作者的良苦用心。

趙淑敏是為序 二〇一〇年五月十八日於紐約蝸居

給至粗俗的人一雙草鞋——吳稚暉對弱勢族群教育的理念

這是二〇一二年波士頓中華專業人士協會年會專題演講內容之部分，為弱勢族群教育而發聲。

音樂是無國界的語言，再陌生的旋律多聽上兩遍，即使不能準確把握樂曲所要表達的內涵，至少可以領會音符組編的情緒。當然，不同民族、地域的音樂又有各自因文化迥異所形成的風格，但儘管不解他們要表現什麼，也能透悟所展示的是喜悅、歡樂、暢快、雀躍，還是悲傷、哀嘆、徬徨、孤絕；不過未經學習熟悉，便不能一定精準詮釋。

在人的社會裡，人跟人需要溝通；獨個人不能形成一個社會，必定是一群人才能構組一個社會。人跟人互動，語言是最直接快速的溝通工具；人與人有許多許多的互動，便有了社會活動；人的生命延續下去，人的各式各樣的互動也延續下去，於是人類有了歷史。而即或在未開化的原始社會沒有文字，也會有他們的語言。語言的傳承，成為活化石。

當新文藝隨著白話文運動在中國興發，許多先驅者都從基礎上對新萌芽的文學下了定義，比方周作人說文學是「人的藝術」，傅斯年說「文學之業為語言的藝術，而文學即是藝術的語言」，應該說從蒙昧到文明，從鄉村市井俚談到精緻文學創作，都離不開語言，說的、寫的、唱的、演的語言。

前些日子，在紐約為紀念胡適先生逝世五十週年所舉行的座談會上，又有人談到他在推動白話文運動的時候，曾提出的那個理念與方法——「國語的文學，文學的國語」。今天再說這話好像很不識時務，但是從我們的父一代到子孫的世代，都因此而能方便地接受基礎教育，可是有多少人會記得他們所做過的這項努力？物換星移甚至有人把他們看做語言霸凌的禍首。這是一個流行遺忘與否定的時代，為各自的心結或「政治正確」故意地棄忘，我很不合時宜地不但沒忘，還常想起那些更早出發不自私有豁闊胸懷的先知。

「給至粗俗的人一雙草鞋！」這是比喻的說法。一些先天下之憂而憂的先知先覺者，對世事往往比一般芸芸眾生看得早看得遠。於所謂的新文化運動發生前十餘年的遜清，有人已關心到可用的共同語言的事。以前站在台北市敦化南路與南京路交叉口，現在銅像已被拆遷到至善公園的吳稚暉，早已在身體力行倡導白話文的使用，一九〇七年六月二十二日在巴黎發刊的《新世紀》問世，吳氏文篇就是一種實驗。這份週刊在留學生中廣受歡迎，到後來再也籌不到經費，不得不於一九一〇年五月二十一日停刊收場。任主編的吳稚暉，就把他的吳氏麻辣風格，以白話文發揮得淋漓盡致。他原非像胡適輩那樣的新人物，乃是科考試場裡打過滾中過舉的舊式文人，舊到戊戌變法的時候，仍認為改革的目的是為了保住頭上的辮子。但他勇於向昨日的我挑戰，原先把孫文看成江洋大盜，對滿清徹底失望後，卻變成孫中山最忠誠的革命夥伴。吳稚暉即使屬於科舉時代的士大夫階層，因為自小生長於市井，看盡小民疾苦，便也是關懷社會最底層老百姓受教育權利與機會的讀書人。

吳稚暉從少壯到年老，在他經歷的時代，放牛的孩子、田間的農夫、碼頭的苦力、家庭中的婦女，不只是無錢從師受業，也不能奢侈地浪費謀生或理家的光陰上學讀書。因此他主張「語同音」，把文字的讀音統一，創作出輔助閱讀的音標，與白話文配合製成教本，讓那些失學的弱勢人等，在沒有「殺威棒」的嚇阻下（他把文言文的不能無師自通，比作打初學或自學者的殺威棒），習得注音符號可以自學；田埂上牛背上，乃至於深閨中，都可以成為自我教育的課室。以前的士大夫足上穿著的都是細工精製的千層底布鞋緞鞋，窮苦大眾倘不赤足便穿草鞋；精工製作的漂亮鞋子水坑泥濘之地便不宜踩過，草鞋卻無處不可行走。所以他大聲疾呼：「給至粗俗的人一雙草鞋！」他把給國字注音的符號比作大眾人人處處可用的草鞋。十分悲天憫人的一項結論！這句話比他的：「命是要革的，官是不做的！」「生不帶來，死乃支配，可恥！」「我離開人間的時候，不過多帶走一條短褲！」之類的吳氏警語要讓人動容得多，因為並非著眼於一己，是關切天下所有眾生深遠未來的理想。

從秦代開始，華夏世界有了共同的度量衡，使賦稅的課徵有了公平的標準；有共同的文字，在語音殊異的廣袤土地上，總算有了方便傳達政令、意見交通的工具；至少在行政機構與少數知識分子中間如此。吳稚暉的性情，在處理事務方面實在不很精明，有時還會虎頭蛇尾，從他創辦中法大學，主持勤工儉學帶留學生赴法國伊始就如此。但是他大力推動讀音劃一，促成了國語注音的制訂一事，是有始有終的。一九一三年在蔡元培教育總長的任上，他開始推動這項事業，雖然他很快的被那些專家學者整得落荒而逃，但那終究是一個重要開端。

一九三五年國語推行委員會成立，吳稚暉破例接下主任委員的職位（他一向不肯接受與政府相關的職位）。其實在一九二四年他便曾在上海創辦國語師範學校，並親自授課。不過理論與事實往往有距離，「親自授課」熱情可感，但是否合適……須說待考，因為我曾向他昔年教過的蔣經國的小學妹探詢，吳稚暉怎樣克服他的無錫口音。他那已老去的學生電話中笑開了，說吳稚暉雖然曾留學英國，教的卻是無錫英文。那國音極可能也脫離不了無錫腔調。若換一個角度來看，他從不站在自身的立場，利用個人的地位，只著眼自己用家鄉語音的便利，強調以人口密集資源豐富的「長三角」一帶的發音作為國語的標準。以何地發音作為國語的標準，是爭辯討論多年的結論。國土疆域內大多的地區百姓的語音都接近「官話」，決定的原則是把「官話」略加調整，確定為國語發音。

隨著社會腳步的前進，到我們這一代幼年時還見過草鞋，下一代則根本不知是樣什麼東西，也不知到底有多麼普及價廉。國語的使用在台灣開花結果，縱使鄉友家人私人場合各說各話，在課堂上再冬烘的老頑固，也不能不收起南腔北調，勉力求語同音以免誤人子弟；心地再狹隘，政客們到了民意殿堂，無論是論政，抑或爭吵罵人，為了自己的意見能準確傳揚，都要用共同語言才能達到目的，產生準確的效果。而國語的普及與國民教育的普及相輔相成，如今在台灣中年以下的人，還不容易找到不識之無的文盲。大陸上儘管不承認國民政府時代「國語」的名稱，卻也做到了幾乎「語同音」。全世界的華族大多都享受到「語同音」的福利與實惠。可是，回過頭來，若再說：「給至粗俗的人一雙草鞋」，就根本無人能領會其中涵義。

常常在想，我們應當是繼承了一座寬廣的大橋，我們的思想、感情可以在上面自由並自在地馳騁，傳播交流。實在該把吳稚暉那句話加以現代化，說：「嘿！給你們修一座大橋！」橋，有大橋就有中橋、小橋。就像路，有高速公路、都市幹道、鄉間小徑；去個別不同的地方，就過不同的橋走不同的路。都該維護，使用者的權利都該尊重，哪一種都不能少，卻不宜封閉共同的大橋。吳稚暉、胡適以及能「我為人人」的許多有心人，都是為後代子孫修橋鋪路的行善者。這樣境界高，目光遠，有一顆圖利萬民之心的先驅者，好讓人想念！

不管哪一地區的華人，傳統的觀念都把築路架橋看作是功德好事，用宏觀的心品味，那句世人少知甚至不懂的話，「給至粗俗的人一雙草鞋」的築橋宣言，的確是器宇恢宏，胸襟敞闊，大愛無私，情懷悲憫。平凡如我，只能享受成果，不做拆橋毀路的敗家子而已。慚愧！很慚愧喔！

仍有知錯的現場證人

讀北美世界日報發刊的《世界周刊》中「歷史不能重演——日本蹂躪衡陽罪行」一文，引動我很多思考。

歷史究竟是什麼東西？

梁啟超談史學方法時曾說過，鄰家的大貓生了小貓，記下來便絕不能算作歷史。但是我也曾做過引申解讀，假如那大貓生小貓引動了世界大戰，被記錄下來就是歷史。史書也不一定全符合史實，因為話語權常屬於那勝利者，所以長久以來，對日抗戰的歷史面目就讓人看不清了。我很年輕的時代，看過黃郛夫人沈亦雲所寫的《亦雲回憶》，裡面有一句話很啟發了我，她言：「一些史書上所寫的歷史不是我們親身經歷的歷史。」從那以後，我決定不可放棄最初選擇的專業，除了從感情抒發隨心而寫的文學創作，也要進入研究，找尋我認為影響大歷史大天地的課題。因而後來去拓掘一片冷僻生地，研究一個「怪胎」——洋人代庖的中國海關制度。

但是看盡原始資料，還是有盲點存在，那麼便需要很多旁證來鞏固或否定原有的見解。很多的史事一進入正史就僵化了，要回歸原貌，需要做很多拼圖的遊戲。到處去撈很多的小點點，拼成小塊塊；再把小塊塊合成大片片，然後再由許多大片片匯成一個近似的全局。上述的這篇文章就是一個小點點。

上世紀末在香港出席一會，有位大陸編纂文史資料的學者，忽然問了我一個問題。他說：「都說抗日戰爭是我們打的，老蔣麾下盡是常敗將軍，動輒潰逃，可是在我那省的幾次大戰中怎麼都是國民黨軍的番號？」「番號？」考住了我。旁邊一位出身軍旅的先生便解釋並補充：「番號是軍隊的代號，有就是參加了，沒有就沒參加，要查個確實，到日本去查他們的檔案與當時新聞報導最靠得住。」那時我忽然想起了迫矢熊雄，他是實際的參與者，正像此刻讀到關於衡陽之戰，忽然想起迫矢先生一樣。

算算他的年齡，一九八三年他是七十三歲，那麼如果他依然健在，應該是一百零三歲的高齡了，相信，他一定去了另一個我聯絡不上的國度。也許是我的錯，一九八八年最後一次他寫信給我，說打算到台北看我，恰逢家裡剛發生變故，且已為學校專任教授，四門課沉重的壓力下還要處理一些超出精神體力負荷的事情，實在無心理他，大概回信沒寫明原因，又寫得草率敷衍，就再也不曾得到連繫，想來是傷了他的自尊之故。當然那為他翻譯的人一定是「半瓶醋」，沒看出信中的不得已；我們之間交談，他都須帶付費的職業翻譯。但有的實在沒有水準，台北已如此，想來在日本更夠嗆。後來年節也試著寄出賀卡，三次都沒得到回音，算了，心意已盡。我想他不是人不在了；老得不能動了；再不就是被他繼承事業的長子把信給扔了。相信他投資出版了那麼兩本很不賣錢又不符日本國民「期待」的書，兒子必定很不滿意。區區雖非始作俑者，至少曾「助紂為虐」，對我心裡早不耐煩了。

是那樣開始的，大概是一九八二年的春夏之交，一個日本文化新聞界的訪問團到了台北。將《滾滾遼河》譯為日文的加藤豐隆一行過訪台灣，主要因此書在台暢銷長銷，讓他們悟出一些事，他們要來看看。曾跟他們兩度座談，在這回的會晤後，我添出了許多外務，但不容規避，甚至覺得有責任要積極面對；要不然父執輩的梁肅戎叔叔不會肯於做我的即席的傳譯。此書在日本有兩個譯本，曾任偽滿特警的加藤豐隆先生已將翻譯偽滿有關的書籍成日文視為職志；昔年出生在遼寧鐵嶺的創價大學的山口和子教授先已譯成小說，又在小說連載完畢後的此時，要把這部作品改編成舞台劇，在校慶時以華語演出。她很認真，為此特地跑到台灣，見很多人。有一首是為劇中靈魂的主題曲的歌，隔了多年之後他們竟沒人會唱了，找到了我，我不能撒謊說不會，因為那首「五・二三蒙難紀念歌」的曲調便是我們從小唱到大的「國父紀念歌」。我錄了兩遍，希望他們印象深刻些。那次的涉入便再也拔不開腿。因為反應是連續接踵而來的。

在我二十多歲的時候，曾經教過些日本優秀的「外交官補」中文，他們對日本與中國之間的關係，雖不如想像的那麼清楚（大多都是二十世紀一九四〇年代出生，戰爭結束時應是四、五歲），有一位後來做了駐華大使的，甚至知道他二哥戰死於湖南常德，身為陸軍大臣的父親於日本宣布投降後切腹自殺，擔任助手的是他的大哥。可是才隔了不到二十年，讓人真的很驚訝，年輕一代的日本人，竟對那一世代的歷史完全不知。從他們的問題可瞭解，他們根本不曉得日本人在中國都做過些什麼，怎樣傷害過中國人，當然更不能體會中國人受傷的感情和蒙受的損失。從個人的內心想法原不欲再跟那些人打交道，因為固然曾教過似終生朋友敬重老師的忠誠學生，也瞭解了某些傢伙笑臉攻勢掩藏的虛狡。但找上門來的讓人關心的題目，躲不過去；躲得了別人，躲不過自己；有能力幫忙而遁逃，不是我的習慣。

就是那樣的，其中有一位大阪每日新聞的記者藤田修二，看來還不滿三十，對我窮追不捨反覆追問為什麼像《滾滾遼河》那樣寫抗日戰爭的書可以賣到二十九版。看書的主要都是年輕人，日本青年所關注的主要在學業、事業、前途、薪水、家庭，而在台灣他碰見的人除了少數民眾，很多人提起日本人都有一股氣。雖然為他的問題氣結，覺得他無知，還是盡量簡要地就史實與感情方面分析說明。這事過去也就過去了。但就在七月初，一封地址僅寫著〈台灣著作協會常務理事〉的信，經過了兩個多星期的旅行，竟到了我的手上，寄信人叫迫矢熊雄，完全陌生的日本名字。他看到了藤田修二的報導，他把藤田那篇提名註銜地引用我的話，以半個男人手掌大小的版面報導的那則新聞剪下，連同一封長長的信寄我。我有些手足無措，因為除了「拜啟」「中國」「戰爭」等等的漢字，我完全不知說些什麼。我只能向紀剛求救。

由這封流浪的信引出一段文字因緣，因為迫矢來信提到藤田修二的報導，我便想弄清楚藤田的報導到底發生了什影響，紀剛特請人替我將全信譯成中文。根據信中的敘述，原來這位迫矢熊雄在二戰時是中輟了大學學業奉派到中國打仗的日本軍人，從九一八事變被徵調入營，到成為戰敗的中尉，身不由己，參加過很多有名的戰役。曾在湖南參加過常德、長沙、衡陽戰役，已七十餘歲，正經營一家印刷出版株式會社。對於戰爭期間日本軍人在中國各地的非人道行為，雖過了三十數年，仍使他由衷地感到慚愧。退休以後致力於出版事業，打算出版顯現中國人對中日抗戰的心理和看法，以及中國軍人對戰爭感想的書籍，俾教育新生代的日本人不再玩火。曾三度到台灣，因言語的隔閡，構想都未能實現。現讀藤田的報導，認為我可以幫他忙，也拜託我幫忙。他說在常德之戰、長沙之戰、衡陽之戰中，曾多次受傷，幸而是在隊部服務才留下性命，更幸運地在戰後得到以德報怨的善待，被中國政府遣送回國才有今天。

一九四四年慘烈的衡陽之戰，給他留下最深刻的印象，而也因該一戰役，讓他認識了中國人的抗戰精神與軍人魂，對於當時的守城指揮官方先覺將軍更有無限崇敬。其實衡陽守軍在堅守四十七天（有的中國資料說四十八天）之後，因傷亡殆盡，放棄了抵抗。日本以死傷一萬九千三百八十餘人的代價，佔了衡陽，可是他們對衡陽守軍不是痛恨，而是欽佩與敬重。他說的不是假話，後來見面時曾不止一次說：「誰說中國軍隊沒有戰鬥力？誰說中國軍人不盡力？」

我做了很多人認為不必的事，不但跑遍台北重要書店、圖書館尋找蒐集，並在報上撰文說明原委，請海內外同胞支援。還打電話給兩位曾經在衡陽困守圍城的先生，請他們現身說法支持。據知有不少人是看到如今已打烊的中央日報海外版副刊上的拙作，把文稿或資料直接由國外寄到日本的。後來迫矢見到我，要償還書款郵資，我婉謝了，告訴他我是台灣的教授與作家，戔戔之數還負擔得起。

此後迫矢老先生凡與華人、中國有關的事或計畫，必然寫信給我。如聽說方先覺將軍一九八三年九月可能會過日本，他們前一年便開始籌劃，預備盛大歡迎。不幸當年的三月方將軍卻在台北過世，所以又組成七十餘人的致敬團到台灣悼祭，因而我也和迫矢二次見面，這次他帶著「洗衣服的」（日本玩笑，即他的女人），也是出版家的未婚妻同來，兩人抬了體積巨大的紀念品向我道謝，謝了又謝。並把次日預備獻祭方先覺將軍的宣紙墨書「哀悼之辭」贈我。還告訴我，前一日曾去拜祭蔣中正先生墓，致謝致敬。另一個高潮是晚間與昔年的對手，圍攻衡陽時死守城內的中國軍人會宴。一位也成為企業家的昔日軍官，跟他彼此都知名姓，卻是第一次見面，雙手相握後立刻緊緊擁抱，當年的情景霎時間都回到眼前。這是什麼樣的情景啊！他們相見的一日，三十九年前這互擁的兩人，正在衡陽內外對峙！

迫矢回日本後，寄來了在台北活動的照片，包括悼祭方先覺、我和他的合照。有感於他的誠心為歷史作證，特別請一位教日文的藍三印教授把那篇祭文譯成中文，公開發表以示國人。誰說「草鞋兵」、「叫花子兵」就不能打仗！祭詞譯文如下：

哀悼之辭

僅以本文，致悼於中國前第十軍軍長故方先覺將軍之靈前。

回顧昔日悲慘之中日戰爭，貴軍與我軍第六十八師團交兵湘桂，於湖南省衡陽城攻守戰中，雙方作生死之鬥。中國軍在糧食缺乏、官兵傷亡累累、疫病猖獗等惡劣條件下，孤軍仍奮戰到底，誠驚天地泣鬼神也。四十七日之間，由於將軍充分發揮中國軍人的堅忍毅力，和高超的作戰能力、高度戰術指導，以及具備「泰山讓土壤」的廣大胸襟，因而激發了全體戰士和城內居民團結一致、誓死報國的決心，使士卒皆能貫徹「人固有一死或重於泰山」的大無畏精神。在將軍身體力行身先士卒的感召下，甚至臥病將士都冒死衝鋒陷陣，使我日軍遭受挫敗。將軍戰術之高超，世界戰史上，被譽為評價極高的智謀之將，誠有因也。

戰後我國內外書籍，皆以武將記載閣下事蹟，我雖係曾相互為敵的前日本軍人，但對將軍感佩之極，對閣下允文允武更深表崇敬。前歲，由新聞報導獲知閣下健在台灣，遂聯絡前六十八師團官兵，同申慶賀，並祈將軍無量壽。去年年底，又悉閣下將來日本，全體戰友會會員，即展開活動，並籌組歡迎委員會，不料一切順利進行之際，竟遙聞噩耗，會友等全體驚愕，哀慟不已。

如今，哀立於將軍靈前，沉靜閉目憶往，昔日衡陽激戰情景，歷歷在目。僅於靈前誓言，此一同文同種兩國之不幸戰爭，絕對不容再度發生。日本史書「平家物語」卷首有云：「諸行無常，盛者必衰，否極泰來」，人生國運，悲哀無常，一語形容，淋漓盡致。

如今，緬懷閣下，內心唯仰天怨神明無情，俯地哀慟不已。逝者如斯，天上人間不能相見，然而將軍遺世的豐功偉蹟，以及對世界和平的貢獻，必子子孫孫傳諸久遠，永垂青史。最後祈求將軍在天之靈，永遠安息，並保佑中日兩國永久和平。嗚呼哀哉，尚饗。

前六十八師團獨立步兵第百十六大隊本部
現戰友會百十六會代表　迫矢熊雄

他沒失信，後來果然由他的「塾教出版」出了兩本書。其一是在昭和五十九年（一九八四），為衡陽攻防戰四十週年出版的《慘烈死鬪之衡陽戰》；其二為他的回憶錄昭和六十二年（一九八七）問世的《灼熱地獄之衡陽戰》。出版這樣的東西需要決心與勇氣，首先必須投注大量人力把前一書中文稿件翻譯成日文，之後整個的出版過程加上宣傳發行，無一不需投下大量資金，而這種書一定不會暢銷大賣獲得厚利。看他送我的樣書，第一本是精裝，第二本就是平裝了。會不會在他將「社長」之職完全交給長子之後，新社長不支持他的理想？他的這種心願極可能與新生代的日本人的意願不符。

我與他忘年的文字因緣只持續到一九八八年。那年因故，我拒絕了與他會面。當時對我真是不宜不便，且忖度已見過四次，應該沒有「必須相見」的需要，就那麼推託了，說待諸異日，我忘了他已是將近八十歲的人了。過了一兩年才調整好心緒，再去連繫便再也沒得到回音，不知他安否？也許他又有新點子？一九八四年我肯於接受挑戰接下寫《松花江的浪》這部長篇的託付，也跟他「留下證據」的做法有關，不再顧慮父親不願我寫他的朋友的禁令（怕小說體裁會降低他們的高大），不管了，寫了！

我對迫矢先生確實心存感謝。不論他對教育日本新生代認識歷史的念頭和做法，是否太過「唐吉訶德」，至少他為中國抗日戰爭史做了最真實的現場證人。而終有日本人肯為他們的侵略行動認錯，多少有些阿Q式的安慰。

筆名

接受了新闢一個專欄的邀請。離開了原來的基礎，來到異鄉，仍能分得一角方圓，供我談天說地，縱有某些界線不可踰越，對於一個寫手，帶著手銬腳鐐仍可跳舞，有何困難。十數年前曾於教課、研究、家務、演講、開會等等的壓力下，還曾最多同時支持四五個專欄，把一日二十四小時當四十八小時用的經驗；也曾很適應那樣的挑戰，甚至當作一種對抗壓力的遊戲，況且還可以為民喉舌呢。所以每週寫個幾百字，是可以支應得了的「勞動」。當然，斯時年富力強，非今日手術後孑遺的狀況，能量自不可同日而語。

為這個「人間潮汐」的專欄，我再次考慮要不要用一個筆名。因為以前的「魯艾」之筆，很得同行「老少爺們兒」的認同與讚許，也頗獲社會大眾的共鳴與期待。回想那一段，感覺真的很好，何不……算了！現在一切回歸自然，就用我現有的這凡俗到極點的符號，標誌我的思想與意趣吧！

少年時我很怨父母為我取的名字，太過庸俗，了無詩意，一吆喝一百個人答應。不過當我開始試筆投稿，給自己取了一個名字，卻為的是文章登在報上不被慈愛卻嚴厲的父親發覺；有稿費可當零用錢，但不會遭到不務學生本業的責備，多好！一般的觀念，畢竟中學生全心準備考大學才是最重要的努力方向，其他都屬外務。那個筆名用了幾年，自那些幼稚的所謂「作品」被人拿去用以謀職後，為了永不穿幫，那名字就廢了，只留下一枚圖章做紀念。

待重新真正走回創作之門，不管所用的毫無特點的名號人家是否記得住，堅持行不更名坐不改姓，以迄於今。因為我發現了一個事實，每當我的文字印在報上，甚至同日三幾個報刊都有那三個字時，老爸的朋友拿著「證據」跟父親討論，爸會很傳統地若有所憾地說：「寫點兒白話文不算什麼，她還是該好好教她的書。」實際上他很開心；讓父親高興，也跟當他的精神枴棍一樣，算是盡孝的方式吧！

寫著寫著，到了一九七〇年代中期，一些今古奇觀上的事發生在周遭幾位文友的身上，決定接下幾處副刊專欄時，就警惕地用個筆名將自己藏起來。雖不欲似先驅魯迅把筆化做「匕首」、「投槍」，述事、衡情、說理究竟可沒有人情面子等的顧慮，比較自由；而且可以避免找上門來，下跪或饗以咒罵老拳的威脅。還有正像大學時代，師輩的名小說家孟瑤對我說的，她是老生名票不錯，但絕不登台清唱，一定要上了妝，才能進入情況，表演出好的成績。筆名的作用之一也應如此；為文有時免不了會撰筆為戈知識為劍，碰痛了誰，叫個「魯」什麼也算恰當。迄至讓賢退出界外，二十數載一直戴著同一面具。

最近發現，妙得很，在網上和我名字相同的人很多，從黨委書記到貪官污吏；從慈善事業的主持人到殺人兇手；從指導論文教授到榜單上的大學新生都有。為了文責自負，實在該有個別無分號的筆名才對，只是為時已晚。回首來時路，人生已過去大半，一切都已雲淡風輕，不在意中，就跟殺人犯貪官污吏同名終生算了。假如尚有來世，仍從事寫作，我會選一張符合意願的面具做我的臉譜。今生，免了！

是好漢嗎

雖然還沒把《水滸傳》安排到我們紐約作協文學沙龍中做討論的主題，但沙龍式聚會本來就是隨興隨意的，管你主題為何，七嘴八舌，大家搶著說話，不管是談古典小說的才子書，還是談現代小說中的人物塑造，時常也會涉及到水滸中的主角主戲；也許有一天我該把這本書排入討論，讓大家說個夠。

《水滸傳》是我熟讀的書，雖然我不做考據那一套的工作，也不背回目表現自己的淵博。除了從小說創作的技巧與欣賞的態度來讀水滸，也用以從經濟史的角度分析北宋的經濟社會，有額外的印證與趣味。

不久前世界日報有一則篇幅不小的消息，報導大陸學者周思源對《水滸傳》的詮釋引發了學界的爭議，他分析的結論，認為梁山上的一百零八員頭目半數都非好漢，於是像戳了馬蜂窩一樣，招致一陣撻伐。中國水滸學會副會長劉世德認為，起義的隊伍向來龍蛇混雜，梁山一〇八將算不算好漢要從總體上看，在封建社會裡，梁山泊畢竟是反抗官府，反抗封建勢力的，在一個對抗性的矛盾中，要看梁山泊好漢主要代表什麼，「劫富就足以說明他們鬥爭的傾向性，鬥爭的性質了。」

不必看報導中周思源教授的分析，一般人假如稍微肯思考，便可歸納出。確然，那一百零八名梁山「天罡」「地煞」很多都不是「好」漢，而且很多都非被逼上梁山的。好漢的行為標準，至少要能堅持公義與公理，言行一致，如魯智深那樣保護賣唱女，暴打鎮關西，雖然莽撞地打死了人，可以算是維護正義。於此之外，擎出了「替天行道」的旗幟，實際上多數時候那個「天」乃是他們自己，只講自己的是非與利益。

不錯，北宋之末，文化固然昌盛，國政則十分混亂腐敗。歷代皆然，每當這時，便會有民間力量出來「自力救濟」，包括打家劫舍、劫富濟貧之類的人物乃至於組織出現。不過梁山四出「借糧」凱旋回寨，好像除了公份，都在「分金亭」內分掉了，並沒周濟貧困，包括受到他們出擊而蒙損失的無辜安善良民。從這方面看，實在無須去探討這些角色是否好漢這樣的問題。

四十餘年前，年輕的我曾投入一項教授外國學生華文華語的工作，排給我的高級課程裡，除了曾應學生原校要求以雍正朝檔案為教材（真累！），也用過《水滸傳》為閱讀教本。那些美國青年讀了之後，大聲提出了置疑：這部書為什麼被認為是古典名著中的好書？不是說中國人都是愛好和平的嗎？梁山人物那麼殘忍暴虐，只管自己不顧別人，為什麼要把他們都寫成英雄？他們根本就是殺人放火打家劫舍的強盜！「你說對了！」我也嚷了回去。告訴他們強盜的雅號，在中國舊小說裡就是「好漢」。也告訴他們水滸被推崇的原因，在於文學的創造與歷史時代的載註反映，文筆多彩具匠心，人物塑造細膩生動。讀此書，要用文學眼看文學書，不是道德的判斷。

中外古今似乎都有一情況，就是作家常常站在與當政者反對批判的一面；至少避免淪為御用文人。但從品評好漢的觀點著眼，不能說反抗官府的人就可成為好漢。就像「起義」遭亂用同樣荒謬，因為歷史上一些對抗當道的人物，從惜民命的立場來衡斷，很多竟是不義的。

沒有研究過「好漢饒命！」這句道白是否在《水滸傳》以前就流行，抑或是自那以後才盛行的。學者也不必爭論，能攀登「好漢坡」的好漢；能為助人救難獻身的好漢，跟梁山好漢原是不一樣的意義。不過，也許在北宋末季，好漢的標準是梁山泊式的?!不知道，還是別用今人思維論古人之事吧！還是以欣賞文學藝術的心讀小說吧！

不曾掃稿成書

我的第一本書

面對主編交下的這個主題——我的第一本書，想了好久，這應該是好久以前的事了。一九七三年距今整整四十年了，但是那種心情還記得。

想想，我真是不成材。寫了這多年，於學術論著而外，只得二十幾種。其實我開始得非常早，年方十五第一次投稿，就被台中的民聲日報副刊採用。印成了鉛字欸！自覺好個了得。但是除了死黨張蓓麗沒給任何人知道；不怕她曉得，她本是始作俑者，不是她的開導、慫恿、催促，哪裡知道什麼投稿啦，作家啦，稿費啦……，就是知道這些事，向誰去借膽子冒這個險，寫了人家不要，丟人猶在餘事，老爸那一關難過。就算高中入學試考了個榜首，平常功課很不壞，「不務正業」搞些外務，還是不可以的。爸爸是屬帶有三個加號的嚴父，不管我在性情中多少也有「野馬」的成分，在家裡則盡量表現得循規蹈矩，不敢公然犯禁。所以使用了一個很不會受到注意的筆名。那次的試筆雖然沒獲得任何報酬，從此卻覓得一項新的獨享的快樂；後來當然都有稿費。

說得好是純真、單純，對社會上很多事都不瞭解，從來沒把寫文章跟出書聯想在一起，那個死黨雖然給我啟開一扇「抒發胸懷」的門，但不久伊人轉學他地，來不及告訴我，「作品」多了該怎樣處理。再見面時，她已興趣轉向，可能是瞭解到創作之途的顛仆絆跌與寂寞辛苦，不願承受；熱鬧中人終須回到熱鬧中去，享受靚女世界的繁華。想起她，我感到難過的是，這位帶我衝向寫作大門的好友，雖當了好些年的名記者，卻沒有一本書留下來。

曾經在自己的高調理論中掙扎了數年，俗世生活在例行的常軌上前行，不久便心思紛亂如麻。不知要怎樣解救自己，能否在已然的現實之下找一扇窗戶可以透透氣，維持生機。就那樣找出了稿紙，重拾鏽筆，小心地磨去了筆鏽，為自己找到一條出路，甚至可以爭得充做副業的機會；就是為人作嫁也無妨。一年，兩年，幾年過去了，都在規格與制式中「供稿」。節目更熱了，明星更紅了，但如過眼雲煙，過了就過了。我，在哪裡？

要找到自己！重新開發自己，斯時忽然像噴發的井泉，一發不可收拾，狠下心向易得的「收入」告別，找回最初的願景，我要回到「創作」的路！最初甚至也是眼高手低的，達不到對自己的要求。但世間沒有後悔藥可吃，一個無師承、師門、系統、社、團、營、夥伴、哥兒們聲息相通；不認識任何一位報刊雜誌相關人士，這麼一名蟄居山村的自閉女子，就那樣熱烘烘的闖入文學江湖。有人問：「妳想幹嘛？」「不想幹嘛，只是想在仰事俯畜之外做一點愉悅自己的事。」

書市天天都有新書出來，寫到一九七二年，看看那累積了二百餘萬字的「成品」，不見得都是那種「為他人作嫁衣裳」的交差之作，似乎也該有一點具型的成績了。那些懂得「掃搞成書」的能幹人兒，縱未著作等身，書摞也頗有可觀。可是真沒那個勇氣，萬一也受同樣之譏，可怎樣消受。出書，不是不想，而是不敢，讀書人當有所不為，怎可妄想非分！不是既定的寫作計畫，僅是積沙成塔的堆壘。還沒有所謂的聲望，誰也不認識，又不肯沿門托缽，只能拿著一支姜太公的魚竿，等，等，等那個機會。

什麼叫緣？世上很多的巧合就是緣。就是那樣巧，又一次做隨行眷屬的聚會，鄰座正好是商務印書館總編或是總經理的周道濟先生（也許兼有雙重身分），經介紹之後，我反低下了頭，因為周先生的表情彷彿知道我是「幹什麼的」。我不喜歡被人把巧合和目的聯想在一處，那會讓我難為情。「他」卻不管，單刀直入說：「妳可以把妳那麼多的文章請周兄看看！」皮厚哦！怎麼這樣說。「歡迎！」啊！竟成了！

平常是很感性的人，但是在選稿時卻非常理性，要整理出一冊散文，小說自是不能集入；但是還要過濾，一九六一年以前的文字完全不選。結果主要是一九六五年至一九七二年之間進入旺季可以稱得上「作品」的文篇。按書局的要求是十萬字之譜，交出的是將近十一萬字的文稿，便成就了我的第一本書《屬於我的音符》。昔年聲音不賴，是愛唱歌的人，我把我的人生看作是一部樂章，記錄下來的生活和思緒的點滴就是形成樂譜的音符。我的序言有一段是這樣寫的：「真的，我常以為人之一生，就如一部樂章，各人的生命色調不同，生活過程與方式不同，組成的每一樂章的音符必將有異，但不管譜出的旋律，為悲、為喜、或樂、或哀，是平淡無奇，還是澀拗難以入調，它總是屬於我的。」到今天還是這樣想。

就那樣，我的第一本散文集於一九七三年四月問世。封面刊載的竟是「王雲五主編」，嚇我一跳，因為我的老師很多都是讀「萬有文庫」長大的；他們的老師更是由《東方雜誌》伴同成長的，那都是商務印書館的成就。一個無功利之心的筆耕者，對有人嗤笑不懂市場學、廣告學，毫不在乎。我的書列入「人人文庫」，雖然文庫每本書都長得差不多，我還是歡喜並心存感謝。曾經因一樁無妄之災，手中變成一冊也無，十分懊惱。所幸二〇一〇年商務竟肯幫我把絕版書復刻，於是我能再度擁有我的第一本「著作」。因此前些時從青年時代就是朋友的石麗東應商務印書館之請，編一本美國華人作品的選粹，邀我打下手，我二話不說，受命供驅使，除了我珍視友情，也是對商務印書館有還報之心。總是那樣的，人對我有義，我必還以篤情。

用笑靨揮灑人生

候鳥又飛來紐約度寒假，卻逢大雪成災，使生活添了很多不便；也不是真正的不便，不愛上街喜歡窩在家裡的人影響不到什麼，但心理上覺得融雪匯成泥塘，騎樓簷邊的滴答落在頭頂肩上是妨礙自由的阻障，心情也就跟著黯淡起來。這時接到了玲瑤的來信，她說她又要出新書了。這可是個好消息。

這是真正的好消息！任何文友出書都是值得慶賀的事，所以我大聲地跟身邊唯一的家人報佳音；「嘿！吳玲瑤又出新書了！」因為他也曾和玲瑤笑在一起，一種分享的快樂油然而生。當書市低迷，除了算命、股票、發財學、鬼故事、社會傳奇、內幕新聞、說前世論今生、政治人物傳記類的讀物暢行的季節，文藝作家的心血之作已近乎書肆毒藥之際，玲瑤的作品能擠上新書的書架，確然令人興奮。

從台灣到大陸；從大陸到美國，都聽見人在慨嘆：「文學已死」，是學院學者與許多自由作家共同的傷心話。他們心中的「文學」，乃是曲高和寡的詩、邃奧嚴肅的小說和精修絕雅的散文。而現代人活在多媒體重重包圍，社會上的事物包括出版品都趨向於輕薄短小粗糙化，遭四面八方的壓力踐踩，和各種各樣快節奏擠迫情況下，不願再承受沉與重，於是廟堂文學僅能在小眾中孤芳自賞。人、人間世、社會金字塔塔尖以下層層的芸芸眾生，實際上需要的是一些更接近生活的作品來撫慰他們勞累的心靈。其實撇開了傳統，按習以西方文學理論為圭臬的人士的看法，文學仍有 familiar essay 這一文類。

仔細思索，文學是先有作品再有理論成型的，而作品之鑄成，於作者思維、知識、訓練而外，還要加上觀察和體驗；如果不是自己的經驗，便要汲取借用他人經驗，因此有人說，作品是從生活出發的。此言不虛，一個人即使空靈到不食人間煙火，也有超然物外的思考與心境，但仍需要過人間的日子。那麼身邊瑣事誰說就不該寫?! 只是需要有一種由小觀大的胸懷，從一粒沙塵淬鍊出精髓的境界。玲瑤就是走這條路來淑世的，不過她不唱搖籃曲和夢幻曲，她用笑靨跟趣筆把平淡的日常瑣事活潑地「漫畫」出來，讓讀者從中去觸摸到問題或得到精神的熨慰。

吾友廖輝英曾形容吳玲瑤是「從溫室中探頭的玫瑰」。確實如此，除了幼年記憶中的金門炮火，她不曾經歷過什麼人間疾苦，她求學順利、婚姻美滿、經濟生活豐足富裕，尤其夫婿志同道合又不會和她的興趣爭寵；兩人唱隨於寫作之途，也魚水相幫。所要傷的腦筋，無非是為孩子在好大學裡怎擇選一所更好的就讀。所以她的筆觸點染不出愁悶、憂苦、哀傷、沮喪。就似這冊集專欄「如是我說」文章而成的《家庭幽默大師》，縱然不像以前那些作品製造了「每三分鐘一小笑，每五分鐘一大笑」的笑果，於娓述絮析的時候仍常令人莞爾。

玲瑤絕對稱得上多產作家，從一九八六年九月第一本書《女人難為》到這冊《家庭幽默大師》，已經是第十四種，似乎都是出自於吳玲瑤氏獨有的幽默筆調，讀來趣語連連，談的都不是什麼大事，但體味起來也有雋永的人生哲理。比如在《誰說女人不幽默》一書中，有一篇〈另有所解〉剖析人的行為和心理十分精闢。她說在她母親的時代，女人通常不表示意見，和男朋友出去共餐時節會說要吃「隨便」，「而這隨便其實是隨便不得」；媽媽用「我們做孩子的時候，哪有……」就是要消滅孩子利益的開場白；爸爸說「我還是小孩子的時候……」，這樣的開始是要吹牛的起點，把人性的小弱點透視得清清楚楚。

還有一篇〈自尋煩惱〉，開場白便說：「自己處罰自己最好的方法就是不斷地讓自己煩惱。」這簡直是為我說的。也許有人會說我誇讚得過分，但通篇讀過，我真想說在這篇短文裡，我品出很多真理。

再有〈兩性交談〉這篇，她分析女人和男人的差異，「女人往往傾向把自己的私事拿出來與人分享；男人許多是一概不提，很多男人在婚姻生活中是『不聽』太太說什麼，他全沒聽進去。」正是那樣，好些男人只有說的癖好，沒有聽的習慣，從不重視對方表示的感受，每每在另一方已忍無可忍，才來大驚失色，事已無可挽回。由這種種的例子，玲瑤儘管只有快樂仙子的生活背景，並不妨礙她透析人世百態的能力。

作品多產，除代表了精力充沛、善於經營，更說明作者的才思敏捷，廣為大眾所接受欣賞，吳玲瑤的幽默小品從散文美學來說，不屬狹隘的「美文」，但套句大陸學者論文常愛用的詞句來說，則皆有啟發性，這是吳文重要的特點。

記不得誰說過一句警語「回回坐上位，步步近祠堂」。創作道上亦然，筆耕者的生機無限，而賦予寫序任務的那員，常常是比較接近祠堂的一位。

易言之，也就是作序的活兒應屬於年高德劭之輩。趙某雖在年輕朋友面前已可自誇為「賣年糕」者，卻非德劭，而又一次，受命為朋友的新書作序，也並未做老之已至的解釋，應當是吳玲瑤對相重相契的朋友的一項惕勵，提醒我該勤握筆鋤認真耕作，不可再為自己的懈怠找尋藉口，否則就該為進祠堂做準備了。確然，一個把寫作當作生命鵠的的人，不寫還有什麼價值?!

D
角落靜靜想

梅花三弄

不肯吃藥，最近思慮過度不能入睡的時候，我聽輕柔的音樂舒緩繃緊的神經，助我安眠，中西、古典流行不拘。那天聽短笛演奏「梅花三弄」，覺得不對味。昨夜是古箏的帶子，似乎更不對味。也許我不對，有先入為主的心境，就覺得不是那種情調，似乎「梅花三弄」就應該由洞簫來詮釋。

大二升大三的暑假，帶了一支尺八回台中給媽媽，那是用稿酬拜託玉馨自香港選購的。別人都當家教貼補生活費，我也想，可是不行，因為父親認為那樣必須接觸到不可知的社會人物，且象徵著有「長翅膀飛了」的意圖，不許！無奈！只好如中學時代一樣，靠打零工——寫點小文章投給報紙副刊補零用之不足；我的學校既不必繳學費，還有吃有住，從家裡僅拿少數零花錢，這樣我很安心，不會成為家裡的負擔。就因這樣的心思，我送任何人禮物，都堅持要出自我自己的能力，對媽媽更須如此才有意義，媽媽是少數知道我有這項收入的人。

姐姐已經離巢，趁妹妹弟弟不在家的時候才拿出來，像小時候一樣，我喜歡跟媽媽在一起的那份單獨共處。我沒說那是一項禮物，只央及媽媽教我吹簫，我說我覺得「文人」吹簫會多一分優雅瀟灑的氣質。媽笑了，接過簫去模擬口述指點了一下，叫我試試。

「哎！妳怎麼把洞簫當成了吹火筒！」媽笑罵著。好久沒聽過「吹火筒」這個古舊名詞了，我也笑了起來。

「好了！我不行，我太笨！媽吹吧！」

「不行了，太多年沒練，氣也不夠了！」

「吹啦！吹啦！吹一下嘛！」

拗不過我，媽媽開始吹了，吹那曲「梅花三弄」。

吹了兩三小節，的確氣不夠，跟我上次聽見的完全不一樣，試了兩次都不行，媽頹然地放下那支簫。洩氣地嘆了口氣「真不行了……老了！」

想安慰無從安慰起。不是老了，是荒廢了！

還不及十歲，只想著對媽媽的保護是搶著替她打下手，等到長大了，知道什麼是心智才華、生活情趣，最想做的是讓她知道我能體會她的心情，非常想喚回她的興好才藝，讓媽媽的生活更有趣些。從她嫁到我們這個闖關東經營出巨富的大家庭，因價值觀不同，藝術興趣與才藝便遭輕廢了，亟盼能找一點點回來。真的！甚至心裡還有點抱歉。可不是嗎？從我幼年起，媽真的用吹火筒的時候比吹簫的時間多。

上一次聽媽媽吹奏這首曲子是什麼時候？好久了！十年以上了吧。是快勝利的那年吧！在那個炎熱的夏日午後，我放學回來，媽媽哄睡了嬰兒、幼兒的妹妹們，正享受她少有的休閒。爸爸在城裡上班，姐姐已進中學住校，就剩我與媽媽互伴。媽穿的是那件白底碎花的夏布衫，窗外吹進來的風，攝著她長衫的衣角，她暫時忘了尿布、奶瓶、水缸、煤球爐、菜籃子、搓衣板、明目張膽跟人搶餃子有名的四川耗子……，拿出了那支油光水滑赭中帶紫的竹簫，瞇著眼睛吹了起來，玉色的面龐上泛起特別的光彩。

真的很好聽，我坐在她腳邊的小板凳上，是唯一的聽眾。

「好聽！什麼歌？」不到十歲的孩子，只會這樣讚美。

「好聽啊？這曲子叫梅花三弄，妳姥爺教我的！」媽笑著繼續吹。

那時我已會唱很多歌，常被指派在音樂課上給小朋友們示範，自認很「音樂」了，早已不再滿足於跟媽一起唱那些「漁光曲」、「月明之夜」、「可憐的秋香」什麼的。至於那枝簫，她似乎非常珍視，常被深藏，難得一見，更少見拿出把玩，很不容易讓我碰上這一回。所以我什麼都不說，只靜靜地聽。說什麼都多餘，媽媽覺得開心最重要。抗戰末期，除了當地「紳糧」、豪富奸商，都抗窮了。公務人員一個月薪水只夠用半個月，家裡帶來的銀洋用完後，便只能到拍賣行出售媽媽的金飾嫁妝填補，媽的手邊只剩下少數的衣物首飾，還有帶自娘家的藝趣。

重慶的冬季，也冷得讓人生凍瘡到爛手爛腳的地步，那個冬天在疼痛中觀察媽媽每天的日程，更多了心疼。就是那個冬天！我像開竅了，有徹悟的改變，不再早上耍無賴，叫幾遍都不肯起來，上學天天遲到；跳房子的時候，會把瓦片磨得光平細滑避免費鞋；也不要媽媽在老師「哀的美敦書」（ultimatum，最後通牒）的威脅下，陪我夤夜趕做欠繳的作業。事事都搶著做，除了銜命去打醋買醬油會順便溜到隔壁書店待一會兒，變得非常乖。母女忽然有了特殊的默契。

全體孩子圍著母親的時候，媽常愛講故事，包括她特別喜歡的《鏡花緣》、《西遊記》、《伊索寓言》，但跟我獨處的時候多半不怎麼說話，只讓我看她黏鞋幫，納鞋底，上鞋，給妹妹絮棉襖；教我修補破書，挖補寫錯的作業，把零散的紙頁縫成簿本，還有聽她細聲細味地唱那些原本該很悲壯的抗戰歌曲，以及家鄉「挑水的都會唱的」蘇武牧羊。對！媽媽也吹過蘇武牧羊。媽吹的唱的都比學校裡教的要悲涼得多。只是後來那支簫……到哪裡去了？真不知答案，反正到了台灣就沒見過。其實我帶洞簫回家的時候，母親也仍在中年早期，不該說老，應該說「牢了」，被一大串孩子綁得牢牢的，只有兒女沒有自己。其實她曾是很好的老師，最初她盯剛入學的姐姐功課，效果是一人預習兩人受教。以至後來一年級的老師嫌「什麼都會」的我太煩，上學兩週便給發配到二年級。

到了台中，大體上對我們入了中學的女兒是無為而治的，媽絕不逼我們。犯了嚴父的禁令，少不得還要為我們護航遮掩（比如看「閒書」）。後來我上了高中，最討厭英文文法，她還能背文法規則給我聽以示激勵：「A verb is a word...」，我太不應該，還取笑媽的發音。她跟蕭紅是一個地方的人，雖然大著四歲卻讀的同一小學，所以英文發音就像蕭紅書上形容的那樣，把「this is」唸成「賊死已死」，發音很不標準，但是她會！媽曾是最優秀的學生，為此，儘管我不用功成習，卻不敢不把功課保持在優良的程度。趕不上她在學時全才的出色，我還沒長大，只能用不同方面的努力，不讓她失望。如盡量學她的技能，替代她在家事上的辛勞，報答母親的為我們犧牲。

可是奢言「報答」也是自以為是，後來的歲月裡我只不過只替她買過畫花鳥的紙筆顏料以及剪紙的剪刀；從媽媽遺留下來成箱的新衣中，可以看到我「孝敬」的痕跡，還有她用我給的紅包，在菜市場買給我的毛背心，穿給她看，讓媽高興。再就是每年母親節，都張羅邀集在台的全體弟妹到著名的飯店，為母親慶祝。直到有一年歡聚後她說：「明年不要了吧！」

「為什麼？」我為之駭然。「我覺得很累！」啊！才驚覺媽媽的健康應該是走下坡了。頓時我覺得自己有點可惡，為什麼只從自己的立場想事辦事。

孩子長大成人，都會如父親所不願的「長翅膀飛了」，而且一個個飛得好遠，當二老都在的時候我卻與他們同住一城，確然做到為雙親有一分能使兩分力。也曾因為筋疲力竭還做得不夠好而望空嚎啕，但維持了諾言，二老健在的時候我不離開；不必十二道金牌，一個電話就趕了去。母親病重時，正好我的那本《中國海關史》在校稿，夜裡我就坐在病房的陪床上，於昏暗的燈光下料理此事。心很不靜，以至有兩個猶為禁忌引用自大陸資料的註解，沒有考慮得周詳，處理得適恰，在一項大考試的第二輪口試時，受到惡意的曲解屈辱，我受了！當又送走了嚴父，我才能悄悄對自己，對老天說：「啊！而今而後，庶幾無愧。」為母親做的最後的一件事，是獨力為她依鄉俗準備了「五領三腰」的飾終之服。且一針一線裁縫了內裝。

其實我最該做的是學會洞簫，到她的靈前吹奏那曲「梅花三弄」。但沒有那天分和毅力，只配吹「吹火筒」，那也是媽媽用過的。

與子偕老

執子之手，與子偕老。好美！自然、樸素、恬淡、純真的美，是千古以來男女相愛相依最簡明又深刻的詮釋。許多人會忘我拚死地去爭取那種幸福的機會，而經之營之。從青春少女時代便曾全心地讚美歌頌這種美景，祝福走上這條路所有的幸運者，不僅要成為眷屬還該是靈犀相通的心伴；其實到今天我仍認為若能達到那種純淨的浪漫境界，仍是最好的人性美的驗證。只是……走了這麼長的世路，看了幾十年複雜多變的人間世，發現這樣無疵的純粹，似乎只能在夢幻的理想國裡才能覓得。

當然，若倒果為因，只簡單地把婚配當成俗世生活一個傳宗接代的例行程序；除了穿衣吃飯養孩子，可以無暴力不缺錢地過日子，不要求有更多的內容，倒也馬馬虎虎可以交代過一生了。那時即或安身處的不過是一間簡陋的土屋茅舍，全無生活奢欲所謂認命認分的人，也會認為自己已擁有一座城堡（並非禁錮的圍城）。可是即使是這樣淡素的願望，有時也成奢望，因為人的性情有如其面，社會環境、時潮風尚隨時在變。再加共同生活中，有太多非單純有關彼此感情的現實和瑣碎，像銼尺一樣，時時銼磨著人的IQ、EQ，被銼弄得傷痕累累的男女，要始終如一不受影響也難。有人是沒有定力，有人根本不要什麼定力，人生苦短，何必要跟自己過不去，寧願面對變的真實，不管怎麼做，都可找出安慰良心原諒自己的理由。所以除了思想中只有「老婆孩子熱炕頭」模式思維的常民，一輩子真正「從一而終」，很可能僅能止於留下紀念美麗誓言的層次；而掩藏在誓言下面的一些東西，不都適合給他人發現知曉。最後的堅持，或許只是一個無內涵的形式。

不是危言聳聽，常常誓言相守的兩個人，還沒等到髮白龍鍾的時候，已經不諧，往往跟父母、公婆、房屋、存款、徵信社、派出所、妨礙家庭、律師、法官等七七八八的關鍵詞糾纏在一起，就算得以拖拖拉拉相伴到死，也不一定就真的無憾幸福。看盡人間風景，品嘗過人世百味，發現詩經裡輕彩淡繪出的那種醺醺然的醇純之美，理想的成分多於實際。假如肯用嚮往，迷濛，自戀的眼睛去看各人所得到的一份，也許比較容易滿足，不然只好就那麼順理成章地活著，不去想什麼，撐到到了時間，自然就一起進入老境，真的白頭偕老了。

一位也算認識的文友，由於生活的教訓，讓她由屈辱受欺的小媳婦，變成了保護受害女性的激進代言人。她的作風言論確然不是所有的女性都能接受，但是她的一句淋漓盡致使很多人嚇一跳的名言，卻讓人記住了。她說除了上天與社會傳統賦予女性的功能外，女人還有一項功用，就是替男人送終。這話說得十分刺耳，可是相當真實，至少由統計數字顯示，多數男性「有幸」先行，不必做那孤獨的傷心人（或許是暗自慶幸終於解除了桎梏，免除了恐懼？），因此能享有安詳互伴，比肩終老的幸運夫婦並不多。有時甚至送走亡者摧心毀肝的痛還沒稍減，卻意外發現一堆讓人噁心憤怒、傷害尊嚴的事；觀察得知，能豁達面對、寬恕放下的不多。

國人習於強調忍的功夫，可是無論從人際關係還是國際關係來說，「忍」都不是個好字眼，因為需要忍，便一定有人在受苦，誰有權力讓別人受苦?!把讓別人為自己「忍耐」看得理所當然，不但自私也無情。報上也報導一些八卦性的新聞，比如有「能人」炫耀自己過的是茶盤內的生活，一把茶壺配幾只茶杯，隔一段時間添一只新杯。還強調雨露均霑絕對公正公平，天曉得！不知他可曾探查過各「茶杯」在得到「嫁漢嫁漢，穿衣吃飯」式的生活保障，不自然的笑容所掩蓋的後面，她們心底的真實感覺。曾有一位男性朋友，忽然忘我的地冒出一句話：「哦！好羨慕那種翻綠頭籤的感覺！」（皇帝臨幸嬪妃的規矩）。說完，醒悟到面對的乃是一位女性，立刻有點尷尬不好意思，但他也僅是有點不好意思而已。如果這句玩話是他的真心，那與他牽手同行的伴侶應如何定位自處？

我往哪裡去……才能找到自己？這句歌詞頗有點無病呻吟的意味，但很多人常會有這感覺，喟嘆在婚姻中自己不見了。尤其是女子，家裡有老婆、媳婦、媽媽、主婦、廚子、雜工、護佐、司機，就是沒有自己。有人不在乎，有人委曲求全，也有人感到難過。丈夫與女同事的互動與眼神讓她羨慕甚至嫉妒，本身一無所長的頂多僅止於認命暗自神傷煎熬；才華越高被埋沒了的失落感越深。但是才華高事業成功的女性，也有麻煩，回家每每會壓縮自己，努力扮演小女人的人格造型，還須拿捏住分寸，小心不傷人家的自尊。這樣的她也會嘆息「我該把自己放在哪裡，該往哪裡去」吧？

在道德論依然盛行的年代，好友的一位年長同事勇敢地離婚了，好友當新聞跑來告訴我。那個她已近五十歲，兒大女大，夫妻無爭無吵，連「臉都沒紅過」，卻忽然提出要離婚。家人朋友努力地勸阻，都改變不了她的心意。一九四九年她還是大三的學生，為了能擠上船去台灣，她只能接受一個陌生男人把她報為眷屬，但二十八年的歲月並未把她心裡那壺冷水燒熱，當她認為回報得夠了，責任已了，便堅決求去；她要為自己活幾年，那怕一年兩年。有人罵她，有人取笑，有人鄙薄，她不在乎，回答是：「我已奉獻了我能獻出的一切，我要找回我自己，過一點有『我』的生活。」後來聽說那位女士繼續深造寄情工作卻並未再婚，因為她不能忍耐有誰把她的過去當作原罪，更恐懼「我的」、「你的」、「我們的」之類種種的現實問題，把珍貴美麗的愛情變得俗惡醜陋。

這些年來社會的觀念有了很多改變，男女已不流行用一張紙來約束彼此的關係，合則留不合則散。某些人群中更流行愛人輪換制，不要那張紙是對的，否則徒增法律手續的麻煩，好在未婚生子也能被大眾接受，不再受到歧視。只是那些率性的男男女女，可曾站在那倒楣的孩子的立場想過，他願否還沒出生便硬被規劃在單親家庭裡長大。

十幾二十年前很多團體，讀了我的專欄與文章，常請我去開講。在一些女性團體，我丟出一個新的看法讓大家思考：不要以為使出渾身解數，全家總動員，終於走進了禮堂，舉行了盛大的婚禮以後，王子公主就可過著快樂的生活，也許很多情變婚變的肇端，就從籌備豪華婚禮時的摩擦開始。不是每個女人都必須結婚，有的人拖了個家也就等於扛上了枷，自苦苦人。對於感情歸依，責任認知，心態個性都評估過之後，再審視自己是否適合推開那扇門進去。否則與其做顧此失彼受苦受難的怨婦，不如做快樂的女光棍。當時有保守的前輩人士還責我「教壞了孩子」，我不承認這看法錯誤，到如今我還是持這種論調。還有人抬槓挑戰，問我讓別人做快樂的女光棍，為什麼自己沒做。問對了，確實前前後後想過，假如有來生，也許真會選擇當自由的女光棍！

起點

副刊主編真的下樓來見我們了。一位個頭超過一百八十公分的男士，看不出他的年齡（那時的我還不會看男人的歲數），眼神中有著疑問與困惑。

見了他的形象與態度，我又向 Bellie 身後躲了半步。他問我們找他有什麼事，Bellie 仰著頭，聲調鏗鏘地把來意說了一遍，她比我可能還矮著一公分，兩人加起來不滿三十歲，身量都還沒長足，要與那位先生站著對話，非仰著腦袋不可。

「哦！稿費呀！我們的報是不給稿費的！」臉上帶著揶揄戲謔的笑意回答了我們，旁邊的人都咧開了嘴。當然對象是我們兩個人，因為 Bellie 索取的是兩個人的稿費，起初我不肯去，因為我還土得不知道有稿費這件事。她非要去不可，認為這是我們的當然權利，她的姑姑是當時最出名的作家之一，她什麼都知道，包括把文章投向報紙副刊，是「該」有稿費這回事。

從小無論跟誰在一起，都很少老膩在一起，所以沒有什麼夠稱得上死黨的朋友，而麗是其中的一個。她和我搞到形影不離，是滿出人意外也出乎我意外的事。我們同時考取台中市自由路上那所有名的女中，同級不同班，我是甲班她是丙班，但是她家在民權路，我們上下學可以同一段路；也怪，同路的同學可多了，怎麼會變成總是我們走在一起；從什麼時候開始的，我想不起來了。最初我真是挺孤獨的，同班的原也有玩在一塊兒的同學，慢慢的因為興趣不一樣，彼此就淡了。

還沒有聯招的年月，高中入學考試，瞎貓碰上死耗子，我意外成了榜首，就彷彿做錯了事，對不起誰似的。不知都得罪了誰，常有人踋兮兮的走過我身旁，斜著眼看我。不懂為了什麼，卻沒放在心上。直到前幾年，琳在電話中談起久遠的往事，她笑得呵呵地問我，知不知道她們曾故意繞過我身旁「藐」我，我說我感覺到了，也困惑，可不知為的什麼。我追著問「為什麼？」她終於說了，因為我考了榜首，卻好像很不當一回事，又不怎麼用功，還穿著從來不曾熨過的制服晃來晃去，那種「不在乎」讓她們不爽。

真是天曉得，不用功的確是我的毛病；因緣巧合入學成績排在最前，純屬意外，有什麼好當一回事的；由於被人騙了，家裡買了一處很老的房子，電線線路太舊，無法用電熨斗，只好身著未熨的校服上學。會讓人那麼瞧不上……想想似乎有點心酸。所幸後來變了，她們都成了我最好的書友朋友，她們拿到名著好書或是獲得新到的雜誌，總能有我一份排上接讀的順序。來「藐」過我的人中，不包括 Bellie，其實她也有被「藐」的條件，她的不在乎，還要加上睥睨一切，不按牌裡出牌和「只要我喜歡有什不可以」的作風。兩個「不在乎」，是否這就是會走在一起的緣故？後來我們接近到她不在家，我也可以待在那兒跟她美麗的作家姑姑談天說地。

那一群愛書迷書的女孩裡，我與麗同齡，也只有我們兩人後來拾起了書寫文章的撰筆，她是記者我選擇了創作。那時最愛的事，是一本書大家傳閱以後，爬上學校後牆邊的防空洞頂，曬著太陽開「討論」會，我們常常大言不慚地批評作品，月旦人物；有人帶來新雜誌，還會把雜誌上的現代詩故作內行地朗誦表演，然後妳爭我搶地發表「高見」。輕狂則輕狂，那樣的樂趣與享受是一世的記憶。

一回，我們在洞頂大說大講樂不可支，與我面對而坐的 Bellie 兩腿一伸，我便被踢下了防空洞，幸虧是滾落的，雖然痛徹心肺，為了義氣我還能馬上一躍而起說「不要緊！不要緊！」，之後便沒再去管。而僅僅一學期，過完寒假 Bellie 家遷新竹，再見她我們都是大學生了，我已長時為痛腿所苦。庸醫誤診，最後放棄治療，疼痛與年俱進，當知道病因，我與麗已斷了信息三十餘年，她始終不知道她替我留了一樣紀念品在我的身上。她也永遠不會知道了，到了紐約與故人相見，方知 Bellie 已去世數載。

我們在一起樂讀之後，要開始試筆了。在她百般慫恿之下我從作文簿上抄下一篇，加以潤飾，鼓起勇氣投到一份叫《民聲日報》的副刊去。竟刊用了！沒幾天她的也出來了，可是左等右等稿費不來，於是就演出我隨著氣勢洶洶的她，去追討稿費銀子的戲碼；沒得到稿酬，得到的是訕笑。我本來不願意去那報館，但見到了那樣的笑容，我不後悔我去了。我心裡對自己說，總有一天我要寫很多很多有稿費的文章。

如今不管我面對稿紙還是指敲鍵盤時，我都會想起 Bellie；冬夜裡，股骨痛得有如使用冰凍過的尖錐在鑽刺，我也會想起 Bellie。奇怪！我痛成那樣，心中對她始終無怨。儘管多年來不論統計作品或出書，從未將那篇不是東西的東西算在內，我卻並不羞於並必須承認那一段。相反的，會懷念那段並不久長的好時光；懷念和 Bellie 兩人頭擠著頭搶著共讀一本書的時光；懷念我怯怯的跟在她背後，索取稿費的探險經驗。去年四月回台北《文訊》月刊正在推出一個作家早年照片的專題，我把她和我僅存的合照拿了去，那是師大的我，到台大去看她，在傅園拍下的照片，文友們見了都說「好兩位美少女！」我拿這張照片出去，不是要展覽她和我的青春，而是要記錄一個我人生路上的起點。一個含羞卻美麗的起點！

尋路

幾乎大半輩子都在找路！各種各樣的路，各式的困頓、驚恐、徬徨、沮喪都經歷過，有的是實際的路，有的是人生的岔道。但是也走過來了。

兒子不許我再提起，可是那次的感受太深了，就是不說也不等於會忘記。

那年，孤零的母親又利用暑假到美國探望孩子了，他開了一輛行駛起來鏗鏘有聲的破車，二人的計畫是自由跑天涯。當媽媽的自然要為半工半讀的學生著想，讓他能表達心意又不要花費什麼，所以出的題目是：盡量節省，不必是名勝，去一些別人不去的地方，越特別越好，越怪越好，於是我們去了City of Rock。後來才知道那是許多「老猶他」也不曉得的所在，就那麼帶著一張影印的簡圖闖了進去。

瞻仰了不同形體乾巴巴的巨石雜錯排壘出的灰黑石陣，走出城區我們竟又進了迷魂陣。幾世的洪荒造就了有類月球表面的不見邊沿的天地，無燈、無電、無水、無路標，轉了一圈又一圈，還是差不多的地方。世界真安靜，除了一塊「此處野獸出沒」的朽木牌躺在石礫上，和一座廢棄已久的獵人屋，跟人有關的東西一概沒有。

我們遇上了「鬼打牆」！那樣廣大的礫石海既無人跡更無人聲，有的只是風嘯車吼和我心跳的聲音。

「媽媽，妳怕嗎？」「有你在一起不怕！」眼看天要黑了，偷瞄油表從三格變成不足一格。我真的很慌，但知慌不得。喘口大氣，強自鎮定下來，兩個人研究判斷，終於靠日落與Salt Lake的方位辨別了方向，更見到那平常令人極反感的，短波收音機因而變成廢料，擎向天際的軍方「大耳朵」的引領，出了那處讓人慌亂、懼怕、驚恐、氣餒甚至絕望的石頭城。出「城」後，看到一處迷你的雞毛野店，已動彈不得的我要求停下來，每人牛飲了一罐可樂，才把油將盡的車駛回寄宿地。

那迷路找路時留下的烙印是永遠的。但，但是！感覺中只是壓力不含痛苦！與我二十幾歲時那次掙命尋路的經歷相比，少的就是沒有那份痛苦。因為面對的是大自然的威脅恐嚇，閉上眼睛就看不見了，不是逃不脫的「自己」。

有那麼個所在，一處依山傍水的大學村。

下了公車還有好大一段山徑要走，後來小彩蝶樣的娃娃們夠資格走在林蔭道上了，大手牽小手，看見花就唱花，聽見水就唱水，瞧見鳥兒飛過還會拽著媽媽的裙裾轉兩圈跳一跳，原來幼稚園生也能審美。美啊！不是脂粉污顏色那種雕琢裝潢出來的，而是清秀佳人般的天然原貌。但是之前，沉鬱的眼眸中一度曾什麼都不是！就是那麼個都市邊緣的小地方，不管是否採菊都可隨時見到南山；雖非廣廈若干間，卻大庇天下寒「士」安家立命，欣悅授業，每日見到的都是讀書種子。棲身於這樣的環境，正如我原來的期望。

就是那樣的山村啊！可是離而立之期尚很遙遠，卻已死了一半。劈成兩半的我，一半堅持自己的理念，另一半又覺得活不下去。不時地追問自己，真的就如此淡白單調地過下去了嗎？就這樣過，過得下去嗎？這就是理念真正的實踐嗎？從未打雞罵狗宣洩，也從未找任何人麻煩，只是美景失色，消耗自己。

想了好多方法安慰自己，花一整夜設計製成全台北也沒有的客廳窗簾，用有品味人士的讚美「我家」武裝信心；以獨出心裁的巧思為全家縫製制服，希望「美滿」的實質與予人的印象，能滿足堅守理想的虛榮。但是真的太不快樂，因為生活裡好像缺了一些養命的東西。

我的理想是否太不切實際？我表演的是真我嗎？

擇善固執，猶在荳蔻之年已開始醞釀一個想法，年方二十更形成理論：高級知識分子要勇敢地回到家庭去做標竿性的全職主婦，給人快樂自己快樂，家家快樂，全世界快樂。為這個論調不惜與學校獨身的女生指導員槓上，一向的乖乖牌操行分數被貶落到七十二。

是我服膺的真理，不想打折扣，這樣想便也這樣做，真的完全回家了。可是才三幾年，彷彿已遭尿布奶瓶和油鹽柴米埋葬，那教授村裡暖人的窩巢已成了桎梏身心的白色監獄，常常拿著一本書卻看不下去。該怎麼辦，我該怎麼辦？經常夜不成眠，繞室以行焦慮苦思，煎熬硬撐的我，第二天仍然透早起身，表演快樂小女人的角色，一半的我就是不肯向另一半認輸繳械。

夜夜夜遊與悄悄試筆當然會被發現，有人說了：「違性而行，是自尋煩惱，選點兒符合志趣環境許可的事做做，不算什麼罪大惡極！」於是開始了跌跌撞撞找生機道路的奮鬥。終於，從自己執拗的理論裡出走了。

心理上有相當的負擔，感覺似乎對不起自己也對不起別人，因此只肯伸出一隻腳，探出半個腦袋；想出走仍無法完全走出去。若非多年後必須找個

「頭路」自贍自養，還會一直徘徊在自譴的路途上，不肯全身而出。

不能說蹉跎，因為也奉獻於幾個人，但從尋找呼吸的窗口而言卻是耽誤，已落了下來。偏偏又比很多同齡人背上多個大甲殼不肯放開，所以競爭的「條件」很差。不是見縫就鑽，而是凡離興趣不遠，不想把我全要「買」下來，准我考試（或等於考試）的地方，就去碰一碰。便這樣先就競得一個「特約撰稿人」的活兒，捧廣播明星的行當。當節目部主任兼製作人李荊蓀先生下正式請帖邀約宴聚，真是滿懷感激零涕，有士為知己而死的心情，就像溺水的人獲得一塊救命的木板。

因為違背了對自己的承諾，覺得有點抱歉，原來要做的一點沒有減少，還更盡心。個人的新享受與心靈休閒，便總待諸般「正事」完畢之後再做。但這仍是靜態到極點的工作，除了跑郵局寄稿，反把自己囚得更深。

人，更蒼白了。自覺很需要見見陽光見見人，於是又進入了另一個跑道。

不過就是考試嗎！簡單多了，僅僅口試，就成了洋人教習，如果不是後來發現從大雅之堂到凡俗社會都不重視這項專業，讓人產生挫折感，就不會再轉換航道，從頭來起，游向上庠之水域。若不換航道，也許能再多教出幾個大使來，不只有以前在台北的池田、從中國大陸卸任的阿南，以及那私淑者，常跟著大曲跑得很勤的田中與刻駐台北的齋籐。

回首來時路，確實大半輩子都在找路。數經周折，每次都有天人交戰的內心拷打，但是震盪最大的還是那第一次的衝擊，生活內容並無天差地異的改變，思維中的激盪卻彷彿生死一念之間的決斷。假如當年執著到底，今天的我會是什麼樣的我？會否已瘐死灶下？

大姐們的眼神

艾雯也走了，文壇上又少了一位用溫柔的眼睛看人的前輩；另外有一雙更溫暖的眸子的是琦君，她們都是江南水鄉女子。艾雯的眼神如村後的小溪，琦君則如門前綠蔭飄繞的淺塘，讓人自然樂於親近，所以曾為琦君做過不肯為別人做的事。

在任何場合都願說出的一個結論，一九四九年以後，不管是否有過「戒嚴時期」，播移台灣的第一代青年文學女性，對於今日的台灣文學創作與文藝活動，都有開創的功勞；對一脈相傳的現代文學也有延續的作用，無斷層也無斷代。我這台灣「出世」的文學幼苗，很難忘卻這些人；也曾有過很多「哥們兒」，但是他們仍記得我是女性，有時必須保有矜持的距離，大姐們若願意接近，最初是受寵若驚的。

戰後台灣的第一代女性作家，蘇雪林、謝冰瑩都是我大學時代的師輩不可稱「大姐」。那出身桐城世家，有著一雙嫵媚眼眸的張漱菡，從十四五歲就隨著蓓麗叫姑姑，也不是大姐。進入一九七〇年代，作品漸漸給人記住、不忘、期待、嘉勉，忽然多出了很多大姐，並且被帶到婦女作協共事。大姐之中好幾位姓張的，也是名門之後最年長的張雪茵與吾母同齡。嚴肅的張明往還不多，我主持開會時，常一抬頭正碰上她評鑑的神色。張秀亞的文雅靜淨跟艾雯的纖柔細緻、琦君的溫婉平和、蓉子的自然恬靜又不同，書卷氣特重。

林海音與潘人木都被稱為「先生」，同樣的機敏睿智，潘多著一份瀟灑清氣，林多著一份威嚴圓融，對我都非常愛護，我之得以與前輩們一起在會議桌上論事，從海音大姐的言談中領會，應是她主導建議的；她在不同的時間不同的場合，幾次這樣做。和我一樣也愛獨行天下的羅蘭，跟我極有緣，不曾相約，卻在香港機場巧遇，去北京參加同一會，她無意中的一語曾影響我創作的方向。古典音樂造詣極高又精書法的畢璞，真最怕跟她一起在簽名簿上留名。致力於兒童文學的嚴友梅，是極好的女低音，她和我的二重唱最搭調，我們自己聽了都覺享受。郭良蕙、郭晉秀童齡時是同學卻不同型，良蕙美豔親切，晉秀性直鋒利，晉秀曾為我罵過不識相的人。

王琰如家常的語態與家常的風格，沒共過事，但是我曾為她的獨生女小如得以早些「回家」，在工作上盡力配合過。共事多年的「總幹事」、生在五四運動同一年的劉枋，很有五四女青年的作風，目光與言語都有著突出的銳利，我初任「值年常務理事」時，她肯對不知規例「菜鳥」級的我下指導棋，卻從不越分，對外行動時總讓人知道負責人是我。另兩位姚宜瑛與邱七七，都能幹又精明，我受益匪淺。

曾有一次特別的經驗，唯一的一次主祭是為了葉霞翟，除了琦君捏過我的臉頰，只有這位高大的葉校長，敢笑著用手指點我的額頭說：「妳真敢寫！」

鐵肩擔道義

那一日，在北京的旅館裡，晨起，還披著睡袍坐在床上，他就遞給我一個信封，抽出信箋，才開始看，他說，這封傳真函昨天半夜就已送到，快速地讀過一遍，為了怕影響我的睡眠，特別藏了起來，不給萬一也中夜起身的我看見。

他很瞭解，這封大女兒從台北傳到北京的信，的確有一項資訊會影響到我的情緒，因為信上有一段寫著：「小民阿姨打電話來家，說夏鐵肩伯伯去世了，希望媽媽和大姨都能寫篇紀念的文字。」

去北京並非為的旅遊，節目乃是按鐘頭排的，忙得一場糊塗，但自得到消息後，心緒常常會從諸務中離失。於日程的夾縫裡，頻頻打電話回台北探詢究竟，想問問小民姐，鐵陀兄到底出了什麼事情，偏偏怎樣撥，電話也撥不通。後來不做徒勞的嘗試了，忖度人的生死是大事，小民大姐既然通知姐姐和我，那就是千真萬確的，不必求證了。鐵陀兄，應當是真的「走了」！

稱夏鐵肩先生為「鐵陀兄」，並沒有太多年，比起許多與他相識多年的文友，結識的歷史短多了。雖然在《中央日報》副刊極盛的時代，我也撰稿有年，但因我面對編權在握的先生女士，素有讀書人的靦腆，只肯以稿會友，不曾有過實際的接觸，頂多每年的元宵中副茶會上打個招呼。甚至點名叫我登台講話的也不是鐵陀，乃為夏先生的老搭檔主編如陵先生。由於年程的距離較遠，我把他們尊為前輩；叫鐵肩先生為「鐵陀兄」，是因姐姐在一些文章中提到我都寫做「大妹淑敏」，此後鐵肩先生就順勢稱呼我「淑敏大妹」，再兼他的造型確實有那麼點頭陀的味兒，我便依他的筆名管他叫「鐵陀兄」了。

濁世之中，長江後浪推前浪，寫作人圈內的倫理也隨之退休，今天再提老先生們的「當年勇」，好像很不適宜。但是，仍要說我如今能站在文壇上，仍要感念那些「老」編們的鼓勵；毫無功利，認稿不認人的鼓勵。一九九三年在紐約，王鼎鈞先生勸我在年事猶盛、體力未衰前完成我的長篇小說創作計畫，貫徹了他自《徵信新聞》到《中國時報》副刊主編時的建議；第二位認為我可寫、該寫，不可逃避創作長篇的人就是鐵陀兄，其實他們都未見過我寫長篇。可是那時不管鐵陀兄怎樣苦口婆心地說服，我都無法應承。

一個整天鑽入舊紙堆裡的書呆子，實在再無力分心經營自己之最愛，所以把熱蕃薯扔給了姐姐，於鐵陀兄的催促但耐心等待之下，逼出了趙淑俠的《我們的歌》。

姐姐從不曾說那部六十萬字的小說是她最重要的代表作，然而在國內國外我卻聽見很多已經功成業就相識與不相識的人傑，說那部作品曾喚醒起他們內心的沉迷，安慰過他們的心靈。但我以為若無鐵陀兄無私地為《中副》求才；若無鐵陀兄一力承擔，向報社大膽保證破例只交出半部文稿就上的趙淑俠，必能如期交出夠水準的後半部稿件，能不能有《我們的歌》同世，真不敢說。那段時間許多事由我居間連繫，惟我與鐵陀兄共擔精神的壓力，直到他收到全稿，鬆口氣，方對我說：「我今晚可以睡個好覺了！」或者就因這心情，不僅《我們的歌》一書出版，封面都是他的長公子自德國拍得的，當時人戲稱的「趙淑俠旋風」颳到台北時，還曾由他的夫人、女公子、兒媳親自下廚在夏府設宴盛大招待眾文友與趙淑俠見面。其時若論起交往，家姐或許只能算個初見的新朋友吧！

想到鐵陀兄，想起往事，確然有些感喟，時下最流行的是快學會忘記不想記得或不必記得的事，不知道有多少人還記得夏鐵肩敞開胸懷打開大門迎進新株，栽之培之，灌之澆之，使之成長成材，期為巨木的事實?!儘管在我不得不為個人的「義之所歸」的志業——教學研究，耗盡心力時間，無法多顧「情之所鍾」的創作之際，仍然不能忘卻鐵陀兄的激勵與期許。似如《松花江的浪》無論連載、出版還是獲頒國家文藝獎，鐵陀兄都表示了他的欣慰。已故的王大空先生曾戲謔地質問我為何不用獎金請請必須請的朋友。我笑笑，未做回答。我曾想著，有朝一日我的《逆航三部曲》完成，不一定要再獲推薦得個什麼獎；我會請一次客「慶功」，那時鐵陀兄應是要請列位上座的人士之一，可惜！鐵陀兄竟不等了。

「鐵肩擔道義，辣手著文章」，僅從造訪過一次夏府的機會，看過他家壁上懸著這麼一幅對聯，我認識後的夏先生已是只編不著了，相信和他認識的朋友都可印證，在幫助許多作家成長成熟的過程中，他的鐵肩擔過多少道義。可是有一事我對他感到抱歉，有一年多的時間，我們都住在士林區，文藝界有活動，常常是同車返家，我總是把宋瑞先生和他送到家，最後回到我處。鐵陀兄已悠游林下頗有空閒，他曾提起要到我家坐坐，我始終未邀請，除了因為學校工作太忙，也因斯時我獨身一人，且是俗語所說「門前是非多」的那種身分，很拘謹地杜門謝客。不知鐵陀先生會否瞋怪我的不夠意思，縱然後來他出任文協理事長，要求支持時，我都勉力支持，我依然感到歉然。

鐵陀兄有溫暖的家庭，他天性樂觀又與世無所爭，僅前些時才聽小民姐談起他曾有喪子之痛，否則真可以說他有過滿足和樂的一生。前幾年，我們合唱團請了幾位愛歌的男士來同樂，他曾用渾厚的聲音教我們這些「後生」唱我媽媽的歌《燕雙飛》。以後雖然仍唱不完整，卻都學會用濃重的湖南話唱「……其奈流光叟（速），鶯花老，雨痕（風）催，景物全灰（非），逗（杜）宇聲聲喚道，不於（如）歸」。真的，想到鐵陀兄，記憶裡竟全是些溫馨有趣的事情。

現在正是杜宇聲聲喚著「歸去」的季節，他走完了人世的路，應著呼喚去了。讓所有的朋友確信，那個世界必是有一個報紙的副刊需要他去主持；有很多的文壇璞石需要他去磨鐫，所以他去了。因此，我們懷念他，但不要為他悲悽。

鐵陀兄！放心地回老家吧！你所做過的，我們也會做，後繼會有人的！

空頁

不用抖了，妳不用再抖了，一身鱗片似的碎紙渣已經抖乾淨了。不過妳知道有些東西是抖落不掉的，就似有些空缺永遠補填不上，不論實際的還是心理的。所以，別作徒勞無功的事。

知道妳心裡又起浪了，平常妳總是體恤的、大度的、開朗的、豁闊的、敞亮的、透明的，正像妳爸爸批評的，雖然「讀書讀得很迂，理論太多」，但是還有一點「最識大體顧大局」不任性的小堅持。因此即使很委屈，也不表示出來。於是，某些虛榮思維加諸於妳頭上的臆疑讓妳受傷，妳卻不惱，只是自我尋求安慰，到回憶中去尋覓溫熱。妳也真絕，百計無解，竟又去抱那個醜陋的，頭科齒豁的老傢伙。真夠難看了，藍布裱糊的硬殼封面顏色已褪成花臉，原始不過是某機關淘汰的舊資料簿，打了四個鞋帶孔，用舊鞋帶穿綁起來，可隨時加頁的本子，就變成妳最依靠的「他」。只因妳跟他交心的親密超過一切的人，他陪伴妳成長，忠實為妳畫像，記錄妳的思緒，留住妳的悲喜，撫慰妳的心靈，傾心給妳倚依。直到現在，每當有「不可說」的心事，妳便會將他抱在懷裡，把最早的獨樂溫習一遍，平服內心的波濤。

是妳的第一本剪貼簿，那個人從官場脫身，什麼也沒得，帶回一個土頭土腦布殼本子，示範性地剪貼了妳積下的那些所謂「作品」，從此「他」便成為多年託心的夥伴。確實，對「他」從來沒有謊言，當然有些不願訴說的連他也規避了。

就是那樣，妳有了一個好習慣，使用電腦以前，所有在報刊上屬於妳的「工作」都剪貼保存起來；有了電子檔，尤其是報紙改成橫排之後，剪文貼簿成了大麻煩才向現實投降，不剪不貼了。真的，像那樣在紙頁上把出出進進，東長西短的不規則，拼版組成一個完整，實在是很有成就感的遊戲，所以妳出了二十幾本書，還是要保留剪貼簿，直到無法再享受這個趣味。太難，擺來拼去，總弄不好，算了，只好把整張報紙塞入資料櫃歸檔。

那二三十本大大小小按文類分置的冊子，我知道是妳的最愛。什麼都捐了，連純金獎牌，私密的稿費收據都當文物送給了文學館、資料中心，就是這些舊紙本，還牢牢地守著不離身邊。我也知道妳最愛的一本，便是這個破藍布硬殼面，舊鞋帶穿綁的活頁本。台北的潮濕、紐約的乾燥交互相激，昔年的白報紙，都已被歲月染色風化成「黃頁」，參差的邊邊輕輕一碰就掉渣渣，特別像剛才那樣摔一傢伙，他就來個天女散花。沒法子，十五乘十一吋大小，兩三百頁的厚本，重呀！我知道妳心痛，可是已然摔了。

我完全瞭解，妳真的不能不愛他，雖然之中有兩三張令妳揪心的空頁。冊內應有二十分之一妳從未集入任何一本書裡，因為不甚滿意，羞於示人。但不羞於面對自己是妳的優點，因為妳是從那裡走過來的，那是成長軌跡的圖解，從不否認與否定。年方十五六的青澀，「作品」很難有成熟的面貌與內涵，當年頂著那個埋葬已久的筆名，妳屢仆屢起，掙扎前行，便留下了那些東西，包括應貼放在空頁上的文字。尊姓大名實在很不文藝，但我知妳用一個筆名不全因妳的名字太過通俗，還有躲避希望妳投身科技之學的老爸的「關注」，再有戴上面具似乎可以表演得更自如一些。後來妳父已默認女兒的選擇正確，便再也不用筆名，可是我倒覺得你有個假名，把自己藏得深一些較好。若然，更容易自由揮灑，不會動不動招致對妳實情真意筆觸的強大壓力。

其實不是絕對幼稚吧？否則怎會產生那些空頁。妳告訴過我，是有人索去用以謀職了，中學生的習作可以用作求職的敲門磚，應該不會最low吧！

可是天可憐見，自那以後便如出繼為螟蛉子而後又被拋棄的孩兒，不知下落了。時過境遷，人都忘了，當然忘了也是一種幸福，然而身為他們真正母親的妳，不可能完全當作沒有過他們這回事吧，午夜夢回妳可會想起他們的面貌？對了，他們會不會還在那家公司的人事檔卷中沉睡？不知道！妳不敢問，只好當他們死了，然後再按他們的身型在剪貼本上，為他們畫一個位置；連「遺容」都描繪不出來，只能畫個框框留個位置。可嘆，年月久了，妳已想不出他們的眉眼容貌！

憾不憾？憾！痛不痛？痛！悔不悔！不悔!!

妳始終無悔，能為人圓成一個願望，解決一件大事，在妳是一件快樂的好事。相信妳之所以仍感遺憾與疼痛，是因再也想不起他們的模樣，徹底切斷割除成為棄嬰；在空頁上留著位置也沒用，他們永遠回不來了。

妳也許該全然放下。實際妳已放下，掩埋了那個名字，固然是讓事實永不穿幫，也是為了放下。理性的思慮如此，但我知道妳不可能真的遺忘，畢竟妳誕育了他們。當妳內心又白浪滔天時，妳抱著那藍殼的紙冊搖啊搖的，看見那空頁，心火會熄了吧？連「親兒」都可割捨，其他還有什麼不能忍受的。

看妳的眼神，我知道妳放下了！

最記倉皇辭廟日

看見了他，意外加上了震撼。在法拉盛「緬街」的郵政總局，等候的行列裡，他排在我前面，中間僅隔了五六個人。

「他」依然是頭髮稀疏禿著半個腦袋，面龐仍舊棕紅透黑，濃眉大眼；眼睛不是普通的大，不過眼珠少了一點宿酒的微紅。那時天天跟他碰頭，發現他有個特點，在思考事情的時候，每每眼皮動兩下，主意就出來了。個頭中等卻很健壯，身著當時已很少人穿的中式短褂。回想一下，按現在的判斷，他應該有四十多歲了。身分是一名工友，可是我怎麼覺得他像一位深藏不露虎落平陽的練家子，雖然那時除了「小人書」，我還沒看過武俠小說；就是有那感覺。

法拉盛是華裔人文薈萃的區域，如果到公共圖書館和郵局的現場數數人頭，會發現華人比例甚高，在郵局常排著很長的隊伍中，有很多各型各相的華裔同胞，只是「他」會跑到紐約的郵局來排隊，是太出人意料了；他不僅不懂英文，一口的南京腔連「普通話」也說不拱頭，來了能生活嗎？再細想後，不免要說自己荒唐，怎可能是老袁呢？就算在那個環境，他能度過各種運動的考驗折騰，也絕不可能還是這個形象，算算眼前這人，應該是他孫子輩了。明知不是他，還好想上前去問問，是否姓袁，是不是老袁的什麼人。終不敢莽撞行事，後來輪到他，在窗口寄完包裹迅速離去，這人的步履行動，完全不似老袁的沉實矯健。但是這中年漢子卻喚醒很多動畫在腦海裡演戲。是！老袁，不宜稱他先生、男士什麼的，用「漢子」才適合他的路數。

那暴風雨的前夕，從三月底到十二月，不到九個月，卻像過了九年。剛脫離了圍城的困境來到南京，驚魂甫定，靠關係立刻於期中被硬塞進修道院辦的學校，與現實隔絕，享受了暫時環境與心情的安定，還欣喜結交了一些不識人間煙火的新朋友。一家大小也終於在還有油漆味的招待所裡安頓下來，甚至還添了幾件新的家具。但很快就回到現實，開始度漫長的暑假。唯一的快樂，是跟電影院很近，去看了幾部經典電影；那時還不懂什麼經典不經典，不過比那些「插曲N支」類的片子文藝些，能讓人感動。除了這些，很多細節都不記得了，除了和老袁的「合作」。

母親病了，既然已放暑假，便維持從十歲以後的老例，寧在廚下料理，不陪「愛哭的小動物」一起哭，就那樣和老袁見了面。在他的上班日天天在一起，一週見六天。他是招待所的工友，工資微薄，還要吃自己的，那時又不興帶便當。在那個貨幣狂貶，物價長了翅膀，物資人為地越來越缺乏的情況下，老袁吃飯之事，就成了問題。雖然老袁宣稱誰家供飯，他便給誰家做飯，並沒有哪家回應。對工役和弱勢一向寬厚的父親，跟他達成了協議，他替我家做好飯，先分出他的一份自行用餐，我們吃我們的。他很願意，但不肯買菜。不是怕勞乏，而是要避嫌，因為那個時代僕傭買菜從中苛扣作為福利是通病。他為了清譽，不願有這誤解，於是又有了一個協議，暑假中我不上學，就要與他一起上菜場。於是我每天跟他有朝會，一早我準備好，他打掃過環境，就來叫我。我的代號是「二小姐」，由江湖「大爺」的他嘴裡叫出來，就跟以前那些劉嫂張嫂叫我的感覺不一樣了，好像真是很有權威的高貴小姐了。

他不知從哪裡弄來一個彷彿被歲月磨得油光水滑的橢圓形籐籃，籃子裡還放了一桿老秤，這都不是我家的物件。放桿秤我不問也猜得到，是避免被人偷斤兩；一去市場就發現，至少一半的人都帶了秤，這是南京菜市的特殊景觀。但是為什麼不用我家的新菜籃呢？我一直沒問過，到分別的那天，我也沒問過，甚至家裡所有的人都不知道這事，因為只有「二小姐」跟他出過任務。我當時就猜想那歷史悠久的籃子一定代表著什麼。

因為南京夏天是火爐，每天買菜我們都盡量趕早，媽媽臥病，多半是爸爸把買菜錢交給他，或是由我轉交給他。最初是用銀元，那一塊大洋爸總是交在他的手中，一方面是尊重他，另一方面一個小女孩手握銀幣，也會有被搶的危險；街上的米店已經有兩家被搶了，新街口在袖子裡買賣銀元的販子，也有人在背巷子裡遭到搶劫。

「二小姐，看見想買的妳跟我說，妳別說話，讓我先跟他們盤一盤。」買菜還要鬥心眼，問價錢叫「盤一盤」，每選一樣東西，人家秤好了，他會拿在手中掂一掂，覺得不對，便拿自備的秤再秤一次，但好像敢騙他的人不多。每天買菜都像上「菜場學」課，先巡視一遍，並隨機教學，什麼樣的魚新鮮，哪樣的肉不能要，哪些菜帶根比不帶根好，豇豆選什麼樣的容易熟，買豆腐豆乾最好輕摸一下，發黏的絕不能要等等。還有看秤的時候，秤砣該怎麼掛，才能不砸到自己的腳，這都是前所未有的經驗。只是慚愧，到今天我還不會看那種一根棍的老秤。

晨課本是很愉快的，迎著晨曦，說說講講，走個來回，一點也不覺得累，還聽他講朱元璋的下巴，馬大腳的賢慧，燕子磯的女水鬼，石頭城牆灌了糯米漿有多結實之類的。原來他人高眠我獨起的苦差，漸漸我竟可當作踏青的遊戲。可是感覺越來越不好，同樣的錢能買到的東西越來越少，增加了菜錢，卻買不到想買的東西，老袁的臉色越來越難看，顯然是因「巧漢難為無料之炊」。

八月十九日政府以緊急處分令的方式公布，從次日起使用金元券，不准用銀元了。正巧爸不要我再跟老袁上菜場，要我去考公立學校的插班試，希望省一些學費開支。我很爭氣，轉學成功。暑假也結束了。便少見到老袁了，頂多放學回家，到廚房幫著端菜。我常很委屈，成績那樣好做事最多，還會無端挨罵。「二小姐，別難過，委員是好人，他心裡煩，不能罵別人，只好罵妳嘍！」老袁看我哭紅了眼睛，就適時開導我。

市面越來越蕭條，我的同學家有的時候要靠買貨倉的陳年的餅乾當晚餐。在僻路小巷動輒發生搶米搶糧的狀況下，我家靠著老袁的「人脈」，仍有飯吃，雖然都是一米劈四瓣或是下腳的碎米。

上了不到兩個月的學，一天從市立體育場剛表演過團體舞回到家，一向注重教育的父親，卻嚴肅地命令，次日起停止上學。又不能上學了！那心便像從山巔沉落谷底。之後一連串的各種準備工作，直到上火車的一日。都忘了是哪一天，糊裡糊塗就被帶到了火車站，啊呀！這才瞭解什麼叫人山人海。

老袁有始有終護送我們穿過月台的人堆，進入了車廂，安置好行李。幸虧有老袁，否則我家一串蘿蔔頭，爸媽怎麼顧得過來。臨別，我見父親拿了一大落銀元給了老袁，他習慣地在手上掂了一下放入衣袋中。爸說：「辛苦你了，回去吧！」他沒說什麼只點點頭，特別看了看站在一旁的我，回身下了車。我透過車窗玻璃往外望，他用力揮揮手轉過臉去走了。

那是我最後一次見到老袁，對於南京，他是我唯一記得並記掛的人。他雖然很普羅，可是他的背景似乎不很單純，能平安無恙嗎？二十餘年來多次過訪大陸，去過很多地方，就是不肯去南京。因為當年倉皇離都時的景象，老袁像訣別的手勢，想起會痛，還很疼痛！

九到九的感悟

搖啊搖，搖啊搖，但不是搖到外婆橋，也永遠搖不到外婆橋，外婆馨暖慈溫的形象只是人間神話中的抽象名詞。不過縱然從來沒有享受過一日外婆懷抱的溫暖，但知要搖到外婆橋去，絕不是這樣的搖法。

怎麼是這樣的，一船的人就像裝在豌豆莢裡的小螞蟻，巨人惡作劇地把豆莢放在篩子上，使勁地上下左右篩、搖、顛、摔、撞、撥弄，一刻不停。這豌豆莢還有個名字叫「中興」號。

吐了再吐，奇怪，不吃什麼東西也要吐，而且像有傳染病一樣，空氣渾濁昏暗的大統艙裡，此起彼落，這邊有人大嘔，那邊立刻就有數人響應。就是這樣一條條攤在鋪上的男女老少，還都兀自慶幸，真是幸運兒，多少人拚金條都買不來船票，自己卻能躺在船艙鋪位上被篩來篩去，還不該慶幸？已經過了十二歲，奔十四了，不該買半票了，是幫忙買票的人沒法子多要一個鋪位吧，給我買的票也是半票，意思就是說我需和妹妹併在一個床位。那倒不打緊，反正我個頭正常，兩個人加起來不過七十多公斤，還比不過一個胖子。只是一向奉公守法的父親，把這「事」當作一回事，待我察知我應買全票，所持卻是半票時，我也忐忑不安了。

早出了黃浦江，到底已走到哪裡了？沒人知道。該暈船的都倒下了，僅是狼狽的程度不同，但沒有人呻吟，除了大家都自愛不想影響別人，也因自覺太幸運，就是身體痛苦萬分，也都願惜福承受。可是越搖越厲害，自幼兒時起就有飄洋過海經驗的我，也覺難受是空前的。尤其知道拿的是半票，在痛苦之外還多了一層擔憂與心理障礙。

無日無夜！密封在船肚子裡的不知晝夜的日子，今夕何夕？不知誰嚷了一聲「來查票了」，我立刻跳了起來看著爸爸，爸爸為難地說：「要不，妳起來到別處逛一逛？」站都站不起來了，還要逛一逛？不然又怎辦，逛就逛吧，於是便搖搖晃晃擠過人群出了船艙。

爬了一層鐵梯又一層鐵梯，上了甲板，空氣立刻好了許多，原來不是夜晚，那個晃蕩著「豌豆莢」的大水槽，卻是走向黃昏的海洋。冬天的海上朔風狂飆，寒冷是加番的；冷還不怕，無可避免的，須真正與兇險霸道的波濤面面相對。已讀過不少謳歌藍色大海豪壯雄闊的美麗文篇，眼見的卻不是，在天色將暮的陰沉灰暗中，黃色的濤天濁浪彷彿就要衝上船舷將人吞噬。抱住了欄杆，心想：到底哪個可怕，是概念中的那個所謂故里鄉人的遭遇可怕，還是這面目猙獰隨時要吞人的黃色地獄可怕？「走開走開，浪這樣大，不許靠欄杆站著」，管事的人趕人了。放眼望去除了我還有很多人在船面上遊蕩，或就坐在甲板上，樓梯下，煙囪旁。是了，這些可能是連大統艙也進不去的人，極可能更是無票的一類。如此，我怕什麼，這個光景，誰會來查票，怎麼查？於是立刻回到鋪位上去，任憑被篩被搖。睡了被搖醒，醒了又陷入昏睡，不吃不喝。

一直又搖又顛地，的確是求生不得求死不能，到底過了幾天？

某日的黎明，攏了岸，那個地方叫基隆，給攙扶著走下了中興輪。又繼續地搖，這次換了火車，搖到了台中，一處小巧、幽靜、質樸、安謐的小城。急速地頂購下一處民房，離了旅社，搬了進去。入住日，全家用過一餐久違了的母親烹調的熱食，將簡單的行李打開，鋪在榻榻米上安睡下來。遠離了恐懼緊張，不再心慌心亂，胸中一片安恬祥寧。安！安了！這就是幸福和圓滿吧？那時是一九四九年的一月X日？

歲月會改變很多事，比如把小女孩加上四十歲成為女孩的母親。這次不乘船。飛！飛，飛，飛，飛到了昔日登船的城市，只見褪去繁華容顏的大都市僅剩下了「大」，繼續尋尋覓覓，尋到朱元璋乞食的故地，農村有如仍在洪武年間。資訊似乎可以解惑祛疑，但更可信的應是眼見的。然後接受不可置信的，不是衣錦榮歸，是做力能所及的。

再飛，飛，飛！飛到父母將思念孺慕，栽種在那意念中縈懷的所在。朝思慕憶的老家，成了最諷刺名稱，土與地，房屋與生計所依，都成了不勞而獲者的戰利品。只能色笑承歡，爭取得恩准在爺爺的炕上坐幾分鐘的慷慨，是這一輩子與未曾相見過的祖父唯一的連繫了。哀傷、不平、疑惑、費解，為什麼是這樣呢？臨走，回望那已完全與我無關的宅院，忍不住心裡問祖父：「爺爺！你為什麼要那麼努力，你們那樣胼手胝足地創造家業，回饋鄉里地方有什麼意義？兒孫無法守成，繼承家業，還須四散避禍。一向仰賴您照顧的族人、鄉黨、大眾，都失去了依靠和福利，您也客死異鄉。終生的打拚，只便宜了那些向您的孫女示主人之威的不勞而獲者！」

但是，也好！沒有就沒有了，無所謂，反正我從未允許自己是不勞而獲的寄生蟲。連最後象徵祖輩貢獻，世代傳承的印跡都給清除得乾乾淨淨。再無縈懷，再無思念，再無牽掛，再……，真的是放下了。人與土的血緣斷了，就再無故土情結，對於這一大塊，絕緣便是斷了相思，也去了魔障，從此心中再無牽絆，了無罣礙。於是，解脫、釋放、輕鬆、大自由填滿福杯，好個自在！做我的世界人，真好！很多癡男癡女達不到這個境界，苦惱終生。

一九八九年的七月，上天賜我這番透徹感悟。知道什麼是痛，什麼是苦；什麼叫遠見，什麼叫短視；什麼叫幸運，什麼叫一念之差；什麼是夢，什麼是真。謝謝！真的謝謝！父母一個都不落地把我們都帶走，不然面對一個接一個運動浪潮撲面蓋頭而來，以我們的性格，求一個不傷不疼尊嚴的「好死」怕也不可得。謝謝！太謝謝了！

何必LV

給從熱帶來的女兒留了一件漂亮的紅色毛呢外衣禦寒，誰知她試了試就還給了我，說：「這不是我的 style！」我明白，這就是不夠時尚的意思。

很掃興，能說什麼？很想說，很多年了，大徹大悟後的我始終持一個看法，一切的東西該選擇它長遠的價值與意義。固然，在思想知識一定要掌握時代的脈動；生活於俗世，不能違背俗世規範，絕不要落伍，但在時尚包裝的浪潮上逐風，我無此力，更無此心。出現在人前，我寧願別人先認識我的氣質風格，再鑒賞我的衣著穿戴；雖然服裝的搭配，有時也可形成或襯托出韻致、格調。

她的說法也不足奇怪，這是時風。其實我也玩過追著潮流跑的遊戲，比如初出校門踏入社會時，正流行高領貼身的旗袍，我也穿過；而且為了姿態的優雅，可以踩著兩吋八的錐細高跟鞋，在講台上走來走去。可是仍強調要保留一點點自由，拒絕高到「不堪回首」的衣領；合身則可，絕不要像「樹皮貼在樹身上」那麼合而為一。尤其堅拒「蘇西黃」門帘式離譜的高開衩。為此，可以和旗袍師傅強烈爭辯。各有堅持時，我尊重他保留按他的習慣完成的「作品」，不改就不改，不願穿拿回家掛起來觀賞。但我明白地告訴他那不符我的需要，而且根本不必那麼裁製，才得顯出我「線條的優美」。是！還是強調須顯現出體態的優質。然後，換一位很潮卻有文化氣息的設計師。不但如此，台北還沒人穿長靴的時候，我有進口「馬靴」；皮裘是為稀有服裝的年月，我的冬日圍巾是一條頭尾四爪俱全的狐狸，的確為此很開心過。

可是經過一件事後，引發我深切反省思考，產生了心靈洗滌的影響。那是一所被形容為新娘訓練所的學校，被延攬去教一門課，年輕人欣喜之餘未免誠惶誠恐，特別請教多人，出入那個環境須注意些什麼。有人告訴我要注重衣著，我記下了。那天又是上課日，穿了一件新做好的連衣裙去學校，花色雅致明豔的瑞士絲麻混紡衣料，最時新的公主線剪裁，是最當令的時裝，絕對稱得上時髦典雅，僅是衣長未肯太過迷你而已。特別配上一雙超流行的白色網襪、前衛的寬頭粗跟鞋，提著一個名牌的白色〇〇七手提箱當書包，自覺看著現代、年輕、有活力，絕對走在潮流的前端。穿衣鏡前轉一個身，實在很好，沒有任何瑕疵！就那樣去學校了。

坐在教授休息室裡的中老年男士群中，是有點特別，不過都是每週碰頭的熟面孔，也沒人現出異樣表情。不料上課之前，平時不常見到的老校長進了休息室，跟每位教師一一握手寒暄道辛苦。最後走到我面前，伸出了手，眼神略帶困惑地笑問：「這位小姐是……」我趕快站起來自報職銜名姓：「兼任副教授……」學校有很多兼課先生，不是每個人他都認識，勞他動問，我一點都不覺奇怪。上課鐘響了，我趕快去教室，沒有時間想這回事。

課後坐上回家的校車，車還沒開離校園，我已開始思索：怎麼回事，老校長為什麼不是按習慣問的是「這位老師……」，反覆揣摩，覺得有點不對。想來想去，一定……問題應該出在那雙花樣突出惹眼的網襪上，那是一般年輕女子的最佳配件，但不該屬於一位上庠之內的講壇人物，以至專業身分會遭懷疑，一陣慚愧，覺得臉都熱了起來。不是老校長錯了，他見過大世面，也不是古板的頑固分子，更一向主張尊師有禮，他會那樣問……呀！呀！呀！羞死了。他的疑問讓我知道自己的不得當，所謂師表，雖然不必裝模作樣故作夫子狀，也不必用流行商品把自己塑造成時代新女性。於是毫不心疼地丟棄了那雙價格不菲的舶來品長襪，跟自己說：「行了！再不做流行的奴隸。」即使後來「造型」的觀念成為時尚，也我行我素，甚至敢於肯於反時潮而行，樹立起我自己的「style」。於是我真的解放了，從思想到行為。

也許是狂想，不趕流行，何不創造流行？後來的事實證明了，可以的！選擇了一個最冷僻的題目去開闢研究的道路，踽踽獨行，既困且難，相當寂寞；品味寂寞，享受寂寞，也是一種人生況味，何妨孤寂下去?!然而，不過二十年便已成顯學，很不怕被後浪推倒在沙灘上。私心慰之樂之，結論是：興浪真比逐浪有成就感。

不是吃不到葡萄說葡萄酸，冷眼看身處的凡塵社會，常常是時尚最易過時，最流行的一定最快退流行。還是那句話，凡事選擇長遠的價值與意義最讓人定心，不會過時也不易退流行。友人對特喜歡「功能好」的皮包的我說：「ＬＶ的包包真的很好用欸！」我淡笑實告，那價碼少一個零我都嫌太貴。我以為，若找到自己的定位，不需要用ＬＶ來顯現品味，榮耀自己。

正是那樣的，何必ＬＶ！

記得那彩色的長夏

那一代人，很多都在憶記他們的一九七七，我的一九七七呢？

決定要給自己放一個長長的大假，是時候了！

那首歌流行以後便在我的心裡發酵，常常迴盪在耳邊，年復一年。

……風吹著我好像流雲一般，孤單的我呀只好去流浪，帶著我心愛的吉他，和一朵黃色的野菊花。我要到那很遠的地方，一個不知名的地方；我要走那很遠的路程，尋找我往日的夢……

真是那樣的，我雖然自囚已久，依然年輕有夢。自我的抉擇和決定，卻叫人有苦說不出，就那麼喪失了溫度地安於現實。但是那顆茫然驛動的心，常常折磨著自己。不自覺的把人二分，除了那個理家、育兒、酬應、教書、寫稿過得挺熱鬧的我，還有一個常常陷在人群中寂寞的我。並不想放縱自己，那顆心偏會天南海北地流浪，不知飛去了哪裡。

真的很想逃到一個很遠不知名的地方，卻又做不到，為此不但常跟自己賭氣，也常掙扎於天人交戰。人的生活中有很多的網，把自身綁得死死的，跳脫不出去。最後，只好對自己說：「妥協！安於現狀吧！」

那一年，終於可以勉強自己從各式的責任中抬起頭來，大聲嚷一句：「我好想喘一口氣！」所得的回應很令人意外，都說：「妳早該放鬆一下自己了！」似乎我的牽掛放不下都是活該的。因此，橫了心，擬定一個「偉大」的計畫；在三十年前，那絕對算得是偉大的計畫了。

我，用存了一年的筆耕所得，要做一次「環繞地球」的旅行。從台灣出發東行，越太平洋到北美，再過大西洋到歐洲，然後飛越印度洋經過東南亞回到舊殼裡。開放觀光還在「僅聞樓梯響」的年月，沒有什麼旅行團可參加，要出去開眼界，當然是獨遊天下。只是沒帶著吉他和黃色的野菊花，須臾不離的親密伴侶是特別訂製的多層大皮包、跑路鞋，一個傻瓜照相機和一把摺傘。扎扎實實規劃了九十天的旅程。跟兼課的兩個學校協商好，得到遲歸三天補課的諒解；連繫好各地的姐妹、學生、好友；辦好所有的簽證，探親訪友之外，選擇獨行俠走世界的方式去碰撞那些未知的新鮮。

到真要實行計畫時，又矛盾了。都丟下不管就走了，行嗎？不斷地說服自己：放棄了留學，放棄了在職出國進修的機會，孩子們已大到應該可照顧自己，去吧！我不過是跟自己請個假出去休息三個月，為什麼這樣放不下？可是不容再猶豫，一切車成馬就，只待出發！

終於我登程了，記得很清楚，那是一九七七年七月九日。真的很幸運，全家送到松山機場，剛抵達航空公司的櫃台，不容多說，便被告知我原來的航班取消，必須提早一班飛機，否則無法在東京接上我原定飛美的班次，幸虧我早到了。另做安排會很麻煩很麻煩哦！還有什麼考慮的餘地，忙忙地交運了行李；忙忙地辦了出境手續；忙忙地被帶上飛機，臨行前的話別、叮嚀、訓示（如果爸爸若趕到了定然會有所訓示）、擁抱等等，都不得不免了。這個意外給我幫了大忙，不然不知我會不會因現場的氣氛和感覺，像電影上演的那樣，改了主意飛奔回家。

初次乘國際航線的飛機，還沒調整好心緒，已到了東京的羽田機場。頓時發現，候機室就像到了種族展覽中心，各「色」人等群集一堂。想來是留學季還沒到，而國人一般還不能隨意出國旅行之故，獨少華人。我不在乎孤單，孤獨的況味也很好，會讓人頭腦清醒，無人打擾思緒的騰翻醞釀，影響在這大櫥窗內發揮我的觀察分析能力，享受品人的猜謎遊戲。非常好玩，將近四個鐘頭裡，許多男男女女來來去去，最突出惹眼的一位應是那位漂亮得金光閃閃的印度美女；看來苦哈哈的是那個帶著大包小裹，穿著白布韓式衣裙風霜滿面的韓國老婦；瞧著讓人不舒服的是那個頭髮亂得打結，髒兮兮汗兮兮，不白不黑的胖男人，只祈禱我的座位不在他旁邊。等待不是痛苦，有戲可看，端詳了不同的人之後，給他們每人演繹一段不同的身世故事，這是走向大世界「相面」的第一課。

旅途的第一站是洛杉磯，洛城的大，撫慰了我。老天！一切都大了起來，藍得徹底大大的天，開闊的視野寬寬的路，沿著公路各具式樣風格散布的民宅房舍，從窄巷的水泥盒子走出來的，喜歡看的就是這些。所以直到現在，當有人列舉洛杉機的種種缺點的時候，我還是要說我雖無條件住在那裡，我很喜歡那個城。那裡，給我的美國的第一印象我喜歡，那是一個好的開始。

三個月的分配，除了時差與路途中耗費的時間，是美國一個月，歐洲五十天，亞洲六天，不算過境暫停的日本印度，總共到過美、加、英、法、德、義、奧、希臘、瑞士、泰國和香港。其中在瑞士停留最久，因為要和姐姐團聚。兩人共同出遊以外，也由她安排我在歐陸較安全的國家單飛。種種，種種的經驗與體驗，如被羅馬男子的邪異的眼神盯得落荒而逃迷路的驚險；夾在說法語的瑞士壯男為主的團裡，到德語系的奧國去體會雞兔同籠之旅；姐妹兩人談得忘情，遭另一路的火車頭把車廂帶走，我們全然不知的糗事；常常被誤認為Japanese的不愉快；萍水相逢的華人企業家相濡以沫的關懷；甩開導遊，於上飛機前搶時間獨訪羅浮宮的得意等等，等等……很多經歷的獨特，的確是讀萬卷書得不來的。比如一個人背著包包浪蕩於巴黎街頭自由自在抒放的體會，便找不到可以取代的。長長的盛夏再加上短短的初秋，那樣美好的修煉休假此生難再！

在人生的歷程中有好多的大事都發生在暑假裡，譬如初嘗榜首的滋味（也是唯一的一次）、高一的「三角」得的五十九分上不成理組，不能考建築系，「米開蘭基羅第二」的夢破滅、喜歡做翻案文章考大學受到嚴重的教訓、在屬於太平洋水域的海濱游泳牽罟、被二分之一學分不及格的學生家長逼得不敢下樓的狼狽，都是在暑假裡，但是都不如一九七七年那個暑假過得那樣豐富複雜又刻骨銘心。

環遊世界九十天回來，開拓了視野也豁闊了心境，洗滌紓解了內心的鬱悶，而最重要的結論，讓我更愛我安身立命的家園土地。另一反應，被很多人期待，催促我展示出我的經驗，因而系列的文字在《婦女雜誌》上連載經年，最後輯成了一本書《小人物看大世界》。的確，這些美好難再也無可取代，可是也錯過許多，待回到家裡，一些事已然發生並確定，令我有難言的懊悔。但，人間事難以預估啊！

據知不久前有一部電影《高考一九七七》拍成了，記註了大陸恢復大學入學試的歷史；當然不可能是全部的紀實，既然是戲劇，便必然只能抽樣地選擇具代表性且「有戲」的情節。由演員詮釋發揮，讓那一時代重現。「前途」的鵠的高懸在那裡，累萬的人齊奔那個目標而去，那是一種怎麼樣的拚搏呢？可以想像一定跟我順著「生產線」前進的歷程不同。我還沒觀賞過這部影片，將心比心，相信對很多人來說不管是上榜或落第，是不敢回溯的震撼經歷，所以我也選擇不看。

有人問我，一九七七年我在做什麼。我能說出的就是那個多彩又複雜的長夏，痕片斑跡沉澱在記憶的深處，也不能隨便攪動它，一攪動就都浮上了心頭。確然難忘，但不全是快樂的，但沒有「生死存亡」的拚搏。

吹皺一池春水

窗外大雪飄飛，雪夜玩電腦解頤，在網路消息上看到一個反覆出現的標題「平路惹火楊振寧」。實際上原來在報紙上刊登的版面更大，內容都是平路著文討論楊翁老少姻緣，楊家夫婦回應反彈的事。社會大眾愛看熱鬧的多，尤其是名人八卦；雖然楊翁二人結合原自認是很莊嚴的事，可是很多人還是當作一樁「八卦」來談論。

未看到平路專欄「浪漫不浪漫」的全文，從摘要讀來，她是意欲打破浪漫的迷思，「明明是在傳統架構裡鑲嵌得宜，卻名之為浪漫，名之為勇氣」，還點出很多人認為這段很浪漫的老少戀情，實際並不羅曼蒂克的情況。既謔且虐精準地描述了老男人身體上的狼狽，似乎也悲憫地剖析出因雙方在難以跨越不同的兩個甲子的時代隔離，青春女子心與身的困境。指出「這樣的老夫少妻是一種在儒家道袍之下的匹配」，這種「對妻子是一種太長久的壓抑，所以儒家文化的家庭結構含著隱隱的暴力：日後，不滿足的婦人用扭曲的慾望或變態的凌虐……」，她擔心這浪漫的迷思將影響深遠，因為「它關係著女人繼續把皮相青春當作本身可欲與否的唯一標準」。

這篇文章引起了楊翁強烈抗議，共同寫信對於「咒罵」、「嘲笑」要求道歉並要作者反省。看了這樣的報導，正如該文作者所說覺得很「好玩」，這對夫婦可不覺好玩，竟認了真，動了真氣。其實，他們早該有心理準備，楊先生這樣世界級的學者又做了讓世人大吃一驚的事，被人「說三道四」應該是正常反應。儒林的花邊新聞正如明星八卦同樣可為談助，啟動論題。也許平路在用戲謔之筆，點出問題，彷彿是對青春女子的未來存悲憫的擔憂，儘管筆觸似無情卻內心溫柔，但用了「好玩」二字就傷了人。正如楊翁二人稱他們的婚姻境界是莊嚴的，意思是別拿他們開玩笑。

細想想，世間事有經常便有非常，應該不是每個老男子都老得一樣難堪，必定讓他的少妻感到壓抑。青壯的「昂揚」、「燦爛」當然是人生的美好，但是在有些人也許對於「晚霞的迴光裡」那「淡淡的哀愁」，是另一種美的追求；聽過某些男女說過，愛情之中，淒美是美中之美。不管這想法是否危險，的確有人這樣想。而且每個人的快樂幸福感不一定相同，「滿足」的境界與標準也不同。

問「真相」？從社會學與炒作新聞的觀點著眼，需要答案；從人性人情的關懷用心，不必了。對於極可能只是少艾生命中曾經擁有的一段情，給予他們想要的同情吧！不必論斷楊的做法就是標誌了儒家的傳統，他們有那麼重要嗎？最好是放他們去過他們的小日子，別再特別關照，攪動混水製造故事。如今的人太愛玩八卦遊戲，日前承蒙前輩相告，像區區這樣的「small potato」還有人「亂點鴛鴦譜」，真令存歿兩尷尬，但也僅能一笑置之，只能待機緣到了自動澄清。

亦有人強調他的經驗，華人或者東方人喜歡窺人後窗觸人隱私，在歐美的社會比較不愛議論他人的私生活，多管閒事。也不一定對，中國自古以來不是也有一句好話很流行：「吹皺一池春水，干卿底事？」

正是那樣，干卿底事?!

杜鵑泣血——悼念梁肅戎叔叔

弟弟從台北打電話來說梁叔叔過世了，我告訴他，在見到電視與報紙新聞以前，從網路上我已獲知這一信息。

對於梁叔的大去，覺得突然卻不太意外，畢竟是年過八十的老人了。得知這個消息，我說不出心裡是什麼滋味，首先我想到爸爸在病榻給我最後的遺命：「有大事需要商量時，就去請教妳梁叔。」而梁叔在立法院長任上做的最後一件要事，便是為父親主持飾終之典，父親葬禮後的兩天，梁叔就從立法院院長退休。終父親一生，都是方正清肅得格格登登擲地有聲的作風，老一代的立法委員，雖然不屑玩政治小丑的把戲，有些人還免不了政客的行徑，爸爸不但不肯與之為伍結交，連表面敷衍都不肯。但他和梁叔叔卻是忘年的真朋友（爸爸出生於光緒末季，比梁叔年長十多歲），因為他認識這位小老弟甚深，爸曾說：「梁肅戎是一個人品正直、頭腦清楚、重道義的血性男兒。」不然，最疼愛保護兒女的父親，絕不肯說我有大事可以就商於梁叔。

今年四五月之交，我回台北住了四個禮拜，一位大陸朋友原吉林省圖書館長金恩輝教授所主稿的梁傳《杜鵑泣血》，已等在家裡。看看封套是梁叔辦公室轉寄來的，按禮數我應該親身去看望致謝，並且把有些事正式向他稟告。但我知道他很忙，一年到頭為他的理念在四處奔波，要真體恤他，便不該去佔他的時間攪擾他，所以只寫了一張卡片，表達心意致敬致謝。結果卻是他命弟弟須負責把我找到，帶我去世貿大樓的辦公室見他，並同進午餐。雖然很久沒見了，老關係就是老關係，談家事談國事，談他的理想、他的目標、他的困難。那天是二〇〇四年五月十一日，我最後一次見到梁叔。飯罷走出來，我跟弟弟說我有點難過，倒不純因見到他杖而後能行的感覺，是他在今日這樣的大環境下，盡最後的一點力氣，為他的主張拚老命的那種的氣勢。

其實對梁叔最早的記憶，並不是爸爸對我說的：「別人看妳梁叔有錢不受窮眼紅，他的錢可都是乾淨的，人家法律學得精到又嫻通日文，當律師（當時立委尚可擔任律師）本地人的案子也能接。」那時節剛來台灣不幾年，過海避難的二百多萬人中，除了少數的資本家大豪門，大多都在受窮，政府的官員與民意代表若手面寬鬆，便不免令人懷疑他的操守。道路之間對某些立法委員有種種的傳聞，如我一個小中學生聽到同學一竿子打落一船人的說法，讓我興起「與有羞焉」之感，忍不住在與父親「論政」的時候，提出了我的疑惑。這次爸並沒罵我問不該問的事，反正正經經跟我說，那些活躍的同儕中，誰誰的作為遭到物議不算冤枉，所以他盡量不跟那幾個傢伙「搭擱」；經濟困難並不丟人，玩法弄權才丟人，同時也說出他對梁叔的評論。而比這更早的印象，則是年輕的梁叔騎著自行車，車後座帶著美女穿過台中大街小巷的畫面。

當年文化氣息濃厚樸雅的台中小城，外來的人即使不互相認識也彼此知道，父親的友朋輩多是五十上下的中年人，只有梁叔剛剛三十左右，已經很特別，尤其會常常載著梁嬸飛車於街巷之間，那真要讓人多看上幾眼。那時的梁嬸膚白貌美，體態豐盈，身著彩花大裙坐在梁叔身後，裙裾隨著車馳飛起，那真是小台中的一景。後來看見不很老的梁奶奶帶著一串從小學往下數的小蘿蔔頭在街上走，才知道他們是數個孩子的父母。前幾年我跟梁叔談起他們騎著自行車「招搖過市」的情景，他矜持中帶著些些得意地說：「長春的偽滿中央銀行很大，有三百多個女職員，妳梁嬸是第二漂亮的。」這就是梁叔，不吹牛，也不故意示好於梁嬸，他實話實說，沒講梁孫郁女士是長春偽滿中央銀行的第一美人。到二〇〇三年他們已牽手共行了六十年。可是梁嬸於六年前中風了，到他去世以前，晚上主靠梁叔自己照顧，梁叔說是很累，但是他說在一天就會做一天。弟弟在電話中還說：「啊！梁叔去了，最不放心的就是梁嬸。」可不是嗎！想著也為之黯然。

相信梁叔原來根本不知道我是誰，至少對不上號。若干年前為了一件事，透過父親他折節垂視我這個晚輩，但因為是爸爸的朋友，我還是有三分敬畏，不願走近。直到有一年從日本來了一個文化與新聞訪問團，我以教授與作家的身分受邀參加，我感性但很詞嚴地從歷史與民情分析了中日的關係，同時出席會議的梁叔竟屈尊為我翻譯，我才發現梁叔雖為父親的至交，並非同樣的嚴肅到難於接近，此後他似乎對我也刮目相看。後來我個人的私事也曾請他以親長的角色參與過；爸爸的遺訓嘛！不過已有好幾年不曾見過他老人家，固然是因我為依親以及其他原因把生活重心移往海外，另外也因他為所致力的大事奔走，心身勞碌，席不暇暖，作為一個晚輩，既不能對他從事的活動有所助力，便不該去打擾他。

很多人跟我說梁叔是不甘寂寞的老人，細想想這說法很不公平。雖然我對許多政治販子為個人或團體的利益，炒作統獨議題，把社會攪得四分五裂百業不安，感到厭煩，但梁叔已無政治慾望，因為他已不要也不能參加選舉，在他的意念裡只剩下使命感。他要主持正義，做他認為正確的事；就像以前他專接受別的律師不敢接的案子。如今他堅持不肯放的，就是保護保衛他捍衛了六十餘年的國家。或許他的做法未得到很多附和的掌聲，但從做人的是非而論，梁叔絕對可以說是一位言行始終如一的篤誠君子。

五月十一日那天，或因我是不願討論政治的人，兩個半鐘頭之間梁叔跟我談的主要還在家事方面。我跟他說起，一九八九年我回去尋根，回到我從未見過的老家的震撼，和潛在內心的懼惑，他笑著叫我別提了，我便笑著不提了。接著談的是梁嬸的現況和護理，他家的六個兒女各人的狀況，支持他的「會」以及家有病人的負擔等等；比如為了支撐會務的開銷，他已把他潮州街兩層樓的家抵押出一層。他的喜，他的憂，他說能撐多久撐多久。真的！儘管他已老去，他還是一位執著於自己最初理念奮鬥不懈的硬漢。

在電梯門口告別時，他囑咐我，只要回到台北，就要給他電話。我說好，我會再來看他。弟弟和我目送他回轉身去，看他扶杖而行的緩緩步履，顯得孤高而蒼涼。我跟弟弟說：「梁叔真的老了。」弟弟也嘆息。想起那個書名《杜鵑泣血》，覺得很切題，忽然有要流淚的感覺，心裡說如果可能，真的我會再來看他，但沒想到那就是最後一次見到梁叔。

留在二三〇七的憶念

偶然做夢又回到二三〇七研究室裡，在那小小的斗室，忙著查資料，理卡片，肅整思路，準備上課。因為那間小屋實在太小，所能存放的書僅及個人收藏的百分之一，真正深層研究工作是無法進行的，有一些活兒，必須回家去做，不能像行政機構工作人員，在辦公室一天坐他七八小時。為此特別每週安排兩次與同學見面的時間，一到鐘點，就坐在研究室等人；除了有緊急的事情隨時約會，一般都在那時段與學生會面。

上講堂是我在系裡的首要工作，不過也自知，於講究「現買現賣」速用為上的時代，我所教授的課對做決策的人士才更用得著，這課也就成了「武林中不重要的角色」。雖然如此，我堅持我的敬事態度，相信選過我的課的學生，他可以不喜歡那個課目，他們不能否定我任課的執著。人都是看近程的多，等到有一天，他們擔負比較重要的責任，覺得書到用時方恨少，後悔在境界視野與思維底層未多累積一點兒基礎的時候，那將又是多少年以後了；況且有些人由於際遇或毅力，一輩子也沒有那麼重要的機會。但不管上什麼課，依我的習慣上課之前一定要靜下來思考；要結晶治學的所得，系統地傳送出去，整理好思路，是重要的功課。我的二三〇七雖小，卻給了我這樣的空間。故而每次提著大包包早早地趕到小屋，心中都有一種踏實。

寫論文與出席學術討論會當然是一個大學教授的責任，否則就成了純粹的教書匠，是可忍孰不可忍。如今的研究課題越來越細，像我所致力的是中國近代經濟史與貿易史，而集半生之力所鑽研的乃是更小範圍的中國海關制度的新建與中國近代現代經濟發展的關係。有人或許會問，這有什麼用。其實學術研究乃是一種基礎學問，是實用的基石。吾人僅看到漂亮的建築物，誰去看那些絕不華麗的地基，但地基豈能沒有？許多人會批評或批判今日的財經決策，常會只抓住一時的現象，卻無法找到問題的源頭，做溯源瞻後的通盤考慮，給人的感覺是見事何乃太淺，他們實在需要在上述的研究範圍內，找一些東西導引他們籌思考慮。研究工作對一個大學教師太為重要，當我因後腦受傷的遺留症，感到無法再承擔嚴肅的研究工作時，也就成為萌生申請提前退休之念的主因之一。在二三〇七室裡誠然做不了實際的事情，但常常在那裡思索我的研究計畫與難解的問題。

擔任學生的導師是我服務於國貿系的另一件大事。我以為東吳大學有導師制度，且不流於形式，是好傳統，我也必須要好好地做，因而我曾經很認真地找事做。但是，若干年過去，隨著時空的流轉，我變得知趣了，人不可以認為只有自己才對才重要；當導師不能當「奶媽」，應該讓他們在需要我的時候找到我就行了。我之所以訂出「導師時間」也就為此。後來，卻變成我常是「癡癡地等」卻「等莫郎」。當然，也在那裡見了一些學生；老師在辦公室見學生本是應當並且經常的事，只是很令人遺憾的是來找我的家長和同學，多半是有著什麼問題要解決，純來和我談心事和「人生」的不多。所以，在我那特定的時間裡，我常常是做自己的事；或者冥想，想一些人和事，想一些發生在二三〇七的事。其實，雖然已不再回二三〇七，那些人的事如今還常上心頭，他們到哪裡去了，現在怎麼樣了？

有一件事至今想起都是憾事，憾事！雖然手邊沒有資料，我還能清楚記得是發生在一九九二年至一九九三年任貿四B導師的那段時間。班上有位魏姓的同學在第二學期開學不久，就因肝癌休學，來找我簽字。這對我真是一個震撼，但我還要安慰他的父母。為著不打擾他的休養，我僅寫信給他，而向他的好友探詢病情，並約定待他遷至「孫逸仙醫院」療養的時候，離我家近一些，我可以隨時暫擱手中的工作去陪他聊天。我經常透過他的好友問他的病狀，都說沒有變化。之後因受邀赴美做兩場演講，依規定補課提前考完試到美國去了。秋季開學的時候，見到他的好友，趕快問他的情況，誰知竟說他早已「走了」！

已經走了!!這個消息對我真是打擊，若知結果是這樣的，我即使無法改變行程，也一定先去握著他的手跟他做一次讓他含笑的告別。據知他就是在我啟程那兩日去世的，出殯是在我出國後的一週。那一日校長與系上的師生都去送行；自然，我缺席了；我勢必缺席。聽說章校長曾問導師為什麼沒到，而竟無一個人向校長和哀傷的家長說明導師已因公出國。他們一定認為導師太過無情，其實導師並未食言，也未寡情欺騙生與死者。這樣的一個無可彌補的過程，怎樣彌補?!得知這個消息，我立刻很失態地在系辦公室當眾痛哭，固然是傷學生之逝，也為這無法彌補的事實。我到哪裡去向他解釋老師不曾欺哄人？如今每想起這事我還有很深的遺憾。

除了這位魏姓同學，後來還有一位王姓的同學，罹患了精神疾病。家長不懂，學生的爸爸認為是由於家中孩子六女一男環境的影響使他不正常，只要去當兵就能讓他成材。學生不能上課，不能考試，終日不語癡笑，家長仍不能正視，真把我急壞了。幾乎是疲勞轟炸般的打電話找他家裡的姐姐談話見面，為他們分析絕不可以讓他停學當兵，以為就算解決了問題；這學生到了軍中，對「嚴管嚴教」更不能適應，再禁不起鍛鍊磨練的折騰，他就毀了。後來他們聽了我的話，趕快就醫，以後王姓同學終於不得不休學了。現在他怎麼樣了，情況如何？我還是常常想起。

是的！常常想起的都是一些特別傷神的事。不過也有很多溫馨有趣的故事，像跟有一班同學到淡海去玩。我也穿上牛仔褲，背上舊包包，一起乘最破的公共汽車前往，車子每一顛，唏噦嘩啦，大家就笑成一團。我的研究室裡更常有比我高上一個頭的大男孩來給我講很多社會秘辛，甚至取笑老師的社會歷練不足「什麼都不知道」。那一班當時每個人的名字都叫得出。多麼可愛的好時光！

可是！常讓我縈思的卻是一些徬徨、沉重、緊張、困惑的面孔。那個讀了六年仍未畢業的企管系學生聽了我的課，要求跟我通信，一寫六七頁，我曾勉力回信照顧他，後來也沒了消息，不知他怎麼樣了。還有個系裡的僑生，還記得他姓游，也念了六年，成績紀錄仍是紅字滿篇。但是他好爭氣，考上了交大的研究所，卻因沒有畢業證書不能入學，想盡了辦法都不行，最後來求我寫一封信給交大試試看。我曾拿出我從事寫作三十餘年的「功力」，寫一封雖不卑不亢實際卻如同哀求的信，給交大的招生委員會，替游生請命爭取機會。我沒再得到信息，相信機會不大，但我更關切他的前程。還有，那考試作弊的「好」學生，助教抓到與我同「謀」施婦人之仁給他〇分，卻未送校方處罰；被男朋友「拋棄」要死要活的；向我要求借予鉅款的；求我購買巨額保險以取得職位的……都發生在那小小的二三〇七室內。

對了！我曾經對學生誇口，由於讀小學時，受過一個老師違反教育的尊嚴傷害，所以我能以最大的耐心和體諒面對他們，可是我還是罵過人。我真的急了，好好的一個男孩子，家境不錯，根本可以專心求學，卻於每天午夜到Pub打工當小弟，結果為火鍋加酒精不慎，把自己燒得亂七八糟。待我知曉已是數日之後，國泰醫院破例准非家屬的導師進燙傷中心去看他。大雨之夜穿著雨衣還撐著傘去，給他帶了清涼飲料前往慰探，我卻仍忍不住狠罵他一頓；身著怪模怪樣的防菌衣帽站在病榻邊疾言厲色地教訓人，那樣子一定很滑稽，難怪學生彷彿有忍俊不住的表情。那應是我在東吳唯一的一次「罵人」紀錄吧！

如今，有關我服務國貿系十一載的心血與二三〇七的記憶都沉澱在個人的生命史中，國貿系再也與我沒有關聯。假如林主任不和我書店巧遇，要我寫這篇文章，似乎我跟這校這系便應再了無干係（這一點我羨慕大陸的學校，教職員永遠與「單位」臍帶相連）。從法理上看，也許如此，心情上卻無法那般絕然了斷。真的，二三〇七已不屬於我，而另有主人，然而全然未帶走的心意則留在那片樓群中了。「我們」國貿系以及東吳的興衰榮辱，在我的感受裡，我依然有份。永遠有份！

始終，我以為大學不該只是職業訓練所!!學術學術，有學無術學難以行；不學有術流於市儈祿蠹，至於不學無術則更等而下之。所以培養學生除了考慮就業市場的競爭力，須能看得到對三十年後社會的影響力。不過，固然種瓜得瓜種豆得豆的邏輯無庸置疑，但也可能結的是瘦瓜小豆。雖則如此，對於人才的培育還是要深耕易耨。因而應採高標準，尤其要有前瞻的眼光，宏觀的視野，開闊的胸懷。

許多人譴責當下的年輕人功利太甚，其實何必責人，實應自省。須知青年的一代實是大功利教育出來的小功利，越來越變本加厲；澆風已成時尚，再難更改。人或會責我只知說人，何不責己，我也確該受責，我雖不功利，影響力太小，發揮不了大作用，慚愧！人說「士大夫之無恥，是為國恥」，士大夫就是知識分子，東吳國貿系的學生自然也屬知識分子，真希望他們將來不僅是貿易人才、談判人才、行銷人才、廣告人才、設計人才、操盤高手……也是領導社會風氣、氣質的領袖人才。

……斬不斷的思緒思念，二三〇七呀！人已去，事已遠，但我心常依依。

世華文學

在紐約的角落

作者◆趙淑敏
發行人◆施嘉明
總編輯◆方鵬程
主編◆葉幗英
責任編輯◆王窈姿
校對◆鄭秋燕
美術設計◆吳郁婷

出版發行：臺灣商務印書館股份有限公司
編輯部：10046 台北市中正區重慶南路一段三十七號
電話：(02)2371-3712 傳真：(02)2375-2201
營業部：10660 台北市大安區新生南路三段十九巷三號
電話：(02)2368-3616 傳真：(02)2368-3626
讀者服務專線：0800056196
郵撥：0000165-1 E-mail：ecptw@cptw.com.tw
網路書店網址：www.cptw.com.tw
網路書店臉書：facebook.com.tw/ecptwdoing
臉書：facebook.com.tw/ecptw 部落格：blog.yam.com/ecptw

局版北市業字第 993 號
初版一刷：2014 年 4 月
定價：新台幣 390 元

ISBN 978-957-05-2927-2

在紐約的角落／趙淑敏．--初版．-- 臺北市：
臺灣商務，2014.04
面； 公分. --（世華文學）

ISBN 978-957-05-2927-2(平裝)

855 103004363

廣　告　回　信
台北郵局登記證
台北廣字第04492號
平　　　　　信

10660
台北市大安區新生南路3段19巷3號1樓
臺灣商務印書館股份有限公司　收

請對摺寄回，謝謝！

傳統現代　並翼而翔

Flying with the wings of tradtion and modernity.

讀者回函卡

感謝您對本館的支持，為加強對您的服務，請填妥此卡，免付郵資寄回，可隨時收到本館最新出版訊息，及享受各種優惠。

姓名：＿＿＿＿＿＿＿＿＿＿ 性別：□ 男 □ 女

出生日期：＿＿＿＿年＿＿＿＿月＿＿＿＿日

職業：□學生 □公務(含軍警）□家管 □服務 □金融 □製造 □資訊 □大眾傳播 □自由業 □農漁牧 □退休 □其他

學歷：□高中以下（含高中）□大專 □研究所（含以上）

地址：＿＿＿＿＿＿＿＿＿＿

＿＿＿＿＿＿＿＿＿＿

電話：(H) ＿＿＿＿＿＿＿＿ (O) ＿＿＿＿＿＿＿＿

E-mail：＿＿＿＿＿＿＿＿＿＿

購買書名：＿＿＿＿＿＿＿＿＿＿

您從何處得知本書？

□網路 □DM廣告 □報紙廣告 □報紙專欄 □傳單

□書店 □親友介紹 □電視廣播 □雜誌廣告 □其他

您喜歡閱讀哪一類別的書籍？

□哲學・宗教 □藝術・心靈 □人文・科普 □商業・投資

□社會・文化 □親子・學習 □生活・休閒 □醫學・養生

□文學・小說 □歷史・傳記

您對本書的意見？（A/滿意 B/尚可 C/須改進）

內容＿＿＿＿ 編輯＿＿＿＿ 校對＿＿＿＿ 翻譯＿＿＿＿

封面設計＿＿＿＿ 價格＿＿＿＿ 其他＿＿＿＿

您的建議：＿＿＿＿＿＿＿＿＿＿

＿＿＿＿＿＿＿＿＿＿

※ 歡迎您隨時至本館網路書店發表書評及留下任何意見

臺灣商務印書館 The Commercial Press, Ltd.

台北市106大安區新生南路三段19巷3號1樓 電話：(02)23683616

讀者服務專線：0800-056196 傳真：(02)23683626

郵撥：0000165-1號 E-mail：ecptw@cptw.com.tw

網路書店網址：www.cptw.com.tw 網路書店臉書：facebook.com.tw/ecptwdoing

臉書：facebook.com.tw/ecptw 部落格：blog.yam.com/ecptw